U0116854

80后写手七点77代表作

图书在版编目（CIP）数据

我和校花一起成长/七点77著.-北京：中国友谊出版公司，2006.6

ISBN 7-5057-2193-3

Ⅰ.我...　Ⅱ.七...　Ⅲ.长篇小说-中国-当代　Ⅳ.I247.5

中国版本图书馆CIP数据核字（2006）第056734号

我和校花一起成长

作者　七点77

出版　中国友谊出版公司

发行　中国友谊出版公司

地址　北京朝阳区西坝河南里17号楼

邮编　100028

电话　010-64668676

经销　新华书店

印刷　北京通州富达印刷厂

规格　787×1092毫米　1/16　18.25印张　230千字

版次　2006年6月第1版

印次　2006年6月第1次印刷

书号　ISBN 7-5057-2193-3/I·586

定价　20.00元

就像一部正在上演的电影。银幕里有几棵梧桐，风吹动着冻僵的枝丫。

……

我，你，我们在两座遥遥相望的IC电话亭里讲电话。

肯德基
肯德基

"左手温暖"
是林九月现在的网名

我现在的网名是
"右手温暖"

"左手温暖"的登陆密
"我爱小七"

"右手温暖"的登陆密
"我爱九九"

我的左手旁边是你的右

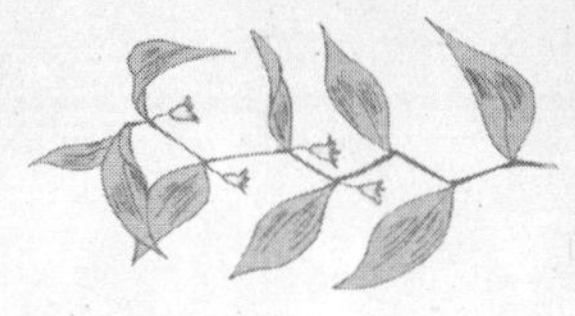

小时候的时间像蜗牛散步，

长大以后它开始飞驰……

飞驰而去的瞬间出现了很多的东西，我们来不及拥有。

今年的夏天来得很快，所有的树枝都郁郁葱葱的时候，知了开始叫了，我手心握着下午的火车票 ，身边经过的人都肩负着或大或小的包袱，走到校门口的时候我们不约而同地回头：

有些人会很快地忘掉我们，而我们却要用一生去回忆。

这片到处流溢着青草味道的校园，我们在这个夏天毕业了。

一 迷藏

那些年代淹没在人海
曾经唱过的歌
有几首剩下来
我们站在汹涌的人海
曾经种下的花
有多少还在开
我眼睛睁不开
有人留下来
……
清晰地记得他们的脸
却想不起谁曾经爱过谁

——郭敬明

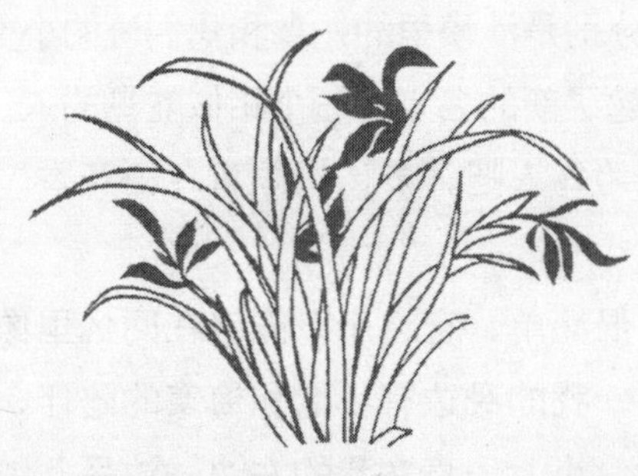

九月篇：

我出生在丹桂飘香的九月，在一九八三年墙上的日历刚翻到九月一号的时候我就呱呱落地了，后来我的名字就叫林九月。

我的童年大约是一九八七年到一九九几年，那时候我扎着又黑又粗的马尾巴辫，是个又难看又肥胖的小女孩，那时很喜欢捉迷藏，喜欢给别人足够的时间等他藏好之后把他找出的那种感觉，喜欢那种感觉带给我的自信和骄傲，几乎能让我洋洋得意，因为我渐渐发现自己天生就有轻易找出别人的能力。

每次我用不了五分钟就能轻松找出藏在角落里的小七和梅寒，阴湿的角落、小七无助的眼神，还有梅寒高高撅起的嘴，使我开心地大呼小叫："呆子，看你往哪躲！"

当然，我喜欢迷藏，是因为在玩迷藏的时候，可以发现一些更有意思的东西，比如我发现：

梅寒从小就是个超级自恋的丫头，所以她宁愿挤着身子躲在一块干净的地方等着被人发现，也不会找一个隐蔽却阴暗的地方藏起来。所以我和小七常常笑话她。

小七对梅寒说："如果你是只食草动物早就应该被食肉动物消化了。"

而小七玩迷藏的时候更像一种动物，那种生活在沙漠里的动物，遇到危险就把自己的头埋进沙子里面，凡是肉眼都可以看见它把自己肥硕丰满的美臀暴露在太阳底下，所以我和梅寒常常对别人说天底下有一种鸟和一个人，捉迷藏的时候总是把屁股翘在最显眼的位置等待别人发现。他们分别是沙漠里的鸵鸟和我们班的小七。

所以以后梅寒就给小七起了新的名字：一个相似鸵鸟的人。

"以后就简单地称呼你为鸟人吧，多诗情画意鸟语花香。"梅寒如是说。

爱玩捉迷藏，我的童年很简单，它之所以能够在回忆里像调色盘一样色彩斑斓，那是因为，我的身边有小七和梅寒的陪伴，梅寒总是在我的左边快乐地唱歌，小七一直在我的右边一边吊儿郎当地

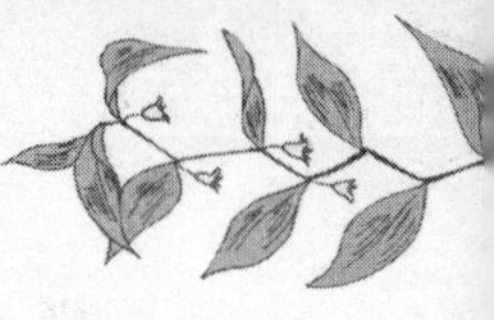

行走，一边莫名其妙地忧伤。

冰激凌在嘴边融化，巧克力和百事可乐在书包的角落里对话，小城里的树苗数着星星长大，我们那么快乐那么单纯地从幼儿园走到高中，每一天都像冰激凌一样甜蜜，每一缕阳光里都分泌出百事可乐的沁凉，每一句对白都保存着巧克力的醇香。

只是当阳光从指缝穿过，坠落下一块掌形的阴影，直到一九九六年，我上初一，短短的暑假里，我长高了五厘米，突然变成一个漂亮的女孩。

后来，我越长越漂亮。

后来，小城中心那幢百货大楼变成服装城，又从服装城变成苏果超市，满城的梧桐覆盖了城市的半边脸庞。

穿着雪白的校服裙，安静地站在校园一棵梧桐树下，谁把悄悄话倾诉在微风里？我听见男生站在离我很远的地方偷偷地称呼我叫校花。

七点篇：

小的时候，只知道天是蓝的，云是白的。于是抬起头看见的每片天空都是美丽晴朗的蓝天白云。

有一天，天很蓝。我坐在楼下公园的秋千上，一个自大的小丫头跑到我面前威胁我："小七，我们玩捉迷藏吧，你只能藏在这个花园里，如果让我找到你你就死定了。"她的马尾巴辫子摆来摆去。我同意了。

花园不大，所以我很快就找到藏身的地方。自大的小丫头过了很久都没有找到我。因为身边过于凉快宜人我就睡着了，一觉睡到太阳打烊，醒来以后我听见一个小女孩嘤咛的哭泣声。

公园以南，月色阑珊。哭泣声断断续续。

从那一天以后我便常常陪那个女孩玩迷藏，每一次我都要尽心找一个隐蔽的藏身之地，藏在里面谁也找不到我。五分钟以后我又暴露自己让那个自大的小丫头找到我。

梳着马尾自大而骄傲的小丫头叫林九月，我从小就叫她九九。

那一年我们七岁，我害怕有一个叫九九的女孩如果找不到我就会无助地哭泣，我更害怕如果她找不到我，会一个人先走开，剩下孤零零的我和孤零零的天地。

那个时候，九九还是个喜欢哭、骄傲又蛮横、不好看又很胖的小丫头。

那个时候我已经学会站在阳光的侧面。阳光荡在我的左半边脸上，欢声歌唱。阴暗爬上我的右脸张牙舞爪。

我站在生活的分岔口，左侧是快乐右侧是忧伤，年幼的我不会选择。

同样年幼的同桌在那时说了一句很早熟的话："如果有一个女孩跟我是小学同学、又是初中同学，到了高中和大学还跟我同学，那么她就一定是我要娶的人，因为这是缘分！"

同样颜色的花开了又开，一样形状的树叶凋零了又凋零，我早已经忘记那个同桌的名字和样貌，可是我仍然记得这句话。

从那一年，那一片上课铃声响起之后。

梅寒篇：

我叫梅寒，我出生的时候，院子里的梅花都开好了，一场鹅毛大雪正在纷纷扬扬。

我妈说从我出生之后，后院的梅花一年比一年开得好看，那当然，没准我就是天上的梅花仙子下凡。

说真的，从小我就觉得自己得天独厚，我的洋娃娃总比别的小朋友的多，我身上的公主裙总比别的小女孩的衣裙好看，慢慢长大了，别人孤零零一个人的时候，我的身边有林九月和七点。

我的这两个死党，从幼儿园一直阴魂不散地缠着我，幼儿园、小学、初中、高中，我们都坐在一间教室里。

林九月从小是全校成绩最好的女生，七点从小是全校最好看的男生，我们三个手牵手，雪花在身边的屋檐下倏倏地落下，有一片像鹅毛一样从天空落下，我刚抬头它恰好沁凉沁凉地覆盖了我整个圆圆的鼻子，我立刻大声尖叫。

每到下雪，我都会尖叫，不论何时何地不论正在做什么事，看见下雪我都会大声尖叫，在雪花最翩跹的地方跳起轻扬的舞蹈。

因为下雪的时候我最快乐，后来我把自己站在雪花下的动作编成舞蹈，名字就叫《雪花》，我和九九一起跳着这支舞，捧回了市少年舞蹈大赛的冠军奖杯。

九九、小七，你们知道吗？

我所有的快乐，都是和你们一起分享的。

二 童年

隔壁班的那个男孩
怎么还没经过我的窗前
嘴里的零食
手里的漫画
心里初恋的童年
……
什么时候才能像高年级的同学
有张成熟与长大的脸

—— 罗大佑

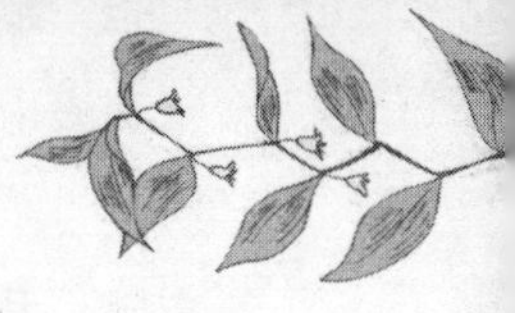

七点篇：

我们家那个小区，一到傍晚就有一个收破烂的老头进来，驼着背扯着嗓子吆喝："收酒瓶废纸、收酒瓶废纸啊——"这是我小时候最爱听的声音。

我爸爸早上上班的时候，总是用钥匙把门反锁上，我就被关在家里练字、练琴，还要看完桌上的书，我最纯真懵懂的童年就是在这样一本一本藏满生字的书、一本一本描不完的描红本、一本一本看不懂的琴谱中流失了。

楼底下每天都有同龄的小孩嬉闹的声音，那时我再怎么摊开白纸也写不出"外面的世界真精彩，里面的世界多无奈"的句子。可是却用身心体会着这些真谛。记忆里，在我上学之前的每一天都是阴霾的天气，天空阴沉沉的。

几株萎靡在梧桐树影子里的植物，蜡绿的叶子上泛起金黄的夕阳光芒。吊扇刮起来的风尾巴在头上打着旋儿，这个时候我就能听到老头的吆喝声："收酒瓶废纸、收酒瓶废纸啊——"听到这样的声音就仿佛看见阴霾的天空挂上彩虹，因为我爸总是在这个时候下班，听见他用钥匙转动锁眼的声音，我就可以下楼去玩了。

有一天我刚从家里被放出来，看见收破烂的老头把车停在一个大院门口，然后提着一只袋子走进院子里。

当收破烂的老头走进院门以后，我遇见一个人，经历了一件事。当时我听见身后有个小女孩的声音，她说："我们来偷酒瓶好不好，卖了钱就去买雪糕吃。"这么多年过去了，我仍然记得回过头的时候看到的风景，记得那个小女孩站在花圃前沿，记得一缕傍晚的风是怎样掀翻她的刘海，记得满树的梧桐叶在那个傍晚摇曳得格外生动。

她瞪着眼睛看着我，用眼睛把她刚才说的话又重复了一遍，"我们来偷酒瓶好不好，卖了钱就去买雪糕吃。"如果是现在我肯定不同意，但是别看我当时虽然小小年纪，可是有些道理我还是明白的：夏天想吃雪糕的欲望不满足是不行的。只是我没有很快就答应她。我先仔细地打量眼前的女孩，皮肤好像很白嫩，不过太胖了点，衣服特别好看，是一条类似当今流行的那种波西米亚风格的裙子，那条裙子的下摆在梧桐树下的阳光里飘起来，又落下，轻轻地遮住了她的膝盖。

接着我就点了点头。这件事情在我幼小的童年有着很大的影响，我始终不明白为什么在我最纯洁无瑕的幼年就跟着一个不漂亮的女孩走上了偷窃的道路，极可能是当时整天被关在家里太空虚寂寞的缘故吧。

那天我站在院子门口替她把风，她踮着脚去三轮车上偷啤酒瓶，一手拿着一个然后开始跑，一边跑一边回头对我笑。那样碧绿的酒瓶在金色的夕阳里折射出刺眼的光。

年幼的我审美条件并不高，看着她笑的样子竟然还会脸红，心跳也加快，好像她偷的酒瓶都藏在了我怀里。

很快她就跑回来偷第三和第四只酒瓶，远处的一棵树上知了甲和知了乙悄悄地哼着曲子，她又一边跑一边回头对我笑，那样的笑容里五分俏皮五分诡异，在那个傍晚就已经烙在我心底。偷足八个酒瓶她走过来竖着两根手指头对我笑："够了，一、二……两根雪糕。"

她笑的时候，小小的鼻头微微皱了一下，一颗顺着额头淌下来的汗珠突然向右偏了偏，倏地掉到地上。

等到收酒瓶的老头出来，她就蹦蹦跳跳地上去问："爷爷爷爷，要瓶子吗？多少钱一个？"

卖酒瓶换来的钱，我们买了两根雪糕，吃着雪糕的时候我一厢情愿去叫那个女孩姐姐："姐姐，我五岁了，你呢？""我也五岁，以后就叫我姐姐吧！"我立刻就后悔了："不行！你也五岁，那我就不能叫你姐姐。"可是那女孩从那以后一直蛮横地要我叫她姐姐。

那个女孩就是林九月。

很久以后我记住了九九的很多表情，阳光下那些都如同一帧帧美轮美奂的画面，可是我觉得最生动的就是五岁那年，她双手握着酒瓶，一边跑一边回头对我笑的那一幅，一棵高大的梧桐树上堆积满了参差的叶子，有一片脉络已经泛黄。

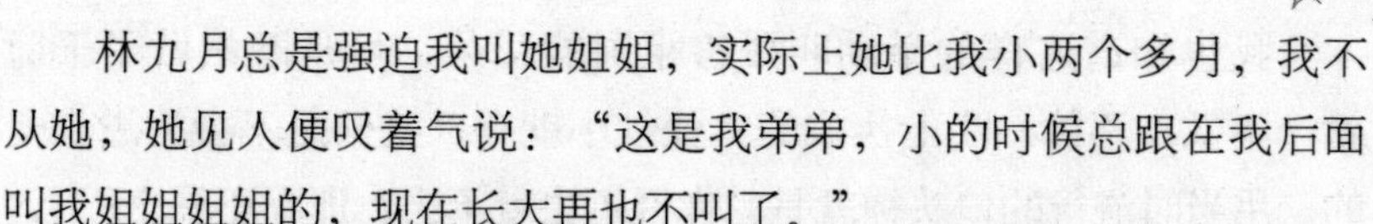

林九月总是强迫我叫她姐姐，实际上她比我小两个多月，我不从她，她见人便叹着气说："这是我弟弟，小的时候总跟在我后面叫我姐姐姐姐的，现在长大再也不叫了。"

除了瞪眼我只有咬牙切齿。幼小的心灵燃着的火焰窜得很高很旺，后来等我读到一段文字也就能不跟她斤斤计较了。那段文字是："如果你被强奸了却无力反抗，那就闭上眼睛去享受吧。"呵呵，很奇怪竟然想到这样的比喻，如果被九九看见我就死定了。

小时候时间很漫长，我焦急地等着长大，每天早晚都要量一次身高，站在房间的白色墙壁前，站得笔直笔直地把铅笔举过头顶水平地画一个记号，然后搬一条矮板凳坐在前面，注视那些划在雪白墙壁上的记号慢慢地往上爬，心里偷偷地乐偷偷地急。

那时候每到傍晚，我总是和九九守在小区的门口玩。每天能看见好多背着书包的小学生和初中生经过，我们俩眨巴着眼睛，我看见小学生就会不要命地羡慕，看见初中生就不要命地崇拜，我们最大的梦想便是希望自己的身体像泡在水里的豆子般突然会膨胀，希望和他们一样有张成熟与长大的脸，去体验他们的生活与快乐。

每天太阳升起的时候就开始期盼快点长大，我的期盼像只勤劳的蜜蜂，繁忙地穿梭在漫长的幼年。

九月篇：

小的时候，小七还叫我姐姐的，现在长大了他就不叫了。幼儿园和小学的时候不管我怎么努力，学习成绩总是超越不了他，后来我和梅寒约在一起商量对策，我们决定对小七痛下杀手。不能怪我的，嫉妒是每一个女孩的天性嘛。

于是，一个晴朗的傍晚，我和梅寒牵着小七的手走在放学回家的路上，我对他说："小七，你是不是讨厌写作业啊？以后我帮你写作业吧？"小七那时候不懂什么叫"无事献殷勤，非奸即盗"，所以小头点得像小鸡啄米。

接着我对小七说："你想不想玩游戏机啊？""我不去，我爸知道会杀了我的。""不让他知道不就行了吗？""那也不行啊，我没有钱的。"梅寒说："我有，我给你吧。"

我也知道这样的举动叫残害祖国的花朵，可是既然做了干脆就一不做二不休，小七执拗的本性从小就有，我们是不会放过小七的，用当时流行的口头禅就是“你说不去就不去，那我还混个P”，最后我抓住了七点的弱点，哄着他说：“走吧，陪我们去玩游戏机吧，我请你吃冰激凌。”

吃着冰激凌，我们诱拐着小七钻进一个巷子，拐了一个又一个弯，进了一个游戏厅，我握着梅寒的手，手心里都渗出汗珠，咬着牙冲了进去，“要达到目的，是要有所牺牲的。”

上帝呵，原谅我们，再乖的孩子也会犯错。

从游戏厅出来的时候，小七满脸通红，眼睛里注满了兴奋的光芒。我突然感觉他变得很陌生了，梅寒约他明天再来的时候，他一口就答应了，不知道为什么，我立刻松开梅寒的手大声地吼：“小七，你给我听着，以后再敢来游戏厅我就告诉你爸。”

小七和梅寒都傻了眼。梅寒一定好生气，因为坏主意原本就是我出的，最后背叛的也是我，她丢下我们一个人跑回家。

回家的路上，我又买了两杯冰激凌，我一小勺一小勺地把冰激凌挑到小七嘴里，然后问小七：“好吃吗？”小七认真地点头：“好吃啊。”我看见他的眼睛又恢复了原来的颜色，清澈而明亮。

一路上有很多初中生骑着车放学，看着他们我心里痒痒，开始计算什么时候能像他们那样有张成熟与长大的脸，能像他们那样经历喜怒哀乐……

长大多美，但是也有代价吧？如果它让我掉下眼泪，让我丢失现在的快乐，我很害怕。

……

路灯越来越亮的时候，小七担心地问我：“今天回来这么晚，怎么跟我爸交代？”我拉了下他的衣角说：“不要紧，就说老师拖堂了，我给你作证，你爸最相信我了。”小七释然。

我想，或许连我自己也不懂得，可能那时候我不是真的嫉妒小七，以后我们会在一起慢慢长大，希望能和他一起努力，一起去实现好多的梦想。

那以后我真的开始帮小七写作业，一写就是十多年！

三 不要写情书

不要说得那么苦
动不动就百年孤独
……
不要再乱写乱写情书
别看太多漫画书
那些悲欢离合并不是你真实的感触

—— 林夕

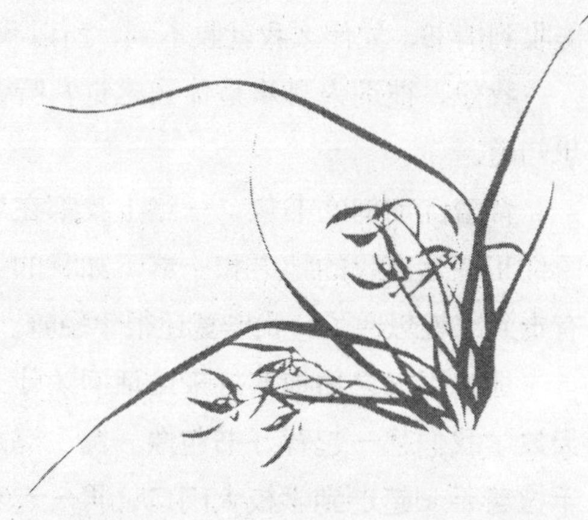

七点篇：

九九，我常常想，每一段经历每一次成长，不管是喜是悲，总有你陪伴着，这应该就是一种幸福吧，因为有你我才不会寂寞地哭泣。

九九是和我一块长大的伙伴邻居和同学，幼儿园、小学初中到高中十四年来，因为她我从来不用亲自买文具，不用亲自抄笔记，想喝可乐也不用自己买，甚至连作业也不用自己写。

小学的时候，情书风靡，记得五年级的时候我被女生选为班草，之后不久收到第一封情书。

那是用一张极其精美的信纸叠成一个很复杂的形状，因为复杂我足足用了一节语文课才拆开，拆开以后发现里面爬满一个一个丑得不能再丑的汉字，经过我的研究和同桌的鉴定，我确信那是左手写出来的字，正常人用右手写不出来。

放学以后，我开始长吁短叹，走回家的路还是原来的路，但那天的我比从前失落，因为收到的第一封情书竟然是别人用左手跟我开的一个玩笑。

虽然明明知道现在的女孩都是电视剧、漫画书看多了，整天把故事情节当成自己的经历，然后找个小男孩喜欢，就像我们听过的歌里所唱的："不要再乱写乱写情书，别看太多漫画书，那些悲欢离合并不是你真实的感触。"可是梅寒经常能收到情书，连九九都能收到情书，凭什么我就收不到，所以我有足够的理由难过。

我想，被别人喜欢是什么感觉？听说那种感觉很幸福，我也很想知道。

背着沉甸甸的书包，一路上我都在想，这个世界上美丽的女孩子们正在远离我的地方和一群不如我的男孩打情骂俏。所幸是还没有走到家就想通了，我毕竟还很年轻嘛。

那晚到家之后梅寒打来电话问为什么没有等她和九九，以前每天放学我们都一起背好书包像一窝小鸡那样跑出教室，然后三个人手拉着手一起走到学校大门口，再一起穿过马路在对面的零食摊上炸两串海带或者素鸡，最后我和九九在校门口往东走梅寒往西。每天放学在校门口那一堆小学生中，你一定能看见三个一边把手上的东西往嘴里塞一边挥手说再见的孩子。

梅寒那天在话筒里笑得很开心："我们一开始在校门口等你的，一边等一边要了三块炸鸡腿，鸡腿炸好了你还没有来，我们就又去买冰激凌，买完冰激凌你还没有来，所以我吃了两个鸡腿喝了两杯冰激凌，到现在还撑着肚子哩，嘿嘿！"挂掉梅寒的电话，我背着书包就往九九家跑。

那时候九九家在我家对面，我家是十幢她家是九幢，中间隔着一排整齐的梧桐树，中考以后，我们两家又同时买了新房子，以后我家住五楼九九家就在我家楼下。

九九给我开了门，当时他们正在吃饭，我从书包里面掏出作业本扔给九九就跑了，因为我知道她肯定会像以前一样帮我写好的，有些事情不需要开口，无声胜有声。

第二天早上，九九果然拿着我的作业本在楼下等我一起上学，她说："给你写好了，每次都要写两份作业手好酸，快叫声姐姐补偿补偿吧！"我白了她一眼说："切！不叫！""哎！小时候还整天跟在我屁股后面叫姐姐的，长大点就不叫了。这是谁给你写的情书啊？你夹在作业本里面干什么？"

我转过头，一片梧桐叶刚好凋零，那封用左手写的情书正在九九的手里，我挥了挥胳膊说："你把它扔掉吧。"九九的眼睛里写满嘲笑。

"你怎么这样冷血？别人喜欢你是你的荣幸哎，你怎么随便就扔掉？你这种人以后再也不想理你了。"我觉得她特别反常。眼睁睁地听着她说要和我绝交，眼睁睁地看着她跑开。后来回想起她拿着那封情书说我无情无义的时候脸上决绝的表情，我一直很害怕。

我的第一封情书就是那样，是别人用左手开的玩笑！第一封情书也是我第一次开始希望有一天能体会到被别人喜欢的感觉。那种感觉想着想着，就会四肢乏力手脚发软。

九九篇：

我以为长大以后依旧可以清晰地记得小时候每天发生的每一件事，但是很多事情都被我渐渐忘记了。

我记得高一的时候，我们教室在二楼，每天下课二楼的女厕所人都是特别的多，一开始不知道为什么，整天也跟在那些女生后面排队等厕所，后来发现这些女生大半都是一楼和三楼的，她们来二楼上厕所的同时在经过我们班的教室总会把头从窗户里伸进去，小脸都红扑扑的，眼睛很生动。

以后才知道这些女生都是绕那么远的路来看我们班的帅哥的，而那位帅哥就是七点。当有的女孩给小七递情书的时候，我突然想起小学的时候，我写的第一封情书，后来我把它叠成复杂的心形。

那是我用左手一笔一笔写出来的，那天晚上我把台灯拧得很微弱。当我现在拿出来重新读一遍，心还会像从前那样蹦蹦跳跳。在我十来岁的时候，总喜欢拍小七的头，会对他乱发脾气，会莫名其妙对他大发雷霆，还会在其他女生面前说小七的坏话，不仅仅添油加醋还无中生有搬弄是非。

为什么我要那样欺负他，小七傻兮兮的，一直都以为我特别憎恨他，而且一定百思不得其解吧？

实际上是因为小七那时被女生当成班草呵护起来，每个女生都恨不得在他脑门上贴张纸条，上面写着："春天到了，小草正在睡觉，请勿打扰。"然后署上自己的名字。

那时所有的女生从来都不戒备我，就因为和他住在一起，便把我当作她们的信差，把写好的情书让我转交给小七。当然，那些情书我都自作主张替小七扔掉了。

每扔一封情书，我都要找个理由骂小七一顿，然后又对梅寒添油加醋、无中生有地说小七坏话，并且故意让送情书的女生听见。

不过后来连外班的女生也让我替她们送信，我急了——小七要是变成别人的男友，就不会成天跟我一起上学一起回家了。瞧！那时的林九月多没出息，唯一担心的就是害怕小七不陪她一起上学一起回家。想来想去就想了个好办法。我跟同桌梅寒商量："梅寒我们叠千纸鹤好不好？”“好吧！怎么突然想叠那个？”“好玩啊，下课陪我去选彩色的信纸吧。”

选好的信纸被装进书包以后，我所有的心思都停在那本信纸上了，一直激动到晚上才从被窝爬起来，我关上了门，把台灯拧得很暗，撕下最好看的那一张，然后用左手写字。

一想到这是写第一封情书，握笔的左手和拿纸的右手都在颤抖，颤抖地写出第一排字“亲爱的小七”，字迹没干脸就开始发烫，横竖看着那几个字都像要从纸上跳起来的样子，差几毫米我就窒息了。

写完了第一篇有关爱情的文字，我闭着眼睛躺在床上，看见小七张牙舞爪在我脑子里跑来跑去，我闭紧眼睛一个一个地数着：“一个小七、两个小七、三个小七……一百零一个小七……”越数越清醒。

第二天我更是提心吊胆的，连课都听不进去，偷偷地把信塞到他书包以后我就立即后悔了，心虚地不敢去看他，还不停地问自己，他会不会发现是我写的啊？万一知道那怎么办？万一他要认出来我就死也不承认。

事情没有像我意料的那样，最后小七把情书夹在他的作业本里还给了我，我心痛地在那个早晨对他说：“从今以后我不想再理你了。”我和小七断交了……小七当时为什么把它夹在作业本里还给了我，还酷酷地让我帮他扔掉，我一直没有问，虽然很久以来我一直都忍不住地想问他。

就像歌里那样唱的，我不再会乱写情书。而我即使收到情书也不再有激动，那都不是我喜欢的男孩写的，我喜欢的男孩不会乱写情书。

事实上小七后来告诉我，从小学到高中，他帮很多男生撰写过很多份情书，呵呵，不管了，十来岁的我，打死我也不会说自己喜欢谁，我偷偷地喜欢上谁就会狠狠地打他、骂他，然后在别的女生那里说他的坏话。

越喜欢就越不让他知道，就会越狠狠地打他！

四 生日礼物

心中有一束花
是我青春的那棵芽
浇过泪水绽放着微笑慢慢长大
……
每个人都拥有祝福
每个生日都有礼物
我的礼物是我的心
陪着你成长

—— 李子恒

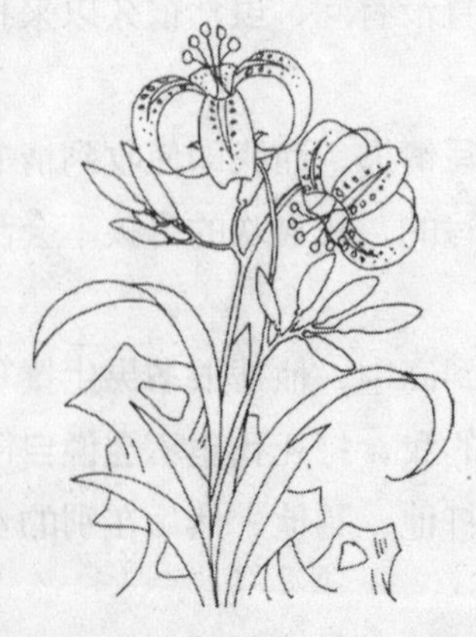

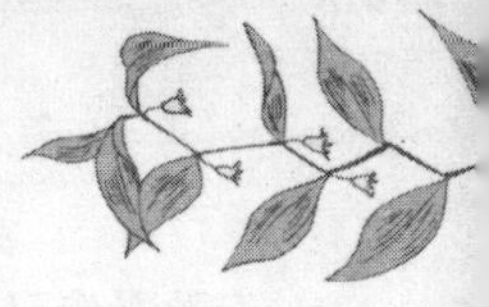

七点篇：

梅寒出生的时候，她家小院里的白梅正开得妖娆；九九出生的时候，她家的楼下一整条绿荫带里都向外飘溢着桂花的香气；我出生在那个夏季最热的一天又偏逢干旱，没有一朵花愿意因为我来到这个世界露而出盛开的表情。

所以我注定在漫长的暑假一个人落寞地听一首生日歌，然后摘掉耳塞对自己微笑：小七，生日快乐。这个世界上除了我自己没有人记得我的生日。

看见别人收到的生日礼物，我心底会爬满自卑的藤蔓，潮湿而阴冷。

我对自己说如果将来有个人能记得我的生日，我一定会好好珍惜这个人。

小时候，不知道为什么我们的暑假总是在九九生日那一天结束。九九的生日是九月一日，这个九月一日出生的怪人到了初中竟然又和我同班，背着书包在新的校园里晃悠。总是觉得这样的生活和我们想象的有些出入，阳光灿烂的上午我们露出雪白的牙齿放肆地笑，在宽阔的操场上踩着脚下的青草争踩彼此的影子没完没了地打闹。

我们身边少了最爱闹的梅寒，她现在还好吗？想到她扬起手把通知书扔到他爸的办公桌上之后紧紧捂着脸的样子，我们安静地心疼，阳光洒落在草地上被划成一个一个马赛克的格子，那一个暑假的每一天梅寒总是跟我们保证：“我会很快就调到你们班上的，你们等我啊。”

“梅寒，你快点来，我和九九在等着你，在梅花盛开之前你要来。我迫不及待地想看见你穿着羽绒服的样子，我要揉一团雪狠狠地砸进你的脖子，那是上个冬天你欠我的。”

新学期的第一天是九九的生日，我送给她一只张开翅膀的天使猪，胖乎乎的很像记忆里九九儿时的样子。九九拆开盒子的时候笑开的脸竟和小猪的一模一样，一层淡淡的红晕从脸颊散开，突然她看看我又看看小猪大声地喊起来："这只猪好像小七你啊！"

我一边"谦虚"一边脸红："不会吧，我哪里有它那么人见人爱，充其量我也只能算是比较玉树临风风流倜傥罢了。"

那是我第一次送九九生日礼物，也是第一次知道有人收到我的礼物会由衷地开心。几个月以后我第一次收到生日礼物，那是一个下雨的晚上，我记得每个细节：新闻联播刚刚开始，罗京那天穿着白色的衬衫系着一条灰色领带开始播报新闻："观众朋友们晚上好，距离香港回归祖国还剩下十六天……"九九就是这个时候给我打电话的："小七，我在楼下你下来吧。"话筒里还能听见雨水的淅沥声。

我下了楼，九九撑着一柄淡蓝色的雨伞从路灯下走过来，一条条雨线从伞缘滴落到她的凉鞋上，她走过来把雨伞举到我的头顶，递给我一个包装精美的礼物，说："我给你打电话的时候刚好七点，六月十五晚上七点，祝你生日快乐。"

在雨中九九对我说："小七我给你唱首歌好不好？"

我点点头，虽然下着雨但那个时候我其实心里是特别开心的。不对，那种感觉应该叫激动，九九温润的气息哈在我撑伞的手背上，歌声飘过我心里的每一个角落：

心中有一束花是我青春的那棵芽
浇过泪水绽放着微笑慢慢长大
……
每个人都拥有祝福
每个生日都有礼物
我的礼物是我的心
陪着你成长

我的第一份生日礼物，是九九送的一只彩瓷的小猪，小猪肚子上贴了一张纸片：以后你每个生日我都会送你一只小猪，茫茫人海

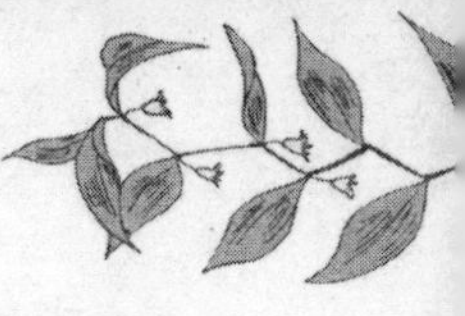

只有它最像你了。猪头！我躺在床上打开房间的每一盏灯，窗外下着不知道什么时候会停下的雨，我把小猪举过头顶。“九九，讲个故事给你听吧！从前有个女孩，她生气地对朋友小七说：‘七七，太可恶了，今天有个叔叔说我长得像猪头。’她那个七七朋友一听，攥紧了拳头说：‘太可恶了，哪个混蛋敢把真话说出来了，我非要揍他不可。’呵呵！九九你就是这个生气的小女孩。”

可惜九九听不到我的故事，就像她一直不知道，我的生日是农历六月十五晚上七点，她一直都不知道。

可是这个并不重要，以后每年的公历六月十五，我都能收到一只小猪，款式各样的，每一只都惟妙惟肖，看着它们就能看见九九的脸。

真的！它们的脸好像九九的脸。

九九篇：

我记得七点第一次打架和第一次规规矩矩送我生日礼物时的情景。

因为它们发生在同一天，那天有两件重要的事。它是九月一日，我的生日；它还是一九九六年九月一日，是我们升进初中的第一天。

一棵高大的法国梧桐把秋天的阳光筛落成斑驳的影子，我站在那些影子里首先看见小七嘴角流血的样子，接着看见另两个男生同时跌倒的动作。在我冲上前阻止的空隙里，那两个男生爬起来挥着拳头，有一只拳头落在小七的胸口，小七愤怒地一个回旋劈，最后两个人又一次跌倒。

小七站在我面前，仍旧一副凶狠的样子。我悄悄地用一个成语形容了他脸上的表情：凶神恶煞。

我伸出手拉住小七的胳臂，旁边聚满围观的同学，小七甩开我的手，用那只挣脱的手指着地上的两个男生咬牙切齿的说：“警告过你，对我说脏话的时候别带‘妈妈’这两个字。”

那是我第一次亲眼看见他打架，他打架的时候，动作利落又迅速，甚至没有看清楚，他的对手就倒下来了，我站在他身边注视着他激动的侧脸，越看越觉得陌生。

他转过头看了我一眼，我发现他的眉宇中怒气渐渐消退，我挑衅地盯着他，最终他在我的注视中低下头，转身一步一步走进办公室去“自首”。

我站在原地，感觉全身都很无力。是因为生气还是害怕，我说不清楚。但是当忧伤从心底恣意横生的时候我哭了，我知道小七从小特别爱护他的妈妈，而这次打架的原因就是因为那两个男生故意惹事，对小七一次次骂了带“妈妈”两个字的脏话，这，犯了小七的大忌。

小七那天昂着头对班主任说：“我的确不应该打架，所有的惩罚我都愿意接受，但请您告诫他们，请别对我说脏话。”

我悄悄地低下头不敢看小七受伤的脸，我在猜，小七说这句话的时候流泪了吗？其实酷酷的小七心里很柔软，他时时刻刻都会想念远在天国的妈妈。

重新抬起头，小七放下手里的检讨书，一脸平静地出办公室。

到了放学的时候，我一路上看到他隐没在嘴角的伤痕，心里很难过。到校门口的时候，小七突然停下来从书包里面翻出一只包装精美的盒子，对我说："生日快乐！"

今天竟然第一个收到小七的礼物，好奇怪。

以前我的生日，小气的小七总是把手里的笔或者修正液扔给我，还一本正经地说："我把我唯一的一杆笔送给你了，所以你懂吧？我的礼物就叫'唯一'。"每次我又不好发作，都是扁着嘴大度地笑。哼！其实他的笔、修正液、笔记本还不都是从我这里刮走的？同学这么多年从来也没有见过他买过文具，还厚颜无耻地炫耀说，不知道为什么从来也不用买文具。可怜的我每次都要多买一份，不然最后都是我自己没有文具用。

破天荒地收到小七的礼物，有点喜出望外，打开了盒子里面竟然是只可爱之极的天使猪，我看了看小七一脸坏笑的样子大声叫了起来："这只猪多像你啊！"旁边好多人一起转过头打量小七，倏地，他的脸红到耳根："不会吧，我哪里有他那么人见人爱，充其量我也只能算是比较玉树临风风流倜傥罢了。"

我拉着小七就要请他吃肯德基，一路上我跟他说："小七啊，其实我比你大的，对不对？那你为什么不叫我姐姐啊？""谁说你比我大？是我比你大！""你又在撒谎了吧，那你说你哪天出生的？""我为什么要告诉你？"

我看见他嘴角的伤口被牵动了一下，渗出一丝血星。立刻闭上嘴巴不敢和他斗嘴。

其实我只是想知道小七的出生日期，他很奇怪，从来不告诉别人他的生日在哪天，只肯说是七点出生的。我和梅寒明察暗访了多少年也没有结果。

晚上我收到梅寒的生日礼物，当然又是一盒巧克力。在她的歌声里我拆开盒子，闻到巧克力诱人的香味，梅寒认真地说："不论是什么时候，不论我在哪里，我都少不了你的生日礼物，因为我的

礼物是我的心，陪着你成长。”

梅寒的礼物除了巧克力还是巧克力，所以我都习惯在生日那天吃一整盒巧克力了。

我想如果没有梅寒的巧克力，我的生日会不会就不完整？如果没有我的礼物梅寒也会有这样的感觉吗？还有小七……

所以我一定要知道小七的生日。

一直到了初一加入共青团的时候我看见了小七的档案，终于如愿地知道他的生日：一九八三年六月十五。虽然离那天还远，我已经留心送他的礼物了。有一次我在礼品店里翻画册，我看见一只白瓷的小猪慵懒地眯着眼睛，那是张多么迷人的猪脸。之前我都没有见过这样眉眼含春、俊秀清癯的猪脸。然后我天天跑去那，吵着老板帮我带带这只猪，老板说要订只能订一整个系列，也就是十二只，但是这种价格太贵的礼品不容易卖出去，除非我全部买下。

我回家把从小学一年级开始积累下来的蓄钱罐砸碎了，那是我商量好和小七一起攒下来去西藏的旅费。只能和西藏说再见了，我开始数钱。里面从一角到一百的什么样面值的钞票都有，数了两遍也只有二千二百多，还差一千多，我只好去中国银行把小姨给我的那张一百美元兑掉，即使这样我恐怕还要咬紧牙关撑完这个月。

我还是决定买下它们，钱装在书包里，我走几步就要书包拉开一条缝，悄悄地查看一下，看看钱还在不在，会不会不翼而飞。当我把钱交给老板的时候感觉自己被掏空了。

我当然可以重新去挑选别的礼物，但是就像梅寒说的那样：“我的礼物是我的心。”无论代价，给朋友的礼物我都会用心挑选。我把买下的小猪小心地放进衣橱最里面的位置，以后一年送他一只，等全部送完再送别的，可是那也要十二年啊。

到了六月十五偏偏下着雨，我一直注意墙上的钟，晚上七点之前的一秒钟我拨通了电话。

他的生日，那个下雨的晚上，我们躲在一柄伞下，我为他唱

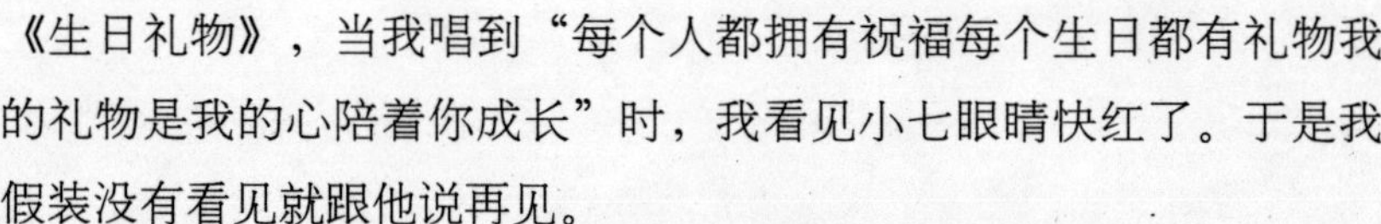

《生日礼物》，当我唱到“每个人都拥有祝福每个生日都有礼物我的礼物是我的心陪着你成长”时，我看见小七眼睛快红了。于是我假装没有看见就跟他说再见。

小七应该记得我贴在小猪肚皮上的纸条吧：以后你每一个生日我都会送你一只小猪，茫茫人海只有它的脸最像你喽。

衣橱底层的小猪一年少一个，每年都能收到梅寒的巧克力，每年都能收到七七的鲜花。

每一年的生日都很开心。

五 天使的翅膀

在远方
同个月亮
映着谁的脸庞
……
天使的翅膀
依然在那儿飞翔
纵然风吹乱我的发
雨打湿了翅膀
天空依然为我而宽广
学会了坚强
圣洁的白纱随风飘荡
抚平多少悲伤
别让自己
失去了方向

—— sara

七点篇：

很久很久以前九九拿着一罐百事可乐递给我的时候，我正坐在柔软的草地上，左眼的余光里，有一只足球从空中划出一道恍惚的弧线，最后匆促地滚进球门。我从九九手里接过那罐百事可乐，九九的手局促地停留在空气里，苍白的手指上一滴水珠无息地滴在一株柔韧的细草尾巴上。

我拉开易拉罐把银色的拉环套在食指上，深蓝色的瓶罐上，有彻骨的冰凉传遍手心，然后那堂体育课的下课铃就响了，我却仍然坐在操场上慢慢吞吞地喝可乐。

我曾很用心地记住了那天一朵浮云从头顶掠过的样子，九九就站在那朵浮云下转身离开操场，可是她走了几步又停下来，因为她听见我在身后叫她的名字，她回头看着我，一脸平常。

我从草地上站直了身子，晃了晃食指和食指上的拉环说："谢谢你！"九九笑了，明晃晃的笑靥压弯了她的眼睛和鼻子。

后来每节体育课九九都会递给我一罐百事可乐，我总是站在操场旁边的梧桐树下慢慢吞吞地喝完那些可乐，总是将拉环套在食指上，然后摘下来揣进上衣口袋。

有一次我嘻嘻哈哈地对九九说："我会记住喝过你的每瓶可乐，以后双倍地给你钱啊！"九九一脸开心地答应了。

梧桐树下听到那些掌形的树叶劈啪作响，我轻轻地对着九九的背影说："喝着可乐总有刻骨铭心的味道。"

那些套在我食指上的拉环都被我带回家投进蓄钱罐里，这么多年九九递给我的可乐，我一瓶都没有漏记。

走在树荫下细碎的阳光里，白色的球鞋上有一块轻浅的污渍，九九穿着蓝色碎花裙梳着马尾辫远远地对我招手，我看得清她舒展的眉头像阳光下一件晾干的白色裙子，裙角浅浅地点缀着碧绿的草地和漫天的飞花。

闭上眼睛我总是记得九九小时候胖乎乎的样子，说真的我那时候挺不情愿和一个胖妞一起上学一起回家的，后来升上初中我去外婆家住了一个暑假，回来的时候，九九突然变地比梅寒还要漂亮。

好不纳闷，丑小鸭变成白天鹅的好事怎么就能被九九这个丫头捡到了？

想到这里我看见九九走回教室。又回去做题了吧？九九和梅寒现在一到下课都认真做题，只有我悄悄溜出来，一遍一遍地走在树荫下琐碎的光芒里。走着走着我满眼都是荒凉，荒凉如同一条曾经走过的小巷，潮湿的拐角爬满新鲜青苔。

现在的我每当有烦躁在血液中翻涌的时候，就忍不住地叛逆。以前令我提心吊胆的考试，现在我只是洋洋洒洒地签下名字就把白卷交上去，语文考卷上的试题其实是难不倒我的，但是我也只做半个小时就交卷，我不能解释当时自己为什么那样做，不过开始喜欢那些叛逆所造成的结果。

谁都渐渐知道我是最有个性、最叛逆的学生。

在一个星光寂寥的夜晚，我铺好被子，熄灭了灯，锁上了门，走到深夜的大街上。沉寂的街道上白天流离的喧嚣被路灯拉长了、变了形。我蹲下去偶尔还能听见白天的汽车和行人留下的声音，只是很多事情都模糊了。我只是觉得厌恶和疲倦，我只想在这样的夜色下走到一个没有人认识我的地方，在那里以游人的姿态大声地笑大声地哭然后大声地离开。

我开始跑，呼吸渐渐浑浊，我爸爸的脸在我的脑子里狰狞着，他歇斯底里地对我吼：“回来！你给我滚回来！不回来以后就再也不要回来了！”只是他不知道我已经厌烦地跟他争吵，我只是不停地跑，很久以后很多人形容我那天晚上的行为叫做“离家出走”。

天亮的时候我跑出那座城市，郊区像块人与自然交过战的战场，荒芜的山地满是大大小小的垃圾堆，绕过垃圾堆我闻到风里有腐朽和变质的味道，于是我又爬上公路，那是片多么无束缚的天地啊，空气清新而宽广。

我想我要去的是西藏，所以我沿着公路背着太阳行走。感觉多像拍电影啊，路过的车，车里的人，会不会把我当成这片天地中的主角，我侧着脸让他们看见我最坚毅的侧脸，太阳从身后跑

到面前的时候，远方的晚霞里隐约着悲壮的神色。我的脚步越来越沉重。

公路两旁有村庄，我好想走进一户人家，去讨口水喝，可是我讨厌他们讶异的眼神，他们一定会大惊小怪地盯着我看。感觉有一只只苍蝇嗡嗡嗡嗡地趴在我的脸上，苍蝇粘住我的脸颊，毛孔开始鄙夷地收缩。

我是那样寂寞地行走，用着漂泊的姿态寂寞地行走。

日落的时候我向右拐走下了公路，身上流的汗此时早已经被风吹干，我的嗓子仿佛干涸了的河面般需要水，柔和的晚风吹在身上我却感觉有点冷，我裹紧衣服丢下满身的疲倦大步向前跑，在一个拐弯的地方左脚跟隐隐传来麻麻的疼痛。

夜幕降临的时候我穿过一片稻田。

天黑的时候我走到一个小镇，我用口袋缝里仅剩下的一枚钢蹦买了一瓶汽水、一块饼，汽水里面浓烈的糖精味呛得我泪流满面，走出小店的时候，我一脚踢中一只空易拉罐，它被踢到角落里，蓝色的罐身上有我最熟悉的标志：百事可乐。我蹲到地上远远地看着它扁瘪的形状无声地哽咽。

我看见九九变美丽之后的脸和变美丽之前的脸，看见九九拿着可乐在楼下等我一起去上学，她雪白的校服裙上有一条我用圆珠笔画上去的细蓝色的线。不知道这个时候为什么会想她，可我真的好想走到她面前，拍拍她的头，接过可乐，拉开拉环的时候我把拉环像戒指一样套在食指上，等到喝完再摘下来揣进上衣左边的口袋里。可是等我真的伸出手，只抓住了游荡的晚风，它从我手心经过又漂浮到稀朗的星空下。

在那样稀朗的星空下我无比想念柔软的床，可是现实是我疲惫地钻进一个工地，在一片砖瓦和水泥的缝隙里找到一块干净的地方坐下去，虽然风吹不到，可是我的肚子开始倔强地咕噜起来。

不过我还是睡着了，睡梦中我听见妈妈的声音，妈妈在我耳边轻轻喊我的名字，我好久好久没有听到妈妈的声音了。“小七，你快点起来，怎么睡着了，快到床上睡去。”我狠狠地抱住妈妈的脖子，从来不哭的我轻易就哭出了声音：“妈妈我要出去闯荡了，现在可能条件艰苦点可是以后一切都会好起来的。”我好像抱着妈妈说了很多的话，“妈妈我好想念你，我快要忘记你的样子了，所以我总是随身带着你的照片，照片上你抱着我站在雄伟的天安门前面，你笑得那么好看，可是一离开照片我就不记得你的脸了。妈妈，我好想你，我没有忘记你对我说的话，妈妈说：‘七七啊，你是个男子汉，你要顶天立地，长大了不要畏首畏尾的，可是也不能太张扬。’你说：‘如果抬头看见星星眨眼，那就是妈妈来看你，妈妈不会让你孤单的。’妈妈，我是多想念你啊，每天晚上我都看着天空，忍住哭泣……”

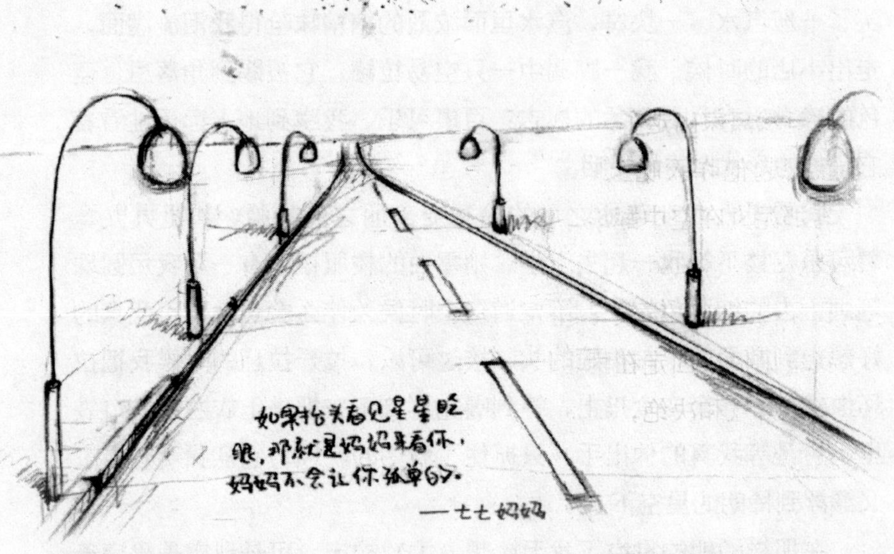

妈妈在我梦醒的时候离开了，但是我相信她真的来看过我，每当我叛逆的时候，每当我犯下错误的时候妈妈都会来教训我，我是那么的想念她，醒来的时候，我的脖子湿湿的，怀里紧紧地抱着一块砖头，天还是很黑，四周响起一些清晰却恐怖的声音，我闭紧眼睛可是再也睡不着了，头昏沉沉的，肚子里的动静越来越厉害，我

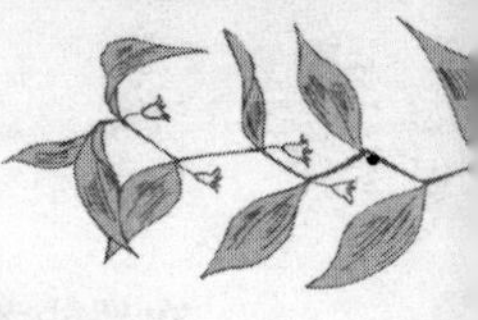

抬起头看见星光眩眼，我想其实我一点也不害怕的。

星光在空中翩跹起舞，我想起很多人很多事，它们都那样美好和温暖，我想起九九送我的小猪蓄钱罐，里面有多少只百事可乐的拉环了呢？好想数一数喝了九九多少罐可乐。

九九篇：

也许是学习太紧张了，所以竟然做了个奇怪的梦，梦见小七背着黑色的双肩包沿着公路一步一步头也不回地走，白色的衬衫将他的背影勾勒得坚毅而哀伤。我伸出手去抓他背包的带子，可是一道嫣红的晚霞坠落下来横亘在我们之间，我歇斯底里地叫他的名字，最终他回过头，长风把他的额发扬起，有几绺糊在脸上，他清秀的脸庞在风中显得支离破碎。

早上我在楼下等他，眼看就要迟到了他也没有下楼，于是我上去敲门。

……

他竟然离家出走了。

我想起他昨天晚上夹在作业本里的纸条：“我要跳出这个圈子，看那泥丸在空中翻滚。”我想起昨晚的梦，原来我早察觉了，可惜我反应多迟钝啊。

我和梅寒在教室做习题的时候，教室里总是没有他的影子，有一次我看见他来回走在南边那排梧桐树下，树荫下他的侧脸充满咄咄逼人的唳气和决绝，我远远地喊他的名字，看见他满脸忽隐忽现的落寞。

我常常看着小七的脸，莫名地想起一本书上的句子：“你开心的时候，全世界都会陪你一起开心，但是你哭泣的时候，哭死了也没有一个人理你。”小七总是嘻嘻哈哈笑着，只是他笑的时候，也时常皱着眉头。我忘不掉他曾经那么悲哀的声音：九九啊，你一定不知道其实我笑的时候，也不是真的开心。

最近他变了很多，考试交白卷，连语文都不认真去考，他从来不写作文，然后做30分钟就交卷，即便这样，一百分的语文考卷他每

次都能考六十几分，有一次他一不小心就考了整整七十分，我再也不用像小时候那样嫉妒他的成绩了，当我捧着全校第一的奖状时，面对公告我顺着自己的名字一路数下了，数好久才能数到他的名字。

到了晚上他总是抬着头看星星，无休无止。

早上他总是说，昨天晚上我妈妈来看我了，虽然被她骂被她教训但是我还是很高兴，我妈妈的性格我最了解，只要我犯错误她一定憋不住要来教训我，即使她现在远在天堂。

那时我特别想问他："所以这样你才自暴自弃吗？"可是看着他洋洋自喜的脸我始终也没有开口。

今天晚上我去了小七家，他还没有回来，七伯伯已经在外面找他一天了。

外面的月亮像只擦洗干净的银盘，房间里有歌声响起：

在远方同个月亮
映着谁的脸庞……
天使的翅膀
依然在那飞翔
纵然风吹乱我的发
雨打湿了翅膀
天空依然为我而宽广
学会了坚强
圣洁的白纱随风飘荡
抚平多少悲伤
别让自己
失去了方向

歌声落在写字台上那只天使猪上，那是小七送我的第一个生日礼物，我捧着它去看窗外迷离的夜色，记忆乘着风呼啸而过，小七在我递给他一罐可乐的时候认真对我说：我会记住喝过你多少罐可乐，以后会双倍给你钱的。

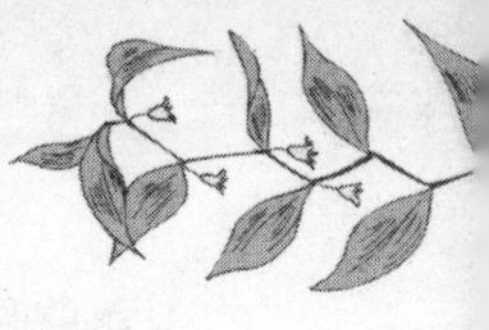

天空那么清澈，他的声音那么坚定。

我依稀看见一个隐晦的天空，晦涩的方向，还有一条正在修补的公路，漫长的路面上左一个洼右一个凼，小七就是走在这样的路上，熟练地执著婉转的忧伤，他始终背着黑色的包，头也不回地走着，倔强地走啊，走得我心都要哭起来……看着他消瘦的背影，我的脸不断地发烫，烫熟了每一朵经过它的泪花。

他离家的三天，我如同往常在楼下等他，直到快要迟到才离开，我和梅寒还有很多同学满大街地找他，不知道他去哪里了。每天早上醒来我都对自己说，小七一定会回来的。

他总是很讨学生家长喜欢，我爸妈还有梅寒爸妈估计比喜欢我们还要喜欢他，这两天梅伯伯为了找他封锁了每条路口，他说害怕小七被不法分子绑架了，我妈妈还在电视台登了寻人启事。我妈总是说，小七是个好孩子，那么小妈妈就去了。

坐在教室里却无心听课，身边空荡荡的，窗外的天空风一吹过视线便破碎成斑驳的树影，梅寒拿着笔在纸上写：小七这个活宝如果真的就这样走那也太没有良心了，他一定会回来，可能现在已经回来了。她的笔迹嗫嚅拘谨，像极了梅寒撒谎时脸上飘忽隐现的表情。

我好想对她说：我好想念那个一脸散漫的小七，想念微笑时仍皱紧眉头的小七。欲言又止的时候，梅寒又在纸上用力地写：其实我也很想他。梅寒攥紧我的手，她的手心冰凉。

小七说他一直不知道自己是不是一个聪明的人。他说，很小的时候，我就不知道自己是不是个聪明的孩子，别人告诉我在七点整出生的小孩特别聪明，我就相信了，因为我就是在七点整出生的，可是后来渐渐不相信了，我好想问问那人说的是早上七点还是晚上七点，可是找不到他，所以我仍然不知道自己是不是聪明的。然后他开始抛硬币：正面那就是早上七点，反面就是晚上七点。

我从笔盒里翻出一枚硬币，抛起来喋喋不休地念叨：如果是正面，小七现在已经回家了，如果是反面小七明天就会回来。灰色的弧线在空中起落……

在写字台第二个抽屉里我保存着小七写的文字，在他的笔下女主角总是用我和梅寒的名字，因为他说给女孩起名字是件有难度的事，他在一张白纸上写着：每朵祥和的云背后都藏有一个白皙的天使，她们总是在幸福的天堂快乐地嬉戏，天使用白色的翅膀飞翔，帮助每一个看见她的人现实梦想，就算天空最澄澈的时候，你也分不清哪一瓣洁白是云朵哪一瓣洁白是天使的翅膀，天使里有一个名叫九九的，她的翅膀是那群天使中最洁白的，它的天使棒是最轻灵的……

窗外的天空白天又变晚上，把我写进故事里面的男孩正在流浪。

直到三天以后，小七终于被他爸爸开车追回来了，那三天格外漫长。我去他家看他的时候，他那双最心爱的耐克鞋就脱在门口，鞋面上一层一层的污迹，鞋带疲倦地耷拉着，我没有敲门就转身离开了，他一定需要好好休息。

《圣经》上有一个故事：一次封斋节上，一个富人在大教堂里听到主教以慈善为题的讲道，主教要求富人们救济穷人，以便死后上天堂，免得下地狱，当时富人就被主教描绘的地狱吓坏了，听了讲道回来，每逢星期天，他就拿着一个铜子，施舍给教堂门口的六个乞婆，一个铜子要由六个人分享，于是大家一看见他行善就说这个善良的富人又在那里花一个铜子买天堂了。

我和富人不一样的。

真的不一样！我一直虔诚地祈祷幸福，小七，这三天你一定吃了很多苦吧？其实你不知道，我多么想帮你做点什么，在你不开心的时候，在你无助的时候，在你伤心难过的时候，我都想能够陪在你身边，小七，我能为你做些什么吗？

那天晚上小七在电话里告诉我：“明天我会去上课，早上你打电话叫我吧。”那一瞬间，我心花怒放。

第二天早上醒来，阳台上爸爸精心照料的花不知道什么时候满盆满盆地开了，我穿上好好看的衣服下楼等小七，口袋里装满了巧克力，巧克力是小七的最爱。出门的时候妈妈还伸出头警告我：“小七这两天吃了不少苦，他是一分钱没有带就跑走的，你千万别

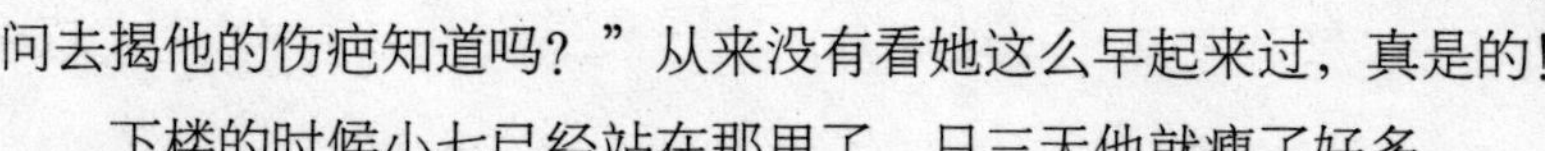

问去揭他的伤疤知道吗？”从来没有看她这么早起来过，真是的！

下楼的时候小七已经站在那里了，只三天他就瘦了好多。

他穿着蓝色的牛仔裤，淡蓝色的彪马套头衫，头发长长的遮住了眼睛。我跑上去揪他的头发，他抬起下巴，眼中冷漠疏离的表情慢慢融化，我抬起手去打他：“小样，看我不灭了你，竟然逃课。”拳头软软地砸在他胸口，轻得连我自己都忍不住脸红起来。

小七逮住我的手，故作紧张地叫：“哎！别弄脏了我的新衣服啊！有没有吃的啊，我好饿。”我递给他一罐百事可乐，看见他拉开拉环，又掏出巧克力递给他，小七剥开糖衣先塞一块到我嘴里说：“今天我不想骑车了，你带我好吗？”

那个早上空气里充满了清新的香气。如果你在一九九七年的红色木棉下，看到一个女孩用力踩着单车，还轻轻地唱着歌，车把上插着旋转的彩色风车，这个女孩就是我，我叫九九，那天早上的歌是这样唱的：

在远方
同个月亮
映着谁的脸庞
……
失去了方向

坐在单车后面的男孩摇晃着腿，还用拿着百事可乐的手剥着巧克力糖衣，这个男孩就一定是七点，七点实在是个很善良的孩子，为了让你觉得他很开心，他总是微翘嘴角浅浅地笑，只是他笑的时候，你也会不小心看见他依旧深锁的眉头。

如果你还看见他仰着脖子没完没了地看着星空也不要奇怪，那是他在思念一个最亲的人！

小七！加油！

向中考冲刺啊！

六 玻璃杯

你曾说我的心像玻璃杯
单纯得透明如水
就算盛满了心碎
也能轻易洒掉装着无所谓

那轻轻巧巧的玻璃杯
总是太容易破碎
盛下了泪水就盛不下我们
究竟谁湮灭了谁谁又能体会

—— 曹卉娟

七点篇：

我以为到了高中，我就会落单，没想到我中考只比九九少30分，比梅寒多零点五分，这样我们三个又进了同一间教室———中的远程班。

新学期的第一天早晨。

我问九九："你知道你脸上的什么最好看吗？"九九说："我什么都好看！""你比杨玉环瘦，比貂蝉高，比王昭君白，比西施身体素质好，所以你这辈子也算不了美女了，幸运的是你有个很好看的鼻子，直直挺挺的，亭亭玉立，在你不起眼的五官中让我爱不释手，来再递过来我捏两下。"

九九骑着车递过了她的飞腿，每次踢我的时候我都感觉她的腿太长。可是如今骑在单车上她怎么可以踢到我。我加快速度骑到九九前面，薄薄的雾慢慢弥散，九九在后面追我："小七，别跑，慢点，不慢点你就死定了。""嘿嘿，你说错了吧，应该是慢点我就死定了！""不跟你开玩笑，我有东西给你啊。"我从单车上回过头，看见九九手里拿着两个晶莹剔透的玻璃瓶。

我放慢了速度，九九喘着气从后面赶上来，然后她的手搭在我的肩膀上，跟着手又变成拳头擂在我的肩膀上："不扁就太对不起自己，我让你跑。"

我忘记九九还有滑头的时候了，不过已经被她打到就安全了，酷酷的九九不会在同一个人身上重复动手两次的，她喜欢一招毙命，如果一招致不死你那你就放心了，她绝不会再动手的，所以现在我就是侥幸的人。

我捂着肩膀装出很疼的样子，九九傲慢淡定地盯着我："好了吧，看你装到什么时候，我明明打在你的左肩你却捂着右肩。"

我连忙换右手去捂左肩，九九递给我一个玻璃瓶和一张深蓝色的纸条，小巧的玻璃瓶有顶深蓝色的盖子，我看见她手中留下了一个紫色的瓶子。九九对我说："在字条上写下三年以后你想对我说的话，再装进瓶子里面，晚上我们把它埋在操场的梧桐树下，等到

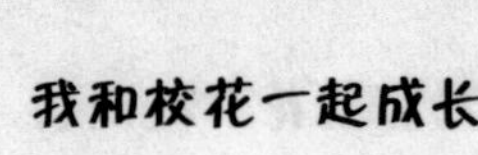

毕业的时候我们一起打开它。”

“这个挺新颖的，就是说我在纸上痛骂你一顿，还要等待三年以后你才能听得到？”“你是不会骂我的，我虽然不够老实，可是我百分百的人见人爱。”九九模仿着我的语气。“你能不能不要模仿我？说话都要学我？”九九白了我一眼突然笑着挥手。

我顺着她手指的路口看见梅寒远远地对我们挥手，彩色的风车在她的单车上眉飞色舞地旋转，梅寒从路口一路骑出来我发现她身后的街道都变得明朗。

“嗨，你们两个慢吞吞的，等你们到现在了。”

“今天怎么突然等我们了？”九九笑着问梅寒，她们两个粘得像一瓶胶水，一瓶这么多年也没有变质的万能胶。

我们骑着车进了校园，还是一样的校园，骑过操场的时候我习惯性地拐到右边的初中部，却不见九九和梅寒跟过来，回过头看见梅寒和九九停着车指着我笑，我才意识到从今天开始我已经是高中生了，从今天开始我的教室在操场的左边。

“小七，就说你永远长不大吧？不过你看起来的确只像初一的学生。”“是啊，可是你和九九已经老了。”九九看了我一眼没有像往常那样跟我斗嘴，她深沉地说：“今天我们终于高一了。”梅寒也悠长地叹息：“是啊，我们已经高一了。”我开始笑她们：“不对，九九梅寒你们的青春已经结束了。”

我们把车停在高中部的车棚里，昨天都已经知道我们都分在高一三班，所以直接就走进二楼的高一三班的教室。教室里面已经坐满了陌生新鲜的面孔，偶尔也有认识的，他们也是从本校直升到高中部的，这就是传说中的高考远程班吗？

梅寒和九九找了个空座位，让我坐在她们后面，她们的后面靠窗的位子已经坐了一个男孩，那是一个很帅气的男生，他看见我过来便把座上的书包挪到里面去，我对他笑笑就坐到了旁边，看见他同时对我笑的时候感觉看见了灿烂的向日葵，我第一次见到如此灿烂之极的笑容、如此清秀的眉目也能长在男生的脸上。

我们竟然穿的同一牌子同一款衣服，梅寒回头对我们大惊小怪的尖叫：“哇，你们两个穿的是同一款的衣服啊，一个蓝色一个白

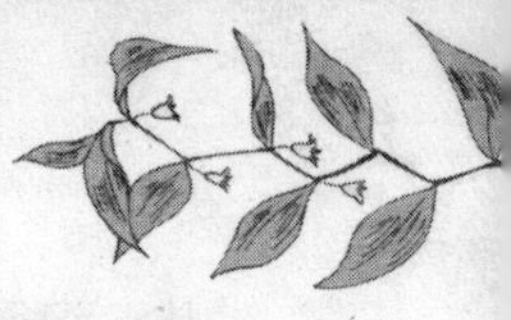

色。九九你看像不像双胞胎？”

我和同桌帅哥开始对话。“你叫七点吧？刚刚我进来的时候有女生问我是不是叫七点。”“那你叫余炼喽？也有女生问我是不是叫余炼。”梅寒还是拉着九九看我们的衣服：“原来不仅仅只有小七天天穿得像参加颁奖一样啊。”

窗外的阳光照射到男孩的发和肩上，构成了一幅绝佳的逆光照片……但是我不记得当时我说什么，记不得我们听了什么。这是我第一次见到余炼，当时我还不知道这就是我最好的兄弟。

梅寒突然站起来说：“嗨，我请大家吃德芙。”这个时候我才发现只有梅寒的背包是鼓鼓的。看见巧克力，全班起了个小高潮，梅寒说以后我们就是自家人了。别人都分到巧克力，九九手里也发到一把德芙，偏偏就我没有，梅寒咿咿呀呀地说了一大串：“七公子，我知道你是不屑吃这种廉价的巧克力，你回去吃你的GODIVA吧。”其实还不是买得太少不够分了。

梅寒无论做出什么我也不会觉得奇怪，我相信九九也是，初中她从二中转来的时候也是请全班吃巧克力，结果弄得自己连买颜料的钱也没有，还是拿了玻璃罐到我家借颜料。

据说因为梅寒的带头作用，以后我们三班养成了良好的请客风气，但凡有求人办事的一例要带上德芙，更有好事者还列了张表：

带早点一次：一块德芙

借抄笔记一次：两块德芙

借抄作业一次：三块德芙

借听CD、书本一次：四块德芙

代写情书一次：五块德芙

还有一些琐碎性的收费，比如课间陪同上厕所的、陪同去商店买东西等等之类，一例收0.5块德芙。此表一出，无疑是代表“政府”出台了一项权威的收费制度，从此以后大家都明码标价，按制收费，公平公正童叟无欺。

不过这个收费表对一个人一点作用也没有，那就是我的同桌余炼，记得当时他手里捧着巧克力脸上泛滥着与众不同的表情，梅寒问他："你是不是不想吃？"余炼摇摇头。"你是不是不把我当同学所以不屑吃我的巧克力？"余炼又摇头，然后他把一捧巧克力吃得精光。

吃完之后他痛苦地趴在桌子上，一只手捂着肚子一只手艰难地握着笔，在纸上颤抖地写："兄弟帮忙拨下120。"接着把手机递给了我，他脸上的痛苦太逼真了我就毫不犹豫地拨通了120，余炼就被120"哔宝哔宝"地拉进医院了。

原来他对巧克力过敏，小时候吃了一次巧克力也被送进了医院。后来我问余炼："你明明知道对巧克力过敏为什么还吃？"听到他的答案我当场休克，他说："我……我不好意思不吃，她说我们以后都是一家人嘛。"

梅寒为了这件事自己内疚不说，还被老师和她爸训了好长时间，所以余炼出院的第一句话就是跟梅寒说："让你受苦了，真不好意思。"余炼把愧疚摆在脸上，看着他满脸的认真弄得梅寒哭笑不得，也就因为这事，余炼开始跟我们熟悉起来，用梅寒的话说就是形影不离、如胶似漆。

余炼是个不会拒绝的孩子，所以梅寒开始把他编成故事传诵，梅寒在说这个故事前，总是模仿说评书的先干咳一声然后说："话说在一个美丽的地方有个可爱的傻子，这可是一个特别可爱的傻子，他别的话不会说，只会说'好吧好吧'。人家跟他说'我们去吃饭吧'，傻子说'好吧'；人家说'借我点钱吧'，傻子说'好吧'；甚至人家问'你吃过了吗？''你现在去哪里？'傻子也笑嘻嘻地说'好吧'。"

每次说到这里，梅寒见机来个停顿，然后问听故事的人："下课陪我去买个东西可以吗？"那人一时没有反应过来就说"好吧"，梅寒又说"我请你吃巧克力吧"，那人又说"好吧"。梅寒又掏掏口袋说："今天没有带钱你先借我点儿。"那人又说："好吧"，于是梅寒捧腹大笑："原来你就是那个傻子啊！傻子啊阿姨终于找到你了。"

余炼的口头禅除了"好吧"，那应该就是"九九把你的作业拿给我抄一下”。这个凭自己成绩考进重点高中重点班的男孩，每天早上来教室的第一件事情就是风尘仆仆地把书包往课桌上一扔，便急匆匆地拍拍九九的肩膀，“九九快，把作业给我抄一下，快快。”

拿到作业本我们两个开始分工协作，我替他把风他开始隐藏在早读声里作案。我们班主任外号杨白劳，因为他本人姓杨而且有些害怕我们的数学老师黄世忠，所以两人将文学里面两个经典的名字分摊过去，一个叫黄世仁，一个杨白劳。

杨白劳擅长做地下工作，常常神不知仙不觉地从后门露出半只眼睛，窥视全班同学的一举一动，所以根据道高一尺魔高一丈的真谛，我亲爱的同桌余炼在我尽心尽力的掩护下仍然屡屡被抓个正着。

所幸的是我们余炼同学个性执著、意志坚定、节气贞烈、宁死不屈，所以一直坚持在最艰难的条件下，冒着被批斗的危险隐藏在早读里按时完成作业，把革命精神和萝卜头的学习精神发扬得四海皆知。

不过好在后来我们也针对老班的工作方式，想出了一些独到的对应方法。我们准备了两面小镜子，一面对准前门一面对准后门，只要镜子里面一浮现老班笑眯眯的小眼睛和阴黑的脸立马停止作案，这样大大减少了伤亡。

只是日子一长，我的品质优秀、玉树临风的好兄弟竟然染上一种无药可治的病毒，其病毒的名称为“日久生情”，根据患者的亲口描述，其症状反映为：发病时一阵刻骨的疼痛从脊髓出发，沿迷走神经穿颈部静脉孔出颅，绕左锁骨下动脉间越过主动脉，经左肺跟淤积到胸椎第六块左前方。其发病期稳定，基本上是每年365天，8760小时525600分钟31536000秒都剧烈灼痛。

这个优秀的空手道高手吞吞吐吐鬼鬼祟祟地对我说：“小七，我……我……我喜欢梅寒。”听了这句话我就像是一口吞下几磅炸药，我拍拍余炼的肩膀安慰他：“兄弟你这又何苦？想清楚没有？”“想清楚了！”“兄弟啊，就算你要跳火坑也要睁大眼睛选一个壮美瑰丽的火坑跳下去啊。”余炼想都没有想就说：“既然都决定跳下去了，还不如闭上眼睛。”

窗外的树叶被秋风挑染成金黄，我恍然大悟般感慨："是啊，凭你我兄弟的胆子，不闭上眼睛哪敢跳下火坑啊。既然你都视死如归了，做兄弟的也应该表示表示，你快往家里打个电话吧。"

窗外的风飘得无聊了，转了个弯吹进来嬉戏着余炼的头发，余炼理了理额前的乱发满脸疑惑地问："为什么？""打个招呼晚上我去你们家吃饭，替兄弟你送行，'风萧萧兮易水寒，壮士一去兮不复返'啊，刚好晚上我家没有人做饭。"

余炼瞪着眼睛盯了我三秒，开口骂道："变态！"

我一本正经地告诉他："我是变态啊，我就是因为变态才和你做朋友的，并且跟你做了朋友之后变得更变态。"

余炼停顿了一下又说："我要表白，喜欢她是我自己的事，跟她无关。"

我接连叹气："唉！唉！既然与她无关了，你干吗还要告诉她？"

……

余炼的确病得不轻，每每观察到他注视梅寒的眼神连我这个不懂医术的人也看得出来，这个年轻人已经病入膏肓，无药可救了。

也许是余炼把人皮披得太端正，所以梅寒一直都看不出他狼的本性，也许是梅寒太粗心，她还是肆无忌惮地在大家面前大侃："关于爱情我喜欢一见钟情的，就像S.H.E歌里唱的那样，'还没出现就已对你爱恋还没遇见就先有了思念……'"

我就忍不住教育她："那样的话就算见面也只有百分之百的擦肩而过，哪有日久生情成功率高？""我当然有办法，当我遇到他的时候，路边有石头我就搬起石头砸他，有木头就用木头砸他，砸晕了就送他去医院，然后天天去伺候他，这样不就日久生情了？"

听了她的话九九和余炼目瞪口呆，我对他们说："没有办法，你们要是公安局长的孩子，你们也可以砸晕人家。"

上课的时候，余炼越来越喜欢托着下巴注视梅寒的背影，眼睛里忧伤盈眶。但是对我来说，岁月如歌，我满眼看见的都是那些溪水一般潺潺流过的时光，是来时路上斑斓的繁华，远离了苍白和荒芜，满眼都是自己铭记的那些欢乐、那些青春、那些旧事、那些故人。

我在深蓝色的纸条上，写下了三年以后我想对九九说的话，其实还有更多，只是我的字太大纸条太小：小丫头，初中三年我一共帮你喝掉了七百一十三罐百事可乐，感动吧？所以上了高中你要更加好地报答我。左下角落款是：七点，一九九九年九月一日。

不知道九九写给我的是什么，我们把纸条塞进玻璃瓶埋在操场左边第七棵水杉和第九棵水杉树下。

它们安静地住在树下时光翻阅不到的地方，等着三年以后我们来打开。

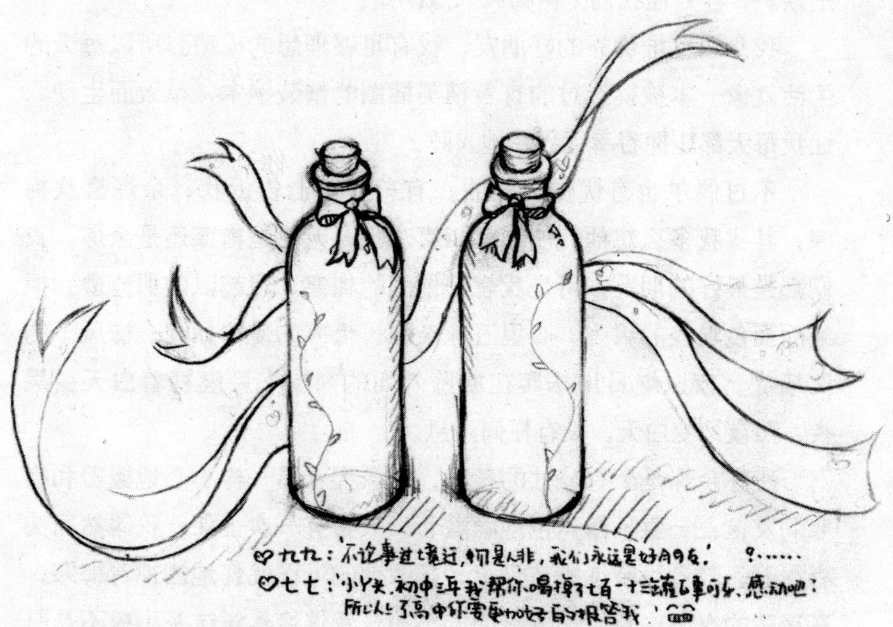

九九篇：

以前坐在教室里，和对面那栋教学楼相望，近在咫尺却又遥不可及，觉得那里是神秘的所在，从那栋楼进出的高中生身上都披着一件耀眼的霞帔，令我艳羡不已。

后来我们才知道余炼真的是一个只顾别人感受处处替别人着想的孩子。因为他在乎别人的感受他变得不会拒绝，而且有着奇怪而简单的口头禅，为这个梅寒还专门编了个贬人的故事，不过余炼开始跟我们熟悉起来，用小七的话就是："这是我兄弟。"很多人都以为他们是双胞胎。

索性到最后他们开始穿一样的衣服、骑同样的单车、背同样的书包、带同样的腕带、留同样的碎发，而且形影不离，弄得比我和梅寒还粘。梅寒嫉妒地跺脚："哥两个要注意形象噢，'君子之交淡如水，小人之交甘如饴'，。小心被误会你们是玻璃啊。"

这个时候小七又厚颜无耻地说："我虽然不够老实可是我百分百的人见人爱，怎么会有人说我闲话！"余炼也大言不惭："你们别嫉妒，怪只怪我们玉树临风人缘朗朗！"

我身边有堆优秀的好朋友，我有足够理想的成绩。所以每天的生活就像一本被挑选过的有着精美插图的精装读本，精致而生动，让我每天都能拥着幸福甜甜地入睡。

不过偶尔也有忧伤的插曲。有一天小七告诉我，余炼喜欢梅寒，其实我多么想他们能够互相喜欢啊，无论是梅寒还是余炼，我们都是最好的朋友。可是我想起倔强的梅寒，想起以前那些遭到拒绝而面色黯淡的男生，心里五味杂陈。梅寒的爱情如同一株风干的爬墙虎，夜以继日地攀爬在墙壁外面的窗棂上，漠视着白天变黑夜、黑夜又变白天，没有任何声息。

还好余炼是个有分寸的孩子，他像握水晶一样小心地握着和梅寒的友谊，一直不露声色地隐藏着。只是有一次上课，我偶然回头看小七，却看见余炼趴在桌上，托着他的下巴忧伤地注视着梅寒，在迷蒙的夕阳中竟像一头寂静的小兽，我恍惚感觉这头小兽不是趴在桌子上，而是在荒漠里以决绝的姿态奔跑。

这些都是梅寒不知道的，这个揽住我对着我耳边轻轻说话的女孩，把我的腰揽得有些发抖的女孩，依旧鲜活的招摇依旧肆无忌惮的说话："我喜欢一见钟情的爱情，就像S.H.E歌声那样：还没出现就已对你爱恋还没遇见就先有了思念……"

听到这话我忍不住看着余炼的表情，听见小七和她的调侃。

我和余炼一起震惊，小七大声笑："没有办法，你们要是公安局长的孩子，你们也可以砸晕人家。"

是的，没有办法。这个匪夷所思的女孩就是我所认识的梅寒，我们一起长大，有着一样的记忆和快乐。在那样的生活里我时刻伸出手，都可抚摸到幸福的形状。

我在紫色的纸条上写下了三年以后我想对七点说的话：小七，我们恋爱吧，从今天开始。

不知道小七写给我的是什么，但是我知道那绝对不是骂我的话，纸条被塞进玻璃瓶里，晚自习课间我们偷偷地溜到操场上，把瓶子埋在操场左边第七棵梧桐和第九棵梧桐树下。

它们像一颗种子，留在温暖的土壤里恬静地生长，用三年的时间开放，静谧地等着三年以后我们来采摘它。离开操场的时候，遥远的星空仿佛悄无声息地开放了一朵星花，因为它的绽放美丽了整个星空。

想到那只埋在土里的玻璃瓶，心里有朵娇艳的花蕊沾着丰盈的晨露悄悄滋长，但是那个时候我没有想到在另外一个夜晚，我会揣着一颗忐忑的心一个人再回到操场上，换掉了玻璃瓶里面的纸条。

那个时候我们正听着一首美丽的歌曲：

你曾说我的心像玻璃杯
单纯得透明如水
就算盛满了心碎
也能轻易洒掉装着无所谓
……
那轻轻巧巧的玻璃杯
总是太容易破碎
盛下了泪水就盛不下我们
究竟谁湮灭了谁谁又能体会

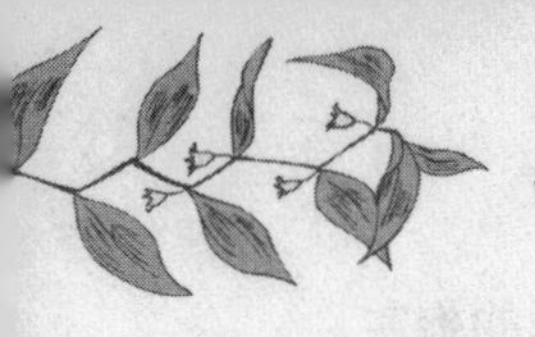

七 花季

眼前飘过几朵白色蒲公英
夏夜仿佛有了下雪的凉意
榕树底下开了一株白茉莉
听你说着
花语隐藏的秘密
……
没你的花季
没有你的世界里
孤寂闻不到香气
有你的花季
爱情开在花田里
甜蜜全部都给你
有阳光雨水和空气
混合着泥土的气息
埋一颗种子给你
陪你去看花季
色彩满天满地
你爱的我会努力学习

—— 陈镇川

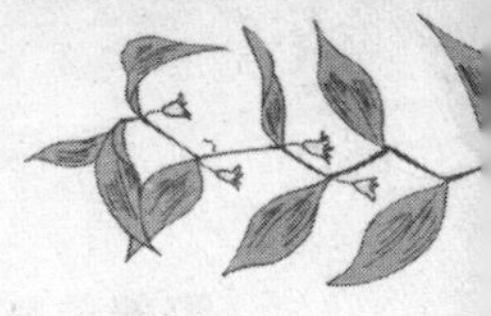

七点篇：

打牌的时候有一种人永远不按常理出牌，所以让人无法琢磨，九九就是这样的人，一个小的时候胖乎乎的，后来突然就变漂亮的女孩！

九九的全名叫林九月，现任一中校花，学习成绩全校第一的校花。

从初中开始，晴朗的早晨，常常有男生拿着礼物在我们的大院门口等着九九，甚至有很多一起踢球的男生开始莫名其妙地讨好我，说让我帮他们追我姐姐也就是林九月。我强烈否认林九月是我姐姐，并且爽快地答应了他们卑微的请求，还热情地给他们想了很多办法，那可都是些别出心裁的妙计啊，都是我花了心思才想出来的，并不仅仅是我的资质高，关键还靠灵感的瞬间迸发，我那个心疼啊，给了他们以后等到我自己追女孩的时候就不能用了，可是九九永远一副不耐烦的表情，拒绝得斩钉截铁。

以前追九九的男生更多，直到梅寒转来之后，她们两个平分了校园里面的好逑君子。我一直想画一幅画的，画里有黄昏、有树、有歌声、有一个男孩和两个女孩在回家的路上骑着单车，单车的把手里插着永远转动的彩色风车，那是我、九九和梅寒在一起的情景。我常常穿蓝色衣服，九九经常穿紫色的褂子，梅寒穿不同的橙色外套，窗台上起风的午后，我们骑着车穿过在梧桐飘落的水泥路，她们在我的身边唱歌，我摇摇晃晃地骑在她们中间，她们一起

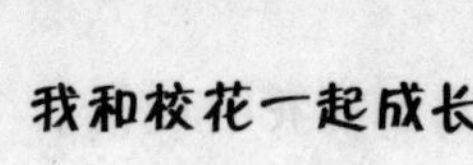

蹬着单车过来挤我，长长的水泥路上空气稀释了她们的歌声，我们的脸刚好隐现在校门的阴影里，模糊不清。

我们三个从幼儿园一起开始学钢琴，而今九九和梅寒在同一个考场里拿到了八级证书，可我的手晕眩地抚在黑的白的琴键上恍惚地找不到音域，每次听到她们弹琴的时候，世界很沉静，她们的琴声在我心头盘旋，那些音符像一只只随意放飞的纸飞机，滑出很多优美的弧线，然后我走失了，我看不清那些好看的纸飞机飘落到了哪里。

突然想九九和梅寒的身边应该站着一个笑容清澈、面容俊朗的男孩，不过那一定不是我，我站立的时候表情早已忧伤一片。

我似乎习惯了忧伤的表情，习惯了孤独的姿势。

在我习惯为孤独忧伤的时候，九九总是伏在台灯的光芒里替我誊抄当天的笔记，替我完成当天的作业，这些都是多么繁复的工作啊。我踢累了足球的时候，整个身体顺势坍塌在草坪上；我打累了篮球，随风甩甩额前的长发，头顶是永远湛蓝如洗的天空；在我口渴的这些时候九九总是递给我一罐百事可乐。

我总是因为注意球而不知道九九是什么时候来的，又是什么时候走的，当我喝着可乐重新回到球场想表现一下球技的时候球场旁边再也没有九九的影子。

还有梅寒，这个从小说我长相平凡、身材平庸的死党，有一次听见一群女孩议论我自命清高的时候，竟和她们大打出手，她那件彪马外套被扯落两粒扣子粘了一团黝黑的污渍。只要我愿意承认，其实我并不是孤单的。

世界并没有遗忘我，只是我的心孤单太久了，是我把自己遗忘了。

高一的时候有个高三的男生，号称我们学校的老大，这个老大就是在一个中午带着一帮兄弟把我堵在学校门口，拦着我说："知道我是谁吧？不知道就去问问。你小子以后离林九月远点，不然我废了你。"说完还在我脸上拍了两下。他的手指冰凉，很久以后我一想到他伸出手拍我的姿势就有点折服，我觉得很符合帅哥的标

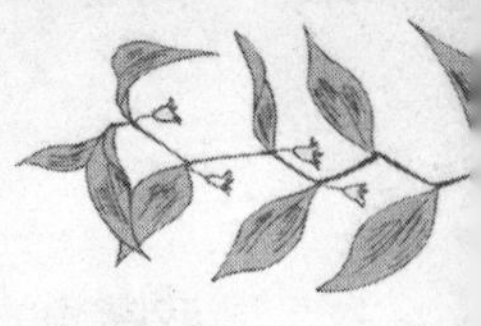

准。可惜我没有看清他的脸，那无疑会是张棱角分明的脸。

不过后来我发现，虽然他号称老大，并且热衷于古惑仔的事业却因为先天条件不能做个称职的古惑仔。

我不知道九九是怎么知道这件事情的，梅寒说她知道以后，目光黧青，捡了块砖头就冲进高三的教室，据说高三那时正在上课，九九冲到那个男生面前，举起砖头用力地吼道："再敢缠着我，我就死给你看！"然后一砖头拍向自己的脑袋。

那是一块暗陈的红砖，上面有斑驳的痕迹，还有一簇新鲜的苔藓。

九九躺进医院后，我想恐怕这辈子也忘不掉九九流着血的脸了。我一直没有去医院看她，我很害怕，梅寒找到我的时候，执拗地拉我去医院，我甩掉她的手就跑回家。

我在家里洗了头，洗了澡，换了件新的白衬衫，回到学校，我平静地找到那个校园老大，对他说："走吧，我们单挑好不好？"那一瞬间他的眼睛里有恐惧的目光。

实验楼后面是一片荒芜的杂草，有一条污水沟从荒草丛里流过，我知道这片土地几千年以前曾经是春秋战国的战场，此刻这里是我的战场。白云在头顶舒展，我在这片草地里压抑着自己亢奋的心。

他一拳击中我的下巴，我懒得去挡，血液散发在空气里的腥味让我想呕吐，我的脸上堆满痛苦的表情，他第二拳过来的时候，眼睛里面蓄满凶光，旁边两个人都在怂恿他："老大，干掉他！干掉他！"

我向右摆头，他的拳头擦着我的鼻子呼啸而过，我软了软腿，提起脚一个回旋劈踢中了他的脖子，紧跟着一个侧踢击中他的下巴，我冲上去提起摇摇欲坠的他，左手握拳在他的鼻端砸开一朵绚丽的血花，一拳一拳打软了他的鼻子。他带来的那两个人使劲扯着我胳膊，有一个用腿踢我的屁股，这些都阻止不了我的拳头，我又用拳头在他的眼角砸开一朵丑陋的花，直到他脸上再也没有完整的地方让我下手。我一直是个有洁癖的人，找不到干净的地方落拳就松开了手。

我竖起食指挠挠鼻侧，身上的白衬衫上有几块血渍，衣服以后也不能穿了，我暗暗地叹息。看到他软软地瘫下去，眉角的弧度像

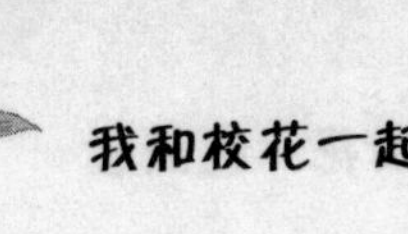

我嘴角的伤痕隐隐作痛。

从此以后我习惯用拳脚解决问题，因为它的直接我喜欢上它。九九是在第二天下午出院的，我原本准备去医院接她的，刚出教室就看见她从她妈妈的车里出来。

很久以后我听见梅寒问九九："你那天为什么那么傻？"

九九只是笑，笑从涟漪到漩涡。梅寒又问九九："就因为他们去威胁小七吧？"慌乱中我没有看清九九脸上的表情，我的心动了一下。

日子很快就过去了，我又可以肆无忌惮地拍九九的头了。

想起九九流血的脸，我会偷偷地难过。

那次以后最奇怪的是没有人让我帮他追校花了，我又花了很多心思想了很多追女孩的点子，这次可以攒下来备用了。

九九篇：

虽然这么多年来我跟梅寒一直打击小七的自信，可是小七仍然茁壮地长大，还生了一张俊美的脸。

听到班上那些花痴盯着他说："你看小七又在迷死人地笑着。"我心凉了，其实我知道，他整天一副吊儿郎当的样子，那是装出来的，我永远记得他凄迷的眸子，永远记得他忧伤地说："九九，你知道吗？我笑的时候常常都是不开心的。"

小七在篮球场伤了手指以后，他的抽屉里堆满了创可贴和喷雾剂，那一刻我才看清小七是多么受欢迎。

梅寒碰了碰我的胳膊问："你不担心吗？一点也不紧张？不担心？"她用手指指向小七，我看见他正坐在一个女生的课桌上，喝着一瓶酸奶，邪邪地坏笑，他的侧脸挡住那个女生的脸。我转过头对梅寒笑，我在心里回答梅寒的话："不知道为什么，我一点都不紧张。"

小七始终只和我一块骑车上学、回家，我看见过别人递可乐给他的时候被他拒绝的场景，那样的时候我心里面像装满蜜糖的糖罐子。连我鬼精鬼精的妈妈都说小七是个有分寸的孩子，那我还有什么

不放心的?

每天早上我的闹钟准时闹醒我的食指，然后我的食指就迷迷糊糊地伸向电话机，梦游的手指按下免提拨通小七的电话，很多年来我一直这样叫他起床，确定他起床了我才爬起来，然后我们一起去学校门口吃早点。

甚至到了双休日我也会打电话叫他起床，小七明明极不情愿却又得装出乐意的样子起床、下楼。

小七总是坐在我对面，热腾腾的鸭血粉丝端上来的时候，眼睛眯成一条好看的缝，细细地的打量我，再打量粉丝，最后嘻哈地笑起来，笑的很淫邪的样子，不知道笑我还是笑粉丝。看见他这样的贼笑我想发脾气，心里却松松垮垮提不起精神。

他有长长的头发，碎碎地在脸上荡下阴影。我穿着中裙藏起膝盖，坐得笔直不看他。我说：“你现在好吃香啊？天天有喝不完的酸奶吧？”小七又贼贼地笑：“那是当然，我虽然不够老实可是我百分百的人见人爱！”

我掰着手指头数落他：“你说这个厚颜无耻、虚伪、恶心，怎么就让你天生具备了呢？”

小七歪着脑袋看我，我的粉丝也端上来了，在桌子上升起缕缕的水雾，小七对我说：“请我喝可乐吧。”我说：“想喝吗？想喝自己买去。”小七说：“我没有带钱，不然我早就给你买鲜奶去了。”我站起来去买可乐和鲜奶，可是当我再坐到桌子上，我的粉丝已经了变了味道。

我咽了一口，呛得流下眼泪，喉咙里面像燃起一条火龙，小七埋着头不看我，我一边咳嗽一边发火：“七点，我想杀了你！如果你不马上给我倒杯水的话！”他笑扭曲了脸，根本就不把我的话当成一回事，我的恐吓也许很像那个狼来了的故事。

然后我就真的生气了，起身就往着家的方向走回去。小七很快追了上来，我只顾低着头看着脚上Adidas白底粉红条纹运动鞋，小七突然猛地拽住我的手，把我甩了半圈，我从他的右边站到左边。我抬起头用我独有的傲慢淡定的眼神盯着他，藐视地盯着他，冷冷的眼神一直把他理直气壮的脸盯得黯然失色，最后他只剩下低低的声音紧蹙的眉头和慌张的神情，令我窃笑不已。他观察到我脸上的舒缓，又开始理直气壮起来："上次你不也是在我碗里面加了那么多辣油，我还不是泪流满面地把整碗都咽下去？""你还敢说，我只是加了点点辣油，可你加了那么多辣油还加了醋、胡椒还有盐和酱油。"

小七眼睛登时像亚马逊雨林里大如车顶的奇异果："佩服！佩服！说的一点不错，我真的只加了辣油、醋、胡椒，还有少许的盐和酱油，本来还想加味精的，只是来不及了。你的嘴简直就是检测仪。"

路边的紫薇花被风吹落，零零散散地落在我的头发上，小七玄乎其神地的伸出手，微笑着替我择下来。紫薇花怪异的气味缓缓地弥散。

我说："不跟你闲耗了，我还要去老师家练习钢琴。"小七手插在口袋里，下巴高高地扬着，用一种怪怪的眼神瞪我，我又说："无聊，我走了！"然后刚走几步就被小七拉了回去，我转过头看他清澈的眼睛，有些目眩。

那一天有很大很大的风，我听见他一个字一个字地说："是谁在我睡得正香的时候打电话叫醒我了？"我说："我又不是故意的……我只是有意的。"当时小七气得是那样咬牙切齿，鼻孔估计都冒烟了。

我丢下他就走，其实我还想问他：为什么你突然就不想学钢琴了呢？上个礼拜老师还表扬你了，说你很有天赋，其实你的钢琴早就可以去考级了。

可是我没有问，有的时候我觉得小七难以琢磨，虽然我是这么冰雪聪明。和他认识是从幼儿园之前到现在，我现在想起来这长长的十多年，美好得就像飞鸟挥了一挥翅膀，美好得就像枝头等着摘下的水果，甜美无虞。

不过有时候我真的很生小七的气，我知道别人让他帮忙追我的时候，他都是很爽快地答应了。普希金说的那句话我早就会背诵。他说：男人和女人之间的友谊，不是爱情的开始，就是爱情的结束。可是在这样的城市里，有一对读过普希金文字的女孩和男孩正在青梅竹马地长大。女孩不知道这是爱情的开始还是爱情的结束。

生活有时候真像蒙太奇，我捂着眼睛堵住耳朵，我把脑子里很多记忆都删除了，专门存放那一天。那一天记忆反刍的是我流血的脸。

刚刚升进高中不久的一天，有一个高三的男孩找到我，他从学校里的超市一直跟着我到教室门口，非缠着我答应做他女朋友不可。

虽然我很讨厌这样的男生，但是我还是很礼貌地回绝了他，他大言不惭地说："放心吧，我一定把你弄到手！"这样讨厌的男生我还是第一次遇到，以前也是很多男生接近我，但是他们都干净而温和。

后来这个男生一下课就来找我，有一天从办公室回来，刚好遇到他和他一帮同学，他当时就不知廉耻地对我指手画脚："兄弟们，这是我的新女朋友，快叫大嫂。"我是和梅寒在一起的，她看见我愤怒的样子想搬起砖头砸过去，我使劲拉住她说："走吧，我想回教室。"

可是我没有想到那个男生竟然带着一帮人拦住了小七，把他堵在学校门口，我知道以后全身就像被点燃的导火索，我回头寻找小七的身影，发现他在后门口，正搭着余炼的肩头不以为然地和一伙男生说笑。那天的他穿着芥末黄连帽开衫、侧兜窄脚牛仔裤和黑底黄色耐克Logo运动鞋。看着他的时候我又想起那个男生对他莫名其妙的恐吓，我甚至还能想象到他对小七说那句话的时候恶狠狠的表情，无论他对我怎么样，我也是讨厌几分钟就完事的，可是想起他竟然恐吓小七，我越想越生气，最后实在控制不住自己。

我是冲出教室的，在花圃里刚好有块红砖，我捡了起来就冲进高三的教室，当时高三正在上课，我莽莽撞撞地冲到那个男生面前，举起砖头声嘶力竭地吼："你要是再敢缠着我，我就死给你看！"然后我举起砖头，举砖头之前我原是想砸他的，但是我犹豫了一下就鬼使神差地把砖头拍向自己的脑袋。

血涌出来的时候，我还没有感觉到疼痛就晕倒了，晕倒的同时我还在想："完了，以后会是多大一块疤啊。伤口处不知道以后还会不会长头发……"

醒来的时候，我已经躺在医院了，医生给我上好了药说："不要担心，伤口不大。"妈妈和班主任全都在床边，还有一张威严稳重的脸正在和我爸爸说话，那是校长。接着校长走到我面前说："林九月啊，我已经跟你爸爸保证过了，对于那样的学生，我们学校毫不手软地开除……"

那一刻我在心里问自己这样做是不是太过分了，可是我的头还很晕，他对小七说的话依旧在耳边回荡，"你小子以后离林九月远点，不然我废了你。"其实想想这样的结果不正是我想要的吗？

我躺在医院里不但疼痛还很难过，我难过不是为了别的，是因为小七一直都没有来看我，梅寒非要亲自去把他拖来，可是最后她还是独自一个人回到医院。

梅寒告诉我，说小七主动跑去找那个高三的老大单挑，把那个男生打伤了，这时我才想起来小七从小就练跆拳道，现在已经是黑带了。

可是如果时间倒流我还是会这样做的。在医院里面的一整天，我一直听着一首优美的歌：

眼前飘过几朵白色蒲公英，夜仿佛有了下雪的凉意，榕树底下开了一株白茉莉，听你说着，花语隐藏的秘密……没你的花季，没有你的世界里，孤寂闻不到香气，有你的花季，爱情开在花田里，甜蜜全部都给你，有阳光雨水和空气，混合着泥土的气息，埋一颗种子给你，陪你去看花季，色彩满天满地，你爱的我会努力学习。

因为这件事我在心底给了自己一个答案：我是多么在乎小七，小七这个傻子！

很久以后，我无意中听见小七对余炼说："想起九九流血的脸，我会偷偷地难过。"

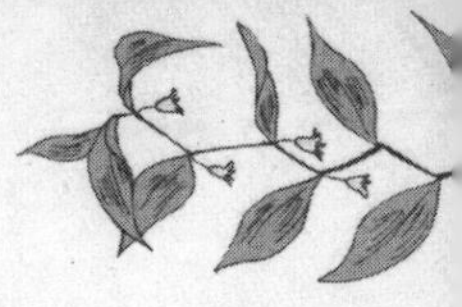

八 那些花儿

那片笑声让我想起我的那些花儿
在我生命每个角落静静为我开着
我曾以为我会永远守在她身旁
今天我们已经离去在人海茫茫
……

—— 朴树

七点篇：

夜空就是一张五线谱，满天的萤火虫就是五线谱上的音符，那些个音符都拖着长长的尾音，那些个尾音飘到阳光里就欢快地雀跃，飘到雨水里就忧伤地湿了。

有一个萤火虫满天的夜晚，我和余炼、九九、梅寒、盛夏坐在宽宽的运河埂上，三个女孩靠在一起，靠得那么紧，就像一朵鲜花的三片花瓣；我和余炼肩靠着肩，就像花杆上的两片绿叶。一只萤火虫从夜幕飞下来，落在我的肩膀上，小驻片刻又飞到九九和梅寒的肩膀上，萤火虫在她们的肩头挽起裙角轻舞飞扬，舞着舞着又尾随另一只萤火虫飞到盛夏的辫子上，最后才恋恋不舍地飞回夜空。

萤火虫离开，我们唱歌，约好了不提高考不提分数，扯着嗓子一遍一遍地唱《灌篮高手》的主题曲《我只注视你》，唱到高音部分声音都荒腔走调，青春漫溢的我们豪迈极了。

刚升进高中的时候，我们班足球队报名参加了全市高中生百事可乐杯足球赛，那时有个电视台每天中午正在热播安达充的《棒球英豪》，九九和梅寒总是学着里面的浅仓南矫情地说：“小七啊，小七，你一定要带我去甲子园。”

我们球队买的是英格兰国家队的球衣，白衣黑裤。买球衣的时候好几个男生的钱不够，几个人捧着手、排着队，一个比一个嬉皮笑脸地要女生友情赞助，女生竟然也慷慨解囊。

在一个晴好的下午，十几个男生，齐刷刷地穿着英格兰的队服走进教室。我们昂着头把自己当成凯旋的勇士，但是女生的兴趣只在我们球衣背后的号码，所以我和余炼勾肩搭背地走进教室的时候，她们一起尖叫，“小贝！欧文！”

我不知道余炼的脸红了没有，我当时脸红了。

到了比赛的时候，我们班的女生一个个穿着整齐的英格兰球衣，站在球场上激昂地呐喊。

比赛前我跑到九九身边说：“小丫头，转过来给我看看。”

九九嘟着嘴给了我一个侧脸的特写。我掰着她的肩膀想把她转过来，由于太突然，她一个趔趄撞到我怀里，旁边的女生以为我是跑去抱她，更加闹得厉害。

九九从我怀里爬起来，挑衅地看着我。这时我看见她的球衣上俨然印着7号，而且还印着我名字的缩写，简直跟我身上那件一模一样。再转过梅寒，她印的是10号，我乐颠颠地跑回球场告诉余炼，余炼听完跑去找梅寒，也不知道梅寒跟他说了什么，后来那场比赛余炼特兴奋，差点上演帽子戏法。

那场比赛我们二比零击败对手，比赛结束我和余炼还有九九和梅寒，四个人穿着英格兰的队服目中无人地走出体育场，招摇过市。穿梭在形形色色的眼光里，我们各自揣着膨胀了的喜悦和兴奋。

后来整条街道亮起来的路灯也把我们的喜悦拉扯得很长。

在路口和余炼、梅寒分开之后，我看着余炼和梅寒在路灯下行走，那样的两个背影越来越小，消失在并不汹涌的人海。看的我心里甜丝丝的。

我转过头问九九："梅寒是不是也喜欢余炼啊？""穿余炼的球衣就表示喜欢余炼吗？那我不也穿你的球衣吗？"听了九九的话，我站在通明的玻璃窗前愣了愣。

一路上九九也不多说话，只是一会儿偷笑一下，一会偷儿又笑一下。她每笑一下，路边的梧桐树上就有一片掌形的叶子飘落下来，落在她的肩头或者我的肩头。

到楼下的时候，我正要上楼，左脚已经踏在楼梯上，却被九九生生拉了回来，她凝眸注视着我，低低的声音在没有灯光的夜空蠕蠕的轻飏。

她说："小七，比赛结束要交换球衣的，我们交换球衣好不好？"

安静的夜幕，朦胧的星光里充满窥探的味道，我的掌心因为溽热冒出过多的汗珠。

九九开始脱球衣的时候，我紧紧地盍上眼睛，我听见她小声地笑起来，她说："小七你快脱啊。"

于是我慌忙地脱下球衣，眼睛因为一直用力闭在一起所以有些酸了。我小心翼翼地把脱下的球衣递过去，风吹拂在我裸露的胸膛上，我接过她的球衣套在身上，总觉得衣服在我的肌肤上很别扭，像在我的身体上动手动脚地画着一幅幅不可名状的图。

九九说："好了！"我就睁开眼。

发现她根本就没有穿上我的球衣，我顿时就傻了眼。

原来她在球衣里面穿了一件低领的无袖T恤。九九扬起手，手中的衣服轻浮地扫过我的脸，丢下一句话就上楼了。"小伙子发育不错啊，还有几块腹肌。"

我连忙追上去问："小丫头，来交换短裤啊。"

九九转身一个回旋劈，吓得我一头冷汗。她挑衅地哼了一声就上了楼，早知道就不教她跆拳道了。

那件英格兰的球衣我一直留着，虽然那次比赛我们并没有拿到冠军，而年轻的我和余炼就是因为那场比赛没有拿到冠军便发誓从此不踢足球。

从那时我跟余炼开始打篮球。

我们去制衣厂订制了两件湘北的球衣，印的号码却是零号和一号，每次打球的时候篮球场两边都有昂首挺胸的美女经过。那些又矜持又活泼的女孩和她们飘扬在风里的长发都成了一幅幅画面里的风景。偶尔遇到有外校的女生在远远地张望时，我和余炼就一边投篮一边打赌：每人投三次三分球，三球决定胜负，输了就要跑过去跟那个女孩说话，还要约那个女孩喝冰凉透彻的可乐。

投三分球我通常都会输给余炼，所以每次都是我摇头晃脑地走到女孩面前，余炼一边假装什么也没发生地继续投篮，一边幸灾乐祸地监督着我。

现在总想不通，那时的风为什么格外的轻，天格外的蓝。我走到女孩面前，总会先揉揉鼻子对她笑，随后我对她说："嗨！你好啊，像你这么漂亮的女孩一定不是我们学校的吧？”那些被我问过的女孩都一样浅浅地笑，我接着又说：“你看看那个打球的男孩，他说好喜欢你。”

在篮球场不远的看台上，气氛总是那样美好，那些白衣胜雪的女孩、那些女孩说过的话，我都忘记了，可是我记得那时余炼说了一句话，让我大跌眼镜：“我这个人远比你正经，就是因为我不想调戏良家少女，所以才比你更加勤奋地练习三分球。”

记得那时有人问我们一个问题：你手中有一串葡萄，你是先吃红点的后吃青点的，还是先吃青点的后吃红点的？

我知道有一半人会先吃青的后吃红的，另一半的人会先吃红的后吃青的，但是有五个人整齐地选择做了另一半人：我、余炼、九九、梅寒和盛夏，我们都是那种先吃红葡萄后吃青葡萄的人。

九九篇：

那年的比赛，我们班的男生踢输了最后一场决赛，我们又难过又好感动，那一刻好多人哭了，梅寒哭了，我也哭了。男生站在球场上倔强地撕破了身上的球衣，最后光着膀子离开球场。

小七也拒绝了上领奖台去领属于他的最佳射手奖。那场比赛所有人都能看出裁判吹黑哨，开场不到五分钟就判给对方一个点球，十分钟以后又给了我们一张红牌。

输了比赛，小七和余炼坐在草地上，满满一操场的人像一把沙子似的都漏空了。

只是小七穿过的那件球衣后来成了我的睡衣，这是个秘密。

每天睡觉前，我总是能想起我们交换球衣的时候小七闭上眼睛脱掉球衣的样子，跟我记忆中所有的他都不一样，那一刻他的表情那么纯净虔诚。我还总记得自己当时是怎样露出笑容，淡淡地笑，用力把他的样子装进心里。

那时候，每次我们四个聚餐，小七都要为我点一道红烧糖醋鱼。其实我并不是喜欢吃这道菜，可是他一直都以为我很喜欢吃，所以我就一直假装真的很喜欢吃。等鱼端上来的时候，他就在我耳边轻轻说："鱼鳃两边的肉是最鲜最嫩。"用筷子掀开腮盖把里面的白嫩嫩的鱼肉夹到我的碗里面。

但是和很多人一起聚会的时候，小七每次都装出风度翩翩的样子。他的旁边一直围着很多女生，我甚至都挤不进去。梅寒这个时候也不陪在我的身边，她总是会充分地展示自己的社交本领。所以我就索性像只闷葫芦一样远远地坐在角落里，看看报纸发发短信，余炼远远叫我过去的时候，我就摇摇手说不舒服。

这时小七就会把眼睛端端正正地摆到我身上，于是我就佯装不以为然地给他一个秋波，小七立马乖乖地被我从女生群里"钓"过来。

想想初中的时候，小七坐在第一组，我和梅寒坐在遥远的第四组。上课的时候我们三个彼此以咳嗽为暗号，只要一听见对方咳嗽我们就习惯性地转过头，有一次小七感冒之后又咳嗽，课间他不停地咳嗽，害我和梅寒脖子都转酸了。

现在终于不用那样原始的通讯暗号了。

呵呵，到了高中，梅寒又如愿跟我同桌了，而我也如愿坐在了小七的前排。每次上课叫过起立之后，小七就笔直地站在我的背后，当我站起来的时候我都是尽量身体后仰，这样可以感觉到小七的呼吸掠过我耳根时的激动。

对了，初中的时候小七是一个严重自恋狂啊，他说，其实想想自己长得这么帅也太不容易了。我就用犀利的眼神打击他，你的鼻子要是再挺点就好了，鼻头太大破坏了整体。小七说，今天买东西的时候，收银的女孩足足盯了我五分钟。我说，那是因为你忘记付钱啊。

谎言说一千遍就会变成真理，所以我一千遍一千遍地告诉小七，你是个长相普通的男生，咦！小七的自恋症真的就被我给治好了，这还都是我教导有方。其实我心里是害怕小七从一个英俊的男孩变成一个英俊又花心的男孩。

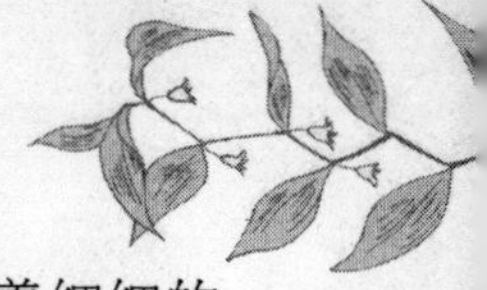

记忆里黄昏的绿树婆娑下，一条弯弯曲曲的小河流着细细的水。一只盖上木塞的漂流瓶就在浅浅的河水里漂啊漂。

想想那个时候，我竟然一点也不担心，不担心长大之后，他会爱上别人；也一点不担心我会爱上其他的人。

我想我会永远守在他的身旁。

我发誓：

将来，

无论贫穷或者富有，健康还是疾病。

和他相依相爱。

不离不弃。

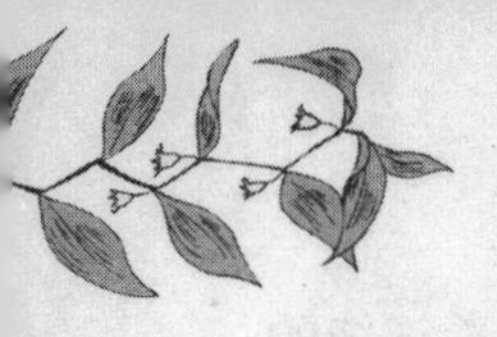
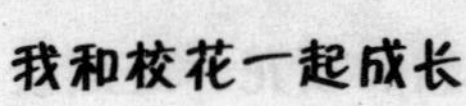

九 十七岁的雨季

当我还是小孩子
门前有许多的茉莉花
散发着淡淡的清香
当我渐渐地长大
门前的那些茉莉花
已经慢慢地枯萎不再萌芽
……
十七岁那年的雨季
我们有共同的期许
也曾经紧紧拥抱在一起
十七岁那年的雨季
回忆起童年的点点滴滴
却发现成长已慢慢接近

——潘芳烈

七点篇：

早在几个月之前，有四个刚满十七岁的孩子就约定好了，约好在除夕的夜空燃放九十九支烟花。绚烂之极的烟火承载着四个孩子的愿望，他们许愿可以幸福长长久久。

这四个孩子是我、九九、余炼和梅寒。

九九说："我们已经十七岁了。"我说："这句话你已经说了二十一遍。"九九又说："星光眨了眨眼，飞鸟挥了挥翅，我们就长大了。"梅寒说："这句话你已经说了二十二遍。"

新年的钟声响起的时候，我们燃起第一支烟火，节日的夜空因为它的绽放变的璀璨，我看着盛放的烟花，看着余炼、梅寒和九九长发后面比烟花更温暖更明亮的目光，看着藏在某颗星星后面妈妈的脸，恍惚如梦。

千禧年的夜空星光耀眼，最耀眼的还是烟花。烟花从每一个方向冲向天空。在漫天的烟花海洋里，我们的烟花开放得格外绚丽。

我们四个互相靠在一起，烟花四朵四朵地并蒂开放，四朵熄了又有四朵绽开。

晶亮的烟花屑缓缓地从空中飘落，飘落到我们的身上。

突然梅寒尖叫起来："啊……我的袄子上烧了个窟窿！"我们第一反应就是看自己的衣服，余炼苦着脸像他刚刚数烟花一样地数他衣服上的窟窿："一个、两个……"九九看着余炼漫不经心地说："你慢慢数吧，我只有一个，我没有你幸运。"

众人皆醉我独醒啊，我对三个醉鬼说："你们知道什么啊？是上帝在告诉我们，他已经听见我们的心愿。所以数数你们身上的窟窿，越多的就越幸运。"

"那你有几个啊？"余炼问我。

"我只有一个。但是我这个是最与众不同的，因为它格外的、格外的大……咚咚咚咚！"当我松开捂住窟窿的手，他们笑歪的嘴半天也还原不了，因为那个窟窿有茶杯口那么大，是众多窟窿中最硕大无比的一个。

我和校花一起成长

九十九支烟花都燃放之后，夜空开始寥落，烟花阑珊处星光却更加清亮了，我们坐在顶楼的星辉里，九九和梅寒唱着歌，余炼弹着吉他，我们的歌声安谧地飘向远方。

当我还是小孩子
门前有许多的茉莉花
散发着淡淡的清香
当我渐渐地长大
门前的那些茉莉花
已经慢慢地枯萎不再萌芽
……
十七岁那年的雨季
我们有共同的期许
也曾经紧紧拥抱在一起
十七岁那年的雨季
回忆起童年的点点滴滴
却发现成长已慢慢接近

看着梅寒和九九清丽的脸，我掐指一算，我们三个已经同学十二年了，这个世界的每一个地方，有太多十二岁的孩子，在他们如花的年纪里，不知道他们的生命里存下了多少记忆。但是在这个世界上还有很多已经拥有了十二圈年轮的树木，它们已经枝叶茂盛，可以独撑一片天地了。

除夕是我们的烟火节。星空沉寂的时候，我们站在栏杆前许下心愿。

“我是七点，我有一个梦想，它已经十岁了。我梦想有一天可以星光无限地站在自己的舞台上，看见我妈妈幸福骄傲的脸。”

“我是余炼，我祈愿幸福可以长久，长的像一百万光年，久到海枯石烂。”

“我是梅寒，如果太大的愿望很难实现，那么我许一个平凡的

心愿，我祈求下我的下一个愿望可以实现。”

“我是林九月，请听见我的心愿吧。·＃＃@%%&$€………”

“你许的是什么愿啊？”我们一起问。

“不告诉你们！”九九微笑，“我们已经十七岁了。”

“呀！已经第二十二遍了。”余炼惊叫。

九九篇：

很早之前我就看过一本书，书里说每一个女孩都应该有一本漂亮的日记本，日记本里写着满满的快乐，写着满满的心爱人的名字。我不仅是个女孩，我还是个漂亮的女孩。所以我也有一本日记本，一本漂亮的日记本。

我给我的日记本起名叫“月记”。林九月的月，日记的记。呵呵！但是你也可以单纯些地理解，就是一个月记一次。因为我一直是个懒丫头。一个很出名的懒人曾经说过一句令我折服的话：上帝啊，人都有惰性的，所以不能怪我。

这个懒人你们都认识，他就是七点。

起初我在我的“月记”里面记载了很多有价值的东西，譬如公元某年我在哪家店买了一双鞋子；公元某年某月我读了一本好看的书，书里面特蕾莎修女对我说：“一颗纯洁的心，会自由地给予、自由的爱，直到它受到创伤”；某年某月我又认识了英国诗人约翰·多思，他说：“没有人是座孤岛，独自一人。每个人都是一座大陆的一片，是大陆的一部分。如果一小块泥土被海卷走，大陆就少了一点，如同一座海岬少了一些一样，任何人的死亡都是对我的缩小……”

可是不知道从什么时候开始，我的月记就涂鸦成猪头小七的传记了：

小七，全名七点。一九八三年六月十五晚上七点整出生，生性懒散，爱睡懒觉从来不写作业，极其挑食，不吃辣的、加醋加香

菜的食物；不吃有骨头的鱼，一吃鱼就会被鱼刺卡住喉咙；爱慕虚荣，几乎天天穿新衣服……此人唯一的优点就是没有优点。

公元一九九九年十二月二十一日，阴，刀风飒飒。考试之前小七恶作剧拿走了我和梅寒的笔盒，把我所有的笔抽去了笔芯，梅寒踩了他三脚，打了两拳。我踩了他两脚，打了三拳。最后我想了想有点吃亏所以转身之前又补踹了他一脚。

公元一九九九年十二月二十二日，因为小七这个超懒惰的家伙害我迟到。我拨第三通电话给他的时候，他竟然还裹在被窝里梦呓："九九啊，今天外面冷不冷啊？很冷吧。"可是我不怪他，因为我知道他天天晚上休息得很晚。

有一页只写了六个字：**冬至，阴。你真傻！**

那天发生的事情是这样的；在上午的班会课上我以绝对的优势当选为高一三班的班长，实现了我当班长的梦想。

可是那天还没有结束我就辞职了。林九月成为高一三班任期最短的一届班长。

中午我去办公室的时候我无意发现了下午要考的化学考卷，当时办公室里面没有人。我想到大家化学向来很差。就把后面的大题目都记了下来。回来之后我就把题目透露给了每一个人。

我有些害怕地跟他们说你们注意点，别写得跟答案一模一样，及格就够了别贪多。

可是我没有想到人都是贪婪的，结果五十四张考卷，后面的四十分题目都是全对，据说化学老师一路划着勾，实在找不到错的，就挑了两个写了错别字的扣了他的分。第四节课班主任就阴着脸站在门口跟讲台上的历史老师招手，然后他们在门口嘀咕了一下，历史老师就夹着书出去了。

我知道这下我有麻烦，我有点不敢相信这么低级的错误是我犯的，老班站着讲台上阴笑着俯视全班："哼！你们自己心里清楚吧！谁去偷的考卷站起来。"

我有些害怕。

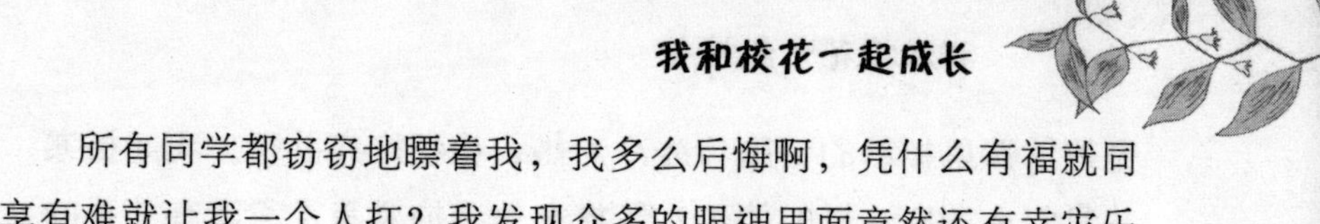

所有同学都窃窃地瞟着我，我多么后悔啊，凭什么有福就同享有难就让我一个人扛？我发现众多的眼神里面竟然还有幸灾乐祸的。

老班的声音阴森地飘起来："真是贼心不改啊，我已经反映到学校了，不管是谁干的一律开除。一粒老鼠屎带坏一锅粥，亏我们还是远程班了。"

在那阴森的声音里我知道自己在发抖，梅寒握紧我的手，悄悄地在纸上写："没有关系的，没有关系的。不要怕，只要死不承认没有人出卖你的。现在别的同学也只知道考题是从我们这里传出去的，没有人知道是你看到的。这种事情他查不出来的。"

"没有人承认是吧？你们也不说是谁干的是吧？那好，每个人记过处分一次。"

我想我还是站出来吧，既然有胆量做就要有胆量承担。梅寒直对我摇头，我看得出来她眼里再说："不要啊！九九，不要！"

"老师，我知道是谁干的。"

我突然听见七点的声音，怎么会是他？他想做什么？

"其实你们以为我不知道谁吗？我只是想给你们一个机会。那你说吧。"

"你既然知道还问什么？就是我偷的考卷。"

我转过头看小七，小七的脸变得好模糊，小七你的脸怎么变得这么模糊？原来是我的眼睛毫无征兆地模糊了，我已经泪眼婆娑。

不行，我不能让他这样做，我一定要站起来。

"不要站起来，那样我就白白牺牲了。"

小七弯下头低声在我的耳边说。

"你跟我来办公室！"

我看着小七从座位离开，整个人仿佛蔫了，小七从我身边走过回头笑着说："没有关系的，我有办法。"他梦幻般的笑脸模糊地倒映在我眼里，然后若无其事地走出教室。决绝的背影终于将我的视线撕扯碎裂。

我好想蹲下来，蹲下来哭。我突然开始疼痛，伤口不知道最先是从哪里扩散的，胸口冰冷灼热，头颅疼痛欲裂。我问梅寒："我怎么做出这样的傻事？"梅寒伸手抱紧我："没有关系的，不会有事的。"

小七很快就回来了，我总觉得太漫长。

"由于七点的主动承认错误，我们要给他一个机会，学校方面决定不予以开除，但是处罚是免不了的，七点你自己记得吧？要写两千字的检讨书，下星期一在全校师生大会上做检讨，内容一定要诚恳，不然肯定会在你档案里给你个处分的，还有你现在就去操场跑二十圈，班长呢？林九月你去监督他，少半圈都不行。"

我跟在小七后面走出教室，那天很冷，真的很冷，我好像被冻伤了。

小七说："长得帅是有好处的，要是别人早就开除了。嗨，杨白劳心肠还不错啊，知道我擅长跑步才这样罚我的。"

操场上的草都枯萎了，已经荒凉一片。

小七突然骂我："傻瓜，把手伸出来啊，替我拿着袄子，你小心点啊，贵重物品和现金都在里面啊。"我伸出疲惫的手，那一刻我明明有话要对他说的，可是嗓子早已经喑哑枯涩。

小七说："我开始跑了，你别做傻事，否则我就白牺牲了。"我流着泪看着他跑，一圈……两圈……三圈……心里似有凛冽的寒风刮过，却留下被炭火烫伤的灼痛。

十圈……十一圈，小七的步子越来越慢。

我的眼泪流得越来越快。

十二圈，我已经堕入浑浑噩噩之中。

"小七，小七你别跑了，别跑了，小七……你不要跑了。从此以后我再也不会做傻事了，永远不会。"

我已经不记得小七那天是怎么坚持跑完二十圈的，但我记得自己是怎样坚持在心里数出那二十个数字。一、二、三、四、五、六、七、八……十九、二十。有些痛苦风一吹便散了，有些是会刻骨铭心的，小七你知道吗？

你额头上热腾腾的汗水像大雨一样滴落，有一滴落到我的手心，我握紧的时候它已经冰冷。我记得那天跑完之后你说：“上帝会原谅我们的，再好的孩子也会犯错……”

后悔、难过、疼痛，像一片片开始凋零的落叶零零散散地落在我的内心的伤口里。

你剧烈地喘气：“这……这个除夕，我、你、余炼和梅寒，我……我们放烟花吧。”

我擦干眼泪对你说：“嗯！九十九支。”

小七，我看见盛放的烟花漫天飞舞。

我会悄悄地许下心愿，我的愿望是：“二十七岁那年可以嫁给你。”

那时我们满十七岁了。

十 柠檬树

一个人孤单单的下午
当风吹得每棵树都想跳舞
记得昨天你穿蓝色衣服
你说对爱太专注容易孤独
这句话什么意思我不清楚
我爱上了云爱上你
多么希望像你自由来去
原来星期天容易思念
反复看部电影一遍一遍
孤独的流着眼泪回忆太美
……

——许常德

七点篇：

当除夕的星空承载了我们的心愿之后，转眼寒假就结束了。

新学期的第一天，天气鲜有的晴朗，阳光就像鸭绒被褥一样盖到我们身上。裹着阳光想到小时候读过的一个故事，大概是说齐国有个特别穷的人，严寒的冬天他的身上也只裹着一件单薄褴褛的衣服，所以他天天都晒着太阳，只有太阳出来的时候他才能得到温暖。有一天穷汉晒太阳的时候就说，晒着的太阳光是世界上最宝贵的东西，我决定把它献给齐王，他一旦龙颜大悦恐怕还会赏我很多吃的、穿的……

我只是偶然想到这个故事的。

但是因为有那天的太阳，我的心里有些千丝万缕的情绪在微微荡漾。

盛夏就是在那一天转到我们班上的。

我可能算是一个敏感的人，当我思念九九的时候，我会闻到空气里腾腾的香芋奶茶味道，还有百事可乐的冰凉剔透；我闻到浓香的德芙和醇厚的GODIVA巧克力就会突然思念梅寒；我喝雀巢速溶咖啡的时候，会从杯口冉冉的烟雾里看见余炼的脸；当我看见货架上的阿尔卑斯棒棒糖，我会忍不住含一根，那个时候我一是在思念盛夏。

盛夏来我们班的时候穿着苹果绿的羽绒袄，后来我才发现她几乎只穿绿色的衣服。班主任说：“这是新转来的同学，以后你们要互相帮助。”我不是特意了记住老班的话，只是我记得他说这句话的时候，盛夏正旁若无人地把一根棒棒糖含进嘴里。

全班同学都笑了，只有她自己没有，她的眼神很漠然，好像不是在看我们，是在看着戈壁、沙漠、雪峰、沼泽。她说：“我叫盛夏，盛夏的盛夏。”声音像秦淮河畔的女子描的清淡的眉。

大家都给她鼓掌，可是我的手当时用来托着下巴的，而且我知道大家的掌声是因为她长得漂亮。她的确很漂亮，她的眼睛幽静得像森林中的古潭，长长密密的睫发就像斑驳的树一样映下绰绰暗影。

很久以后盛夏问我："你对我的第一印象好不好？"

我悔疚地说："对不起啊！你刚来的时候我在心里对你说过不敬的话——这女生明明有张成熟的脸，却像小孩一样含着棒棒糖。"

盛夏起初是个很冷漠的女孩，现在想来那也许是她刚刚转来的缘故吧，对谁都礼貌而疏离。有一次我去音像店买碟片，路过一家烧烤店，当时没有抵挡住那阵诱惑便钻了进去，店堂排队的人太多，我只好站在队尾。可是肚子里的馋虫闹得越来越厉害。

身旁有个女孩正在用嘴撕扯硕大的羊排，她明明已经很不淑女了，还小心地用纸巾捏住骨头好让油汁不沾到手指上。这样一来她嘴上的动作就更显得笨拙了。眼看她半天也没有咬下一块肉，我都急得满头大汗，如果她愿意我一定会毫不犹豫地帮助她吃掉那块令她如此棘手的羊排。

先前只顾着盯羊排没有去看那个女孩的脸，仔细一看竟然是盛夏，她不好意思地对我笑了笑还叫错了我的名字："你好啊。余炼！"我低下头揶揄地笑，然后坐到她对面，我从她手里拽出羊排说："美女啊，羊排不是这样吃的，让我教你一种科学的吃法。"

直到我吃完她的羊排，她仍然目瞪口呆的傻看着我，我问："带纸巾没有？"她说："带了。""那快给我一张啊。"我接过纸巾擦了擦嘴问："看明白了吗？"她怅惘地摇头，接着笑了，露出三个酒窝，左边一个，右边两个。

"你是不是要还我一块羊排？"她抿着嘴角问我。

我认真地摇头跟她说再见："下次你会记住我的，我叫七点。"站起来的时候身边有素香萦绕，我转身很疑惑地问她："你也吃别的东西啊？我以为你是吃棒棒糖长大的。"她抿着嘴嬉笑。

后来我们之间也就像普通朋友那样，碰面的时候盛夏轻轻地对我点头，我还她微笑。

转眼到了四月，校园里的桃树冒出星星点点的花苞，四月一日愚人节那天学校有场晚会，是九九、梅寒和盛夏主持的。

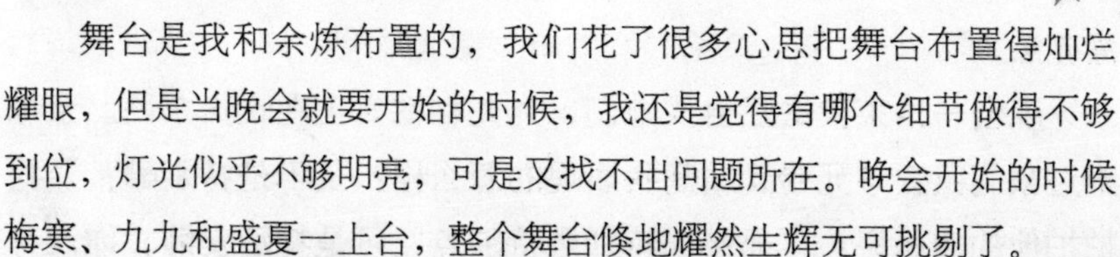

舞台是我和余炼布置的，我们花了很多心思把舞台布置得灿烂耀眼，但是当晚会就要开始的时候，我还是觉得有哪个细节做得不够到位，灯光似乎不够明亮，可是又找不出问题所在。晚会开始的时候梅寒、九九和盛夏一上台，整个舞台倏地耀然生辉无可挑剔了。

她们穿着不同颜色的纱衫和紫罗兰色的裙子，下面的观众噤若寒蝉几秒钟以后沸腾一片。我看见男生女生那一刻眼里流转着同样的目光，叫做惊艳。

开场的第一个节目是余炼的吉他弹唱，起初看到他卖力的表演让观众很兴奋，兴奋很快就烟消云散了，只剩下他的女歌迷扯着嗓子尖叫。

第二个节目是盛夏的独唱，唱的是苏慧伦的《柠檬树》：

一个人孤单单的下午
当风吹得每棵树都想跳舞
记得昨天你穿蓝色衣服
你说对爱太专注容易孤独
这句话什么意思我不清楚
我爱上了云爱上你
多么希望像你自由来去
原来星期天容易思念
反复看部电影一遍一遍
孤独的流着眼泪回忆太美
……

我听着她唱歌，她唱得很投入、很动听，心无旁骛，把晚会提早推向了高潮。那天九九、梅寒和盛夏是晚会的主角，她们一上台下面就掌声雷动，当九九和梅寒表演小提琴合奏时，整个会场被此起彼伏的掌声淹没。

直到晚会结束了我还听到有男生在争论：“那个柠檬树叫什么名字？好漂亮。”“我觉得两个拉小提琴的更漂亮点。”“柠檬树漂亮点。”

晚会一结束我去后台找她们，九九和梅寒正在收拾东西，余炼跑过来问我：“兄台，请问我表现的怎么样？是不是特别酷？”我拍拍他的肩膀说：“兄弟，特别是特别点，可是特别安静。你没有听到下面特别安静？唯一鼓掌的就是你兄弟我了。下次我教你一个办法。”余炼问：“什么？”“下次上台之前，你先说‘我给大家唱首歌，唱的好你们就左手拍右手，唱的不好就右手拍左手。’这样有手的人都会鼓掌了。”余炼卷起袖子就要用他的空手道治我，我挪了挪脚就临空劈了一下，余炼说：“你紧张什么？我只是有了一个想扁你的构思罢了。”

这时盛夏套上外套走过来跟我打招呼，在混乱热闹的会场她睁着楚楚流丽的眼睛看着我，我觉得她变得陌生而缥渺。我说：“你唱得很好听。”她甜甜地抿抿嘴用手理了理鬓角，突然把头靠近我耳边猝不及防地说：“七点，我喜欢你。”我咧着嘴跟她的目光对峙着，一会我又躲开，看见旁边的余炼一副惊慌的样子，还有在后台一个暗淡偏僻的角落收拾东西的九九和梅寒一起抬着下巴看我。

我大笑起来跟盛夏说：“愚人节快乐啊。”

我干笑了半天发现自己的笑声因为没有人捧场而冷却，再去看盛夏的时候她努努嘴向我挥手：“呵呵，再见。”

我说，再见。

会场一地的花瓣，当她从上面碾过，我仿佛听见花瓣孱弱的呻吟。

九九篇：

日期：二〇〇〇年四月一日　天气：晴

我有三个问题曾经多次想开口问你，那么多次我都在你面前欲言又止：

第一：你喜欢我吗？

第二：你是不是喜欢我？

第三：你喜欢我的，是吗？

是的，每次我都是欲言又止，每天早上天还蒙蒙亮我们面对面坐着吃早点，热腾腾的雾气从我们中间升起，那是我最想开口的时候。后来天渐亮，屋子外面的马路也开始喧嚷，东方愈发红润起来，我仍然沉默。

我沉默的时间里，你已经吃完了桌上的粉丝，那团雾气都已经弥散。

我一直注视着你，看你用手拨弄额前的碎发，看你长长的睫毛眨来眨去，在我眼里，你的每一个动作都刚刚好诠释了我心思里那道最明媚的忧伤。

我骂你："混蛋，吃饭也吃得这么慢。"

你刻薄地反击："我听见别人骂我，就像一坨鸟屎滴到我的身上，可是怎么办呢，我这么有风度怎能和一只随地大便的鸟斤斤计较了，当它栖息在枝头的时候，还可以唱一首悦耳的歌了。"

"风度？我看我要把你的嘴封堵起来，吃饭的时候原来你还惦记着那个啊？改天我在你碗里加点好了。"

有的时候，你坐在我对面，满脸的忧郁像浮云一样堆积迅速，把你的眉毛都压皱了。

算了，不问了。还是等到毕业吧。

窗外月亮藏在睡莲般的云朵里憨笑，楼上的你睡了没？

今天本来心情很好的，可是我没有想到盛夏会对你表白，只有你这样的傻瓜才会以为那是愚人节的玩笑。

可是盛夏我们是好姐妹对不对？以后我会更加对你好的。我们会是一辈子的好姐妹。所以你不会跟我争小七的是不是？

十一 最幸福的孩子

我还记得你
孩子气的样子
我们并排坐在一起的样子
风吹着头发扬起的脸
我们是最幸福的孩子
我还记得你
说爱我的样子
我们在梧桐树上刻下了名字
远远的我只能给你祝愿
希望你永远是最幸福的孩子
……
远远的我只能给你初恋
希望你永远是最幸福的孩子
想起你我就是最幸福的孩子

——文雅　曹芳

七点篇：

我以前是个寂寞的孩子，现在仿佛不是那么寂寞了，寂寞就像咬过我的一条蛇，我唯恐再被它咬一口。

操场尽头的教学楼传来下课铃声的时候，我拧开水龙头把手伸过去洗，凉水浇在我的手掌上有些刺骨，还没等洗干净我就把手缩回来，折回球场披上我的衣服，然后离开。九九他们也快要下课了吧，我还是不要等他们一起回家了。

我独自走到车棚，九九、梅寒还有余炼还有盛夏的车都已经不在了，难道今天提前放学了？我的新单车孤零零地锁在那里，凛冽的风大口大口地吹动把手上的风车，依稀像是吹在我的身上，风车在哆嗦，我也在打冷颤，难道我已经达到人车合一的境界了？

我翻身上车出了车棚，学校对面中国银行的霓虹灯已经亮了，灯光华丽耀眼。我飞快地骑着车，风冻僵了我的手指和脸颊。出校门的时候我看见九九被夜风吹模糊的脸，她远远地等着我骑到她身边，然后笑着说："我们回家吧。"

那一刻不知道是风还是灰尘，不知道是沙还是风里残屑，迷湿了我的眼睛，我沉默地骑着车跟在她的左边。路过华联超市的时候她停下了车，跟我说："陪我去买东西。"

我们停在超市的娃娃机门口夹里面的布娃娃，我问："你想要哪只？"她抬起头俏皮地说："我想要天上的星星。"我抬头找了半天最后说："连只猴子也没有，哪来的猩猩。我还是给你夹一只青蛙吧。"

结果二十个硬币抛下去了，连一只蝌蚪也没有夹出来，我只好装疯卖傻地说："这只青蛙家里上有八十高堂，下有待哺的小儿，我们还是放生吧，再怎么样小时候我们也受过'五讲四美'的高等教育啊。"于是她溜溜地转着眼珠，皱着鼻子头也不回就走进了超市。

在超市里面她递给我第一千几几罐百事可乐，我拉开拉环就喝。她就跟我争执，非让我等她付钱之后再喝，而我偏偏要先喝再付钱。

结果吵了半天，还是我风度翩翩地退让了一步，等她一边付钱一边喝。

其实第二天我就不想逃课了，我已经厌倦了那种不正常的上学方式，每次别人都在教室上课的时候，我却要一个人在操场打球，等他们放学了，我也背上书包推上车远远地跟着他们一起回家，我几次想离开球场走进教室，可是走下球场走过操场就再也走不下去了，后面的路那么样的崎岖漫长曲折而坎坷。

我只有默然地留在操场将逃课进行到底，有的时候我开始认为上课真的是一个无聊的成年人和一群无知的未成年人跟时间所玩的一场游戏，有的时候我又开始认为如果不去上课我就是流散在队伍之外的一只羊羔，跋涉在荒野上被晚风吹得无比空虚被夜色撩拨得无比惶恐。

直到九九来操场等我，她远远地站在篮球场的边缘仰着头对我招手，长长的刘海被风吹弄得妩艳流离，我才发现这一刻我已经等了好久了。然后我又看见更远处的余炼、梅寒和盛夏。

他们在午后的阳光里对我招手，三只招展的手臂像极了河畔舞动的金柳动人心弦，令人流连忘返。我向他们走过去。

“今天下午我们全都逃课了。”余炼抱着我说。那一刻我冷寂多时的心猛然舒服，原来我已经好久都没有和余炼勾肩搭背了。

我们五个人一起背上逃课的光环爬上实验楼后面的荒草坡上，并排躺在温暖怡人的阳光里，阳光洒在我们温暖的笑靥里，穿过我们密密疏疏的睫毛，和起轻快的拍子。

梅寒说：“我们五个躺在这里就像是电影里面的山寨王，干脆我们落草为寇好了。”余炼说：“干脆我们就叫‘牦牛山五大王’好了。”九九问：“那谁坐第一把交椅？”盛夏从书包里面拿出一本空白的练习本，撕了五张白纸分给我们人手一张说：“我们在纸上写下自己的出生日期，然后排排座次好了。”

我接过纸，看见手掌心还有打球时沾上的泥灰，突然灵机一动

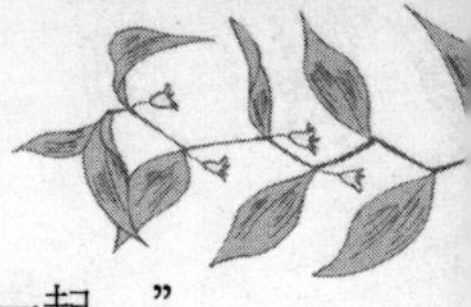

说："我们就叫拳头帮好了，以后像五根手指头一样握紧在一起。"

结果是余炼最大，盛夏只比我大十四天排第二，我出生晚了下坐上了第三把交椅，九九第四，最张扬的梅寒最小，梅寒就说了："这样没有新意，我们应该像数数那样按照从小到大的顺序好不好？"

不过她也只是随口说说。

接着我们找出最粗壮的一棵梧桐，然后把梅寒的手按上去，跟着她的手在树干上用刀刻出一个手型，余炼在大拇指上签下他的名字，我们依次在食指中指无名指和小指头上刻出自己的名字。

轮到我的时候，锋利的刀尖刚好划过一个结巴，于是一横划得太长不小心就穿过中指划破了旁边的无名指，我抱歉地冲九九吐吐舌头说："九九，我再给你添几下我们画一个戒指好了，就不要写你的名字了。"

然后我写一竖的时候又不小心刀锋一偏，弄伤了左边的食指。我尴尬地刻完最后几笔，一心就想着赶快逃离现场。

那是多么个绮丽的下午，我们躺在梧桐树下，我都忍不住哼起歌来，虽然我明知道自己五音不全。也许是我的嗓子比别人多弯了一圈，想唱歌的时候总是感觉出音不能够流畅。

果然我一出声他们都轰然大笑，我也笑着说："告诉你们一个秘密吧，其实我最可爱的地方就是五音不全。"

到了最后他们果然是来劝我回去上课的，其实大家都心知肚明，我心里明明温温暖暖的可是脸上就是放不下面子，于是我对他们说："你们先回教室吧！"我说这句话的时候心里面想的却是他们能坚持到底地劝服我，因为我真的——真的很想回教室。

不再想做那只流离在荒野的羊羔了，哪怕上课真的就是一个无聊的成年人和一群无知的未成年人跟时间所玩的一场游戏，我也好想参与进去。寂寞真像只黑暗的牢笼，一旦可以走出去，谁还愿意留在里面。

九九站到我面前，眼睛眨也不眨地盯着我。那一刻我不敢跟她对视。

她说："你不回去是吧，那也挺好的，我也觉得逃课远远比上课有意思，所以小七啊，以后我们天天一起逃课好了。"我正寻思怎么顺着台阶走下来最自然的时候，九九卸下肩头的书包远远地扔进山坡下面的湖泊里面。

看见她的书包在平静的湖面激起浪花，愧疚就变成一场倾盆大雨淋湿了我全身。我不知道书包里面有九九多少个深夜熬红眼睛做出的笔记和难题。

我激动地说："疯子你要逃课自己逃吧。我要去上课。"说完九九拉住我的手说："你怎么能这样了，我丢了书包你却丢下我。"其实那哪里叫拉，明明在推着我往教室的方向跑。

可是一转弯我就折回那个湖泊，我记得九九是在面对那棵梧桐的方向扔出书包的，于是我沿着梧桐树走到湖边，我脱掉厚厚的外套却没有脱鞋，小心地用手掂量着水的温度，还好！比冰箱上面的冷冻室温度低多了，怕什么！昨天我还从冰箱里面掏了根雪糕吃了。

我是闭上眼睛蹦进湖里的，幸好我一脚就踩到书包上。

我爬上岸，飞快地穿上外套就跑，我已经不知道是牙齿打颤的频率快还是身体发抖的幅度大了，我冲到坡下骑上自行车就骑回家。

……

当我拉开书包的时候，里面是两块光滑的鹅卵石和一团一团的废纸，可是对着那两块石头和一堆湿淋淋的废纸，我喉头开始哽咽，平生第一次忍不住在石头与废纸面前流下滚烫的眼泪。

九九篇：

上个星期，先是小七摆在门口的两双耐克鞋被小偷同志拿走。两天以后的中午小七的爱车也被小偷同志骑走，只留下了一把锁和一张纸条：兄弟，我想来想去还是决定把锁留给你，这把锁真不错，两百多块吧，我拿走你一定心疼死了。

小七当场就笑岔了气。

刚好下午的第一节课是数学课，数学老师姓黄名世忠，我们都

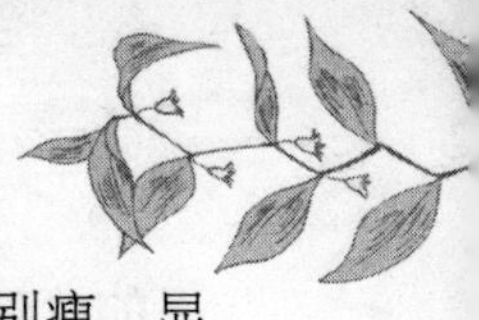

叫他黄世仁，他是所有老师里面最冷酷的，因为特别高特别瘦，显得格外抢眼。他身上的衣服是几乎是一个季节换一次，脸上冷酷的表情却是常年不更换的。我们其实都挺畏惧他的。

可能是小七还没有回过神，所以上课的时候我听见他轻声无奈地笑了一下。

这时数学老师说："有些同学啊，不想听我的课就出去，别在后面笑来笑去的，影响其他同学。"当时我们都不知道他说谁，然后听见我的后面有人离座的声音，小七头也不回地走了出去。我正在疑惑，几分钟以后他又推开门进来，眼睛里面充满挑衅地瞪向讲台，径自走到自己的位子上，掏出一串钥匙又往外走，在门口他停了一下，转过身仰起头藐视地看了黄世仁一眼。

从那以后小七就不再上数学课了，渐渐地别的课小七也不想上了，他阿迪背包里面装的东西越来越丰盛了，有几罐喜力啤酒，有痞子蔡的新书，GODIVA巧克力，还有很多吃的吧。但是我知道没有一本教科书没有一本参考资料。

我就看见他上课的时候在看痞子蔡的书，看得累了就喝几口喜力，或者趴在课桌上小憩。我看见了，所有老师和班主任都看见了。

可是小七，我没有说你，我也可以像只苍蝇或者是唐僧那样在你耳边唧唧喳喳，跟你说这样不好，但是我没有，我只是冷静地看着你。

每天我们在教室上课的时候你都是在操场打篮球吧？这样也好，锻炼锻炼身体吧，不是都提倡全民健身了嘛。晚自习的时候你会在网吧玩游戏吧？翘课对你来说已经像盛夏含棒棒糖一样，都成习惯了？

我一直相信眼睛除了可以看见东西还可以感受疼痛。每天的晚自习结束后，我孤零零地骑着车钻进那条长长的巷子，你总是骑着单车等在巷口，我跋涉在漫长的黑暗里，看见几缕寥落又细长的星光闪烁在你朦胧的脸庞，那一瞬间我的眼睛会蔓延一阵阵细密的疼痛。

我穿过那条狭长的黑暗，努力地不去看你的脸，漠视地蹬着脚下的单车，龙头上的纸风车忽忽地转动。我知道每一天晚上你都会在巷口等着我；我知道当我的单车离你越来越远的时候你才会跟上来，然后远远地跟在我身后。

我的眼睛越来越疼痛。

所以我开始每天早上不再打电话叫你起床，你好好休息吧，身体是革命的本钱嘛！你就这样慢慢秀出你的个性吧。反正所有老师都对你放弃了，你就好好努力的做好我们火箭班的反面教材吧。

不过余炼、梅寒还有一直喜欢你的盛夏说：“我们不能放弃小七。”

因为这样我才去操场找你的。

那时候没有打扰你投篮吧，如果有打扰的地方那真的太对不住你了。

幸好你表现还不错，不然我连看都不想再看你一眼了。

冬天的白昼总是特别短，转眼夜色从远处的山峦摧枯拉朽地倾泻过来。我开始咳嗽起来，咳嗽得很厉害。这只是我的小把戏而已，因为我看见你和盛夏在交头接耳的，也听不清你们在说什么，她看着你的眼神就像可以让冰雪融化的太阳。

你果然走过来把外套披在我身上，那一刻我看见盛夏脸上落寂的表情，忍不住在心里说：“对不起，盛夏，对不起了，盛夏。”

渐渐地，夜幕低垂，看着你只穿着一件薄薄的毛衣微微发抖，我把外套脱下来给你披上：“我们回教室吧，快放学了。”

那天的晚自习，你的座位仍旧是空的。你知道吗？那晚我很伤心。我知道每天我们都在上晚自习的时候你正坐在网吧的某个角落，乌烟瘴气的网吧里漫溢着《半条命》的游戏里激烈的枪战声。

我甚至可以想象得到，别人嘴里升腾的香烟雾是怎么样张牙舞爪地模糊你清癯的脸。想着想着整个晚自习都结束了，我不知道今晚你还会不会在那条黑暗的巷子尽头等我，但是回家的路上我一直都在担心看见你，我害怕看见你的时候脸上的表情都是晃荡支离的绝望。

但是我还是看见你了，你那么真真切切地站在那里，手里还多了一盏手电，雪亮雪亮的一束光从你手心照亮了整条巷子，我停下车就站在巷子里不动，在那一地雪亮白炽光里我看不清星空的轮廓。

直到你走到我的面前，我恍惚听见你说：“林九月，明天我一定去上课。”但是好都模糊，我好想听你重复一遍。

可是你真的开口说的却是：“你下来，我带你去喝奶茶。”原来我听见的是自己的幻觉。

我懒得理你，可是却鬼使神差地上了你的单车后座。

暖和的奶茶店外是阴冷的黑夜，我坐在你面前，我们面对面坐在玻璃窗前的位置上，像以前那样我们面前隔着一杯冒着雾气的奶茶，只是我始终拒绝抬起头正眼看你一下，低着头把玩右手指间的吸管，厌恶地听着你不停地拿面巾纸擤鼻涕的声音，直到你郑重的打了个喷嚏，而且还不知廉耻地说了句：“有人在想我了。”我才抬起头嘀咕了一句：“看吧！感冒就是报应！”

玻璃窗外经过几个脚步匆匆的夜行人，平静后又只剩下我和你的倒影，我看见你裹紧毛茸茸的衣领，局促的眼角欲言又止。

我站起来说：“回家吧，我明天还要上课了，不像你那么轻松啊。”

“奶茶你请，我明天就去上课好不好？”

听你说完我忍不住认真地端详你的脸，明明有些激动可仍没有好气地凶你：“钱你付！上不上课管我什么事？”

推开门，一阵干冷的风从门缝钻进来，我丢下你骑着车就跑。

从单车上转过头，我看见你在路灯下一路奔跑一路呼喊的样子，心情偷偷的就好起来了。

第二天你果然来上课了，其实认真的你才最真实的，你想学人家吊儿郎当，你想假装放荡不羁根本就是不伦不类。放学了我和你坐在学校门口的面摊上吃凉皮，你眉头仍然紧锁，于是我问你带没有带纸巾。

你摇摇头摞起袖子把里面的白色T恤递给我当面巾纸擦，然后又抢着去付钱，还主动给我买奶茶。捧着热气袅袅的珍珠奶茶，我心里不安就把真话告诉你了，我说："小七，你不用觉得欠我什么，其实那个书包里面装的都是废纸和几块石头，我早就预谋好要扔进湖里面的。"

你竟然一脸得意地笑起来，笑得满脸邪意，我倒被你弄糊涂了，直到你说："我知道。"然后还炫耀，"因为我把它捞起来了，那湖并不深刚好到我的胸脯。"

这么冷的天鸭子都不下水，你一只不会游泳的旱鸭子竟然跑到湖里面去了。我想你一定不会是去找死的，像你这样爱漂亮头可断血可流发型不能乱的人，唯一的可能就是你是特意去帮我捞书包的。

看你笑得那样傻兮兮的，我开始隐隐心痛，难怪你昨天晚上就感冒了。看你这么可怜的样子一会给你去买感冒药吧。

其实那天我们在梧桐树上刻下名字的记忆，真的像极了一张渲染的国画，以幸福的姿态韵渲在我脑海里。而那天你脱下衣服披到我的身上的画面，竟然就像我们刻在梧桐树上的名字，隽永不谢。

几年以后听见安又琪的歌声：

我还记得你

孩子气的样子

……

想起你我就是最幸福的孩子

那一刻你正跟我一起在音像店买CD，可是钱没有带够，你就神神秘秘地说："九九我告诉你一个能使钱翻倍的秘诀，不过你可千万别告诉别人啊！"我放下碟片听你说话，你说："……对折一下，是不是翻倍了？"

我把钱对折了一下，最后放下其他的碟，只拿了那张安又琪专

辑，“小七，你带回去听，里面有首歌叫《最幸福的孩子》。”

那首歌你听了没有？我想，等到荒坡上那棵梧桐树枯死，树干上已经没有我们的名字，我还会记得那一天，记得发生在梧桐树下的故事。

傍晚的时候有一个女孩把装满废纸的书包扔进湖里，一个男孩却下了湖在那样冰冷的湖水里捞那只书包。

我总是觉得，这首歌是我们烂漫青春的主题曲。

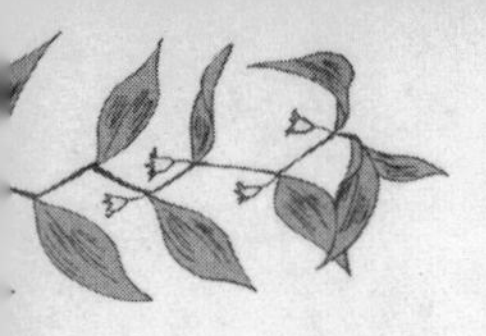
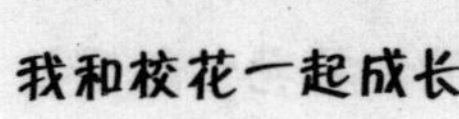

十二 爱情电影

是虚构的电影却看到泪翻滚
如果爱不那么深结局是不是就不会伤人
在别人的剧本演自己的缘分
如果爱要我牺牲我不怕梦里沉沦或变笨
……
换我在曲折的世界里再空虚再别离
不到落幕不会离去

—— 许常德

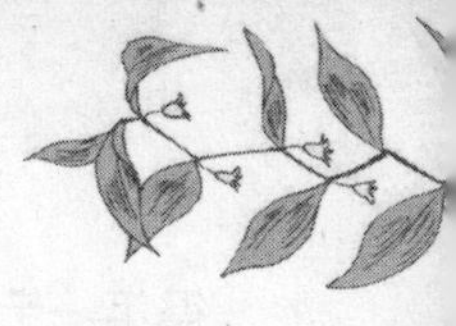

七点篇：

我就那样告别了逃课的峥嵘岁月，慢慢地适应了高中生活，安静地上课认真地自习。可是高中转眼就要结束了，很多年以后当我再转身回忆的时候，高中生活美好得像十七岁的时候我们看过的一场爱情电影。

我记得那片广阔的足球场，那片沸腾的篮球场，和陪我一起踢球一起打球的余炼，记得那时如果偶尔发现有外校的女生在球场边张望着陌生而清秀的脸，我和余炼就开始争着上演表演赛。

还记得无垠的题海，我还记得自己在课间的时候两眼颓废地做题，可是有的题太偏门了，把我折磨得衣带渐宽人憔悴不说，还让我的发型乱成鸡窝。有时候我干脆就懒得思考就去问九九或者梅寒，可是她们才不会轻易就告诉我。

有一天我又拿着到几何题目问：“梅寒，这道题有没有最简单的办法？”梅寒说：“我有一个最简单的办法。”我听了之后肃然起敬，美女就是美女果然不同凡响，梅寒昂首挺胸地告诉我：“翻后面的答案。”我挥着书就想砸过去。

身边余炼眼明手快一把抢走我的书，然后放在眼前一本正经地看着那道题，突然长长地“噢”了一声，我问：“你有办法了？”余炼兴奋地拍着胸脯说：“我不明白、我不理解、我不清楚、我只想说——我不知道。”我的拳头立刻装上了翅膀朝他飞过去。

还记得每天下午放学之后九九和梅寒去广播室播音，在响着她们声音的电波里，我和余炼横行在篮球场厮杀。有时候也会在路边做橱窗，等到她们播音结束过来找我们，然后我们一起骑着单车回家，在橘色的夕阳里。那样的日子里我们的单车上插上了永远转动不停的彩色风车，那样的日子路边每扇玻璃橱窗前都留下了我们清晰的剪影。那样的日子就像九九家养过的那一只走路悄无声息的狸花猫无声无息地远去。

还记得那时候我们很喜欢上英语课的，虽然我们都形容外语课是一门老师和学生一起结结巴巴地模仿外国佬讲话的课程。我还记得第一节高中英语课，老师让我们自己起英文名，我说我叫小七以后就叫Seven好了，九九说我叫九九那我就叫Nine。

接着我们就帮梅寒和余炼想好听的英文名字，九九说："你叫卡特，你叫爱丽斯吧，一个是美国总统，一个是第一夫人。"梅寒伸手去胳肢九九，九九一边躲一边变本加厉地说："那要不你们就叫杰克和露丝好了。"我看见余炼偷偷地坏笑就问他："你身上这件纯麻的衬衫是什么牌子啊？"

"杰克琼斯啊，你不也有一件？""你们刚好叫杰克和琼斯好了，杰克和琼斯其实就是用来纪念一对共同经历生死的好朋友，书上说他们曾经是永恒友谊的标志……只要这个牌子不倒闭，你们的友谊之树就会常青的。"

当时我随口杜撰了一个故事，余炼和梅寒就真的把这个名字写在了英语书的扉页，后来他们的签下这个英文名笔迹越来越流畅。不过到后来我想喊余炼的时候，在张嘴之前的瞬间三种称呼争先恐后地浮现，不知道是叫他 Jack 还是大拇哥还是余炼。

年少的我们不知道什么是忧愁，就盲目地把很多相似忧愁的东西深刻地铭记了下来，在我们看完那场爱情电影之后有什么正在悄悄地变化着，我一直在思考。

看那场电影之前余炼的病已经愈来愈重，只要一转身就能看见他绽放出略带伤感的笑容，他整天缠着我要听梅寒小时候的事，那天在电影院门口等着九九盛夏和梅寒，他又问："梅寒小时候是不是很淑女啊？"我说："兄弟！你不能为了一棵树放弃整片森林啊。""她雍容美丽，是一棵不平常的树。"我又问："你知道有很多女生喜欢你吗？"余炼迷糊地回答："我只知道有两个，一个是女的，另一个也是女的。"

能说出这样的答案，他醒悟的时候自己也笑了，我不知道他是真的迷糊还是装迷糊，但是我知道有的时候这个家伙真的很迷糊。有一次填写表格，他问我："籍贯是什么？""就是指你出生的地方。""噢！"一转头我看见他填的是：第一妇产医院。

不过我还是不厌其烦地回答了他的问题："还淑女啊？小的时

候梅寒简直就是翻版的阿拉蕾，成天疯癫，整天闯祸。那时候我一直想送她一顶长着翅膀的棒球帽，然后她可以更逼真得像阿拉蕾那样咧着嘴傻笑，可惜一直没有找到那样的帽子。”

他突然问我：“那你喜欢看阿拉蕾吗？”“喜欢啊。”其实我能看完《阿拉蕾》完全是巧合，我记得那是从梅寒手上拿过最后一节，随手翻到《阿拉蕾》的最后一页，鸟山明画了一张摆作挥手状的阿拉蕾，旁边写着：“我一生里画过无数个阿拉蕾，这，是最后一个。”就是因为这句话我用了一节语文课看完了那一本，然后开始从第一本读起。

“那你一定也喜欢梅寒喽？”我在回忆的时候听见余炼这样问我。“对啊，为什么我从来没有喜欢过梅寒呢？我要好好反省一下，她还是很不错的，多找找她的优点一定很快就会喜欢上她。”余炼明明知道我逗他开心，声音仍然变得低沉而凄然：“她们来了。”

我转身看见梅寒揽着九九，九九揽着盛夏，从安静阴凉的走廊里走来，梅寒还牵着一条哈巴狗，我上前问：“梅寒你这个狗安几号电池的？”那狗嗔了我一眼，掘起一条腿就开始小便，九九幸灾乐祸地看着我，梅寒一边笑一边摸着狗头苦口婆心地说：“做为一条就快满两周岁的成年男性狗，总是随地小便，这是多么不体面的事情啊。”

我说：“是啊，是啊，下次再敢这样就叫你三位姐姐阉割了你。”她们一手捧着肚子笑一边用剩下的手打我，九九揪着我的耳朵，颇像少林寺的老和尚对小和尚耳提面命地说：“小七啊，我告诉你啊，猪和狗都是种很有用的动物，它们的肉可以吃，皮可以做鞋子，鬃毛可以做刷子，但是你知道它最大的用途是用来干什么吗——就是用来形容你。”

对于九九别开生面的辱骂我的心如磐石岿然不动，可是他们三个家伙的表情丰润而饱满，如同我被骂的时候他们偷偷进了少林寺的藏经阁修炼了一番，神采奕奕地跨进电影院。

后来看的那场爱情电影叫什么名字我已经忘记了，但是我记得

九九、梅寒和盛夏哭得一塌糊涂，眼睛肿得跟熊猫似的，在电影院里她们一边揉眼睛，一边骂我和余炼没有人性。

男主人公一路流浪一路用相机拍了很多陌生的地方的照片，还有很多长发女子的背影，最后临死前他把照片寄给了女主角，片尾曲响起的时候，我们听见男主人公沧桑的声音："我就是在这些地方想着你，遇到每一个长发女子，我就在她们的背影里思念你的影子……这些年我不停地走，不停地想你。"

那一刻在音乐声里面我左边胸口一下子被击中了，屏幕上圆溜溜莹冷如玉盘的月亮下，传来女主角天籁般的声音："……我所以快步离开，是因为我知道，就像圣经里的神谕一样，有人在告诉我，不要回头，否则将变成石像。"

那场电影我看得很不明白，不明白男孩为什么带着相机离开，不明白女孩为什么流着眼泪烧掉男孩的照片再强忍欢笑穿上婚纱嫁给别的男孩，不明白很多……那么多个漫长岁月和日夜，男孩对着月亮泣不成声，那些无声的眼泪滚落到银幕的角落，年少的我还不能体会那深刻。

可是几年以后有首歌是那样唱的：

是虚构的电影却看到泪翻滚

如果爱不那么深结局是不是就不会伤人

……

不到落幕不会离去

我突然想起了这部电影，突然什么都明白了，明白男孩为了女孩的幸福带着相机离开，明白女孩为了男孩的幸福而流着眼泪烧掉了珍藏的照片嫁给别的男孩，幸福是什么，现在的我虽然仍不能把它描绘得很生动，但是我已经可以画出它的形状。

只是在十七岁那年，我对幸福的理解是这样的：我饿的时候，你有面包，我没有，你比我幸福；考卷发下来的时候，你有很高的分数，我没有，你比我幸福；你可以一回家就喊妈妈，我不能，你

比我幸福!

后来的我们渐渐开始明白，我、余炼、九九、梅寒、盛夏，在电影散场之后。

电影散场以后我们是最后走出电影院的，门外已经华灯初上，我们五个人还有梅寒牵的那条狗一起站着电影院高高的阶梯之上。不知道什么时候下了雨，隔着雨帘我们看着每一个经过的人，打伞的、没有打伞的，我们站着捕捉他们脸上的表情，然后变化到自己的脸上。

很久之后，九九站在那里说：“我相信爱情也可以很美丽，澄澈的天空，柔软的白云，娇艳的花瓣，碧色的草地，绚丽之极的风筝。”余炼说：“我想对一个女孩说‘我喜欢你很久了’，因为我已经知道什么叫爱情。”盛夏说：“爱情开始都是那么短暂和匆忙，结束得却那么漫长。”我嘻嘻哈哈地笑：“别傻了，别想着恋爱，高中是什么？知道吗？高中就是禁止情侣进入的国营游乐场。还是遵守游戏规则吧。”

如果破坏了气氛可以挽回什么，那这样不识趣的事情就让我来做吧。

只是上帝总是睡着了，听不见我的祈祷，该发生的事情还是发生了。

梅寒白了我一眼，意味深长地说：“我相信在远方有个人，虽然还没出现，可我已对他有了爱恋，我相信他正在为了遇见我而努力着，所以我就安静地等着他……到了对的时候，他就会找到我。我很确定我们心会温暖笑会灿烂会永远相伴。”

余炼转身目不转睛地盯着梅寒说：“我喜欢你很久了。”

那一刻我相信这个世界有很多东西都在一瞬间改变，绽放的凋零、温暖的冷却、美丽的萎去……

余炼的眼睛刹那就红了，我看见了，九九和盛夏也看见了，我相信梅寒也能够看得见。我们只能注视着那么坚强的余炼忧伤而孤独地站着面前。

余炼说：“我很清楚我很明白，梅寒你是我深爱的女孩。”梅寒还在沉默，那一刻我觉得余炼和梅寒都变陌生了，余炼从来没有那样无助，梅寒从来也没有那样沉默。

我们始终站在一面雨帘左边的台阶上，那个季节最凝重的一场雨不知停息地下着。

九九篇：

高中生活已经接近尾声了，很多东西正像土壤里的种子般悄悄地改变，我们慢慢才察觉到。

也有些是没有变化，我坐在位子上，没有变的是我只要向左边歪一下就可以靠到梅寒柔软的肩膀上，只要扔张纸条就可以和盛夏密聊，只要按下快捷键，1就是余炼，2就是盛夏，3就是小七，5就是梅寒（这是按照大拇哥、食指、中指和小拇指排出的顺序）。没有变的是只要一回头就可以看见小七和余炼俊朗的脸，看见他们用刻薄的眼神看着我。今天早晨我还听见小七无厘头地指点余炼："你干什么这样急着交作业？交的作业又不一定是自己写的，写了又不一定会，会了又不一定会考，考了又不一定能及格，及格了又不一定会得高分，得了高分有不一定能上大学，上了大学又不一定能找到好工作，找到好工作又不一定会找到好老婆……"余炼恼怒地喊："别说了！天啊，那我交作业干吗啊？那我不交作业了！"

然后我转身问小七："小七树上有10只鸟，开枪打死一只，还剩几只？"他反问："是无声手枪吗？"我说："不是。""枪声有多少分贝？""很响。""那就是说会震得耳朵疼？""是。""你确定那只鸟真的被打死了？""确定。"

我已经被他弄得不耐烦了："拜托，你回答我还剩几只就行了，OK？""树上的鸟没有聋子？""没有。""有没有被关在笼子里面的？""没有呀！""边上还有没有其他的树，树上还有没有其他的鸟？""没有。""有没有残疾或者饿得飞不动的鸟？""没有。""算不算怀孕的鸟？""不算不算。""打鸟的人眼睛有没有花，保证是10只？""没有花，就是10只。"

我结果被他迷糊得满脑门都是汗，而且上课铃声已经响了，但是他继续问："有没有哪只鸟，傻得不怕死的？""都怕死。""会不一枪打死两只？""不会。""所有的鸟都可以自由活动吗？""完全可以。""如果你的回答没有骗人，打死的鸟要是挂在树上没有掉下来，那么就剩下一只，如果掉下来那就一只也没有。"我当即晕倒。

旁边的余炼和梅寒早就趴在桌子上笑得歇菜。

老师一进来就命令："下面模拟考试，大家把与考试有关的书本都收起来。"梅寒撅起嘴说："又烤啊？昨天我已经被烤熟了，再烤就糊了。"余炼故意严肃地说："我们当初升到这个班就被判了三年的有期徒刑。"小七接过去说："你急什么啊，我们还算好的，站在讲台上的都是被判了无期徒刑了。"

于是我忍不住伏在桌子上，把头藏进臂弯偷偷地笑，偏偏这时候黄老师又说："大家自觉点啊，考试不要作弊。"小七低声嘀咕："是啊，我们不会作弊，我们只会坐以待毙。"我终于憋不住笑出声音。

好在我早已经捂住了嘴巴。

高中的生活对于我来说美丽得就像是从枝头摘下了一朵纯洁的百合，只是片刻间那漫溢的香气就将我陶醉。

小七说："九九，你发现了吗？那场爱情电影散场之后，什么都在悄悄变化着，不久以后余炼的离开、梅寒的不告而别，还有盛夏也回了家。"

我一直在小七的声音里努力寻找答案，可是关于那场爱情电影的回忆像他那些用橡皮擦过的铅笔画，斑驳而布满伤痕。

我记得那场电影里，女主角为了能让他的男孩幸福，绝望地焚烧了有关男孩的所有记忆，然后牵了牵褶皱的裙角，用纤细的手指抹干了脸上的残泪，风吹开窗帘的时候，她开始微笑。

她藏在洁白的婚纱里微笑，在蔚蓝的天空下微笑，在热闹的婚礼上微笑，在绚烂之极的烟花里微笑，宛如杨花，只是所有人一转身，杨花不停地颤抖、不停地哆嗦、不停地饮泣。

那一刻屏幕上的画面色彩突然由明亮变黯淡，我、梅寒、盛夏

哭得伤心断肠。

当女主角对她的好朋友说："我要用第一人称讲个故事给你听，故事里有些是你知道的，比如他的名字，讲完这个故事我将遗忘……我一生最快乐的时光里曾喊过无数次他的名字，这，是最后一次。喊过这次我就遗忘"时我的心被掏得空空的，只是剩下眼泪倏倏地落下。

台阶上停却着五双鞋子，五双耐克Logo帆布运动鞋，白色的、橙色的、黑底黄色的、黑底印花的和白底玫红的那分别是余炼的、梅寒的、小七的、我的和盛夏的。

后来那双白色的Logo运动鞋靠近了橙色的Logo鞋说："我喜欢

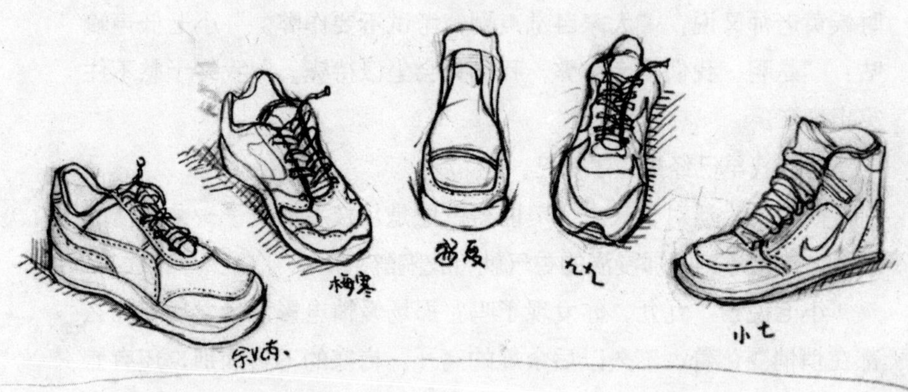

你很久了。"

那一刻我突然明白为什么小七眼睛里面闪烁着不安，我担心地看着余炼和梅寒，我再次想起普希金说的那句话。他说：男人和女人之间的友谊，不是爱情的开始，就是爱情的结束。

余炼的眼睛变得鲜艳地红了，那么坚强的余炼此刻显得那么悲伤和孤寂。

余炼说："我很清楚我很明白，梅寒你是我深爱的女孩。"梅寒还在沉默，我从来没有看见梅寒那样的无助那样的犹豫那样的沉

默。我心疼得不知所措。

那场不合时宜的雨水一直在哗啦哗啦地落下不知道停歇。最后梅寒哭着对余炼说："你别哭啊，你让我我回去好好想想。"

小七说："九九，你发现了吗？那场爱情电影将我们隔开了，从快乐幸福甜蜜无忧到忧伤绝望烦躁不安。"

小七对我说这句话的时候白露已过，小半个秋天已经结束。

别人的故事已经结束，我们只能继续经历、遗忘、追忆。

看着小七藏在碎碎长长的头发后面雾水一样的眼睛，我想，我再也不能看见小七玻璃般澄澈的眼睛了，因为现在的他已经在笔直的鼻梁上，架起一副粉色的眼镜。

那么好看的眼睛，怎么变成近视了？

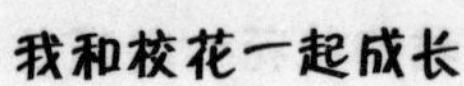

十三 幸福留言

反复听着你的留言
分享你的满满喜悦
……
这次一定要直到永远
去兑现要幸福的誓言
祝我们都能如愿
……
祝福你甜蜜美满
谁都有要幸福的心愿
很高兴有人实现
证明永远并不会太远
去兑现要幸福的誓言
祝我们都能如愿
留给这世界幸福留言

——林志年　施人诚

梅寒篇：

冰激凌融化了甜甜凉凉的味道在我的舌尖温柔地绽放，窗外元宵节的街道正飘扬着一场毛毛细雨。

黑板后面的高考倒计时数字越来越小，班里的气氛越来越紧张，但是这些都已经和我没有关系了，餐厅外面阴湿湿的还有很大的风，我终于知道小七寂寞的时候为什么喜欢一直盯着夜晚的玻璃窗了，它成了一面镜子。

肯德基餐厅里面灯光温暖，我侧着脸看见玻璃窗子映现着小七、九九、余炼和盛夏的脸，九九撕开一包番茄酱挤在小七手中的薯条上，然后抽出薯条递到自己的嘴里，小七从头到尾只是目瞪口呆地皱着眉头，薯条被九九一口一口咬碎了，他终于叹了叹气去喝桌上的可乐。小七这个孩子，不论快乐不快乐，脸上都是一副开心的样子，十几年的朋友了，我始终看不清他内心的形状，真的像九九说的那样，是一团雾吗？他的心此刻还是孤单的吗？

我一直想问小七究竟爱不爱九九，还是他一直在欺骗自己给出不知道的答案，有时候想想挺可笑，我从未爱过别人，又怎么会知道爱情是什么样子的呢？或许那只是不小心飞过花丛中的蝴蝶遗下的一滴眼泪。

小七跟余炼有一句没一句地搭话，九九搂着我的胳膊在盛夏耳边说悄悄话。我发现小七频频地去看九九，眼神拘谨而懦弱。

我突然想到小学的时候，小七又脸皮厚又拽拽的，看见漂亮的女生就跑到她家去找她妈妈，我妈妈到现在还记得小七，记得他小时扯着她的衣角早熟地说："梅寒妈妈，长大我要娶你们家的梅寒。"

后来他妈妈去世自后，他整个人就倏地阴暗了，一副忧伤的样子。

这时候九九突然被可乐呛了一下，她放下可乐不停地咳嗽起来。小七连忙扶着她的胳膊去拍她的脊背，"林九月，你在搞什么？"小七厉声地责备她，只是或许连他自己也不知道他责备九九的时候眼睛里没有责备而是些极其柔软的光芒，然后他把九九脱在凳子上的袄子拿起来搭在九九的身上，九九回头微笑，那样的两个人，我相信他们心里是有爱的，当有些事情到了一定程度，那么表不表现出来其实又能有什么区别呢？

可能小七心里早已明白，九九也早明白。

九九那天很开心，我看得出来，我们在一起十几年了，她每一个瞬间的眼神、每一个微小的动作我都能读出答案，这个口是心非的臭丫头，你就装吧！不论你怎么样掩饰我都明白，明白你看着小七的时候，眼睛里闪过的无奈和忧伤，虽然你一直伪装得不露声色，总是缄默，总是淡淡地微笑，笑的时候鼻子轻轻地皱起来，却还是那么的明艳动人，连我妈看见都会纳闷："这个小丫头，怎么出落得这么水灵？"我告诉我妈："这是我见过的最美丽的女孩，我们情同姐妹。"

九九，我一直用心读书努力学习，都只是为了不离你差太多的分数，能和你上一样的学校永远不分开，还记得幼儿园时候我们分吃一块巧克力吗？你把它掰成三份，却不小心掰得一份比一份小，你有丝抱歉地吐了吐舌头，然后把最大的一块交给我，对小七说："梅寒这么漂亮又是女孩应该吃这块，对不对？"接着你把手里那块大的给了小七，你手上剩下的那份月牙形状的巧克力。我告诉自己：这是一个可以分享我所有东西的朋友。你都不知道为什么你生日哪天我一直送你巧克力，我的礼物是我的心，陪着你成长。

九九把剩下的一块新奥尔良烤翅放进小七的餐盘里，小七瞪着九九做鬼脸，这两个同样心灵温暖、外表华丽的孩子，面对他们的脸我的心里尤春暖花开，最近我的心里面常常有张照片，照片上的九九指着身旁的小七翘着嘴角说："这是我的弟弟，小的时候跟在我屁股后面叫我姐姐的，长大了就不叫了。"而小七气得咬牙切齿。

接着我看见余炼的脸，他正在凝视着我的侧脸吧？他一定好奇现在的我一秒钟以后都比一秒钟之前更安静。因为我已经力不从心了。他看着我的时候眸子里蓄满了忧伤，我伸进口袋的手不小心又碰到那枚戒指，我该不该把它还给余炼了？我记起余炼的声音，他像一只受伤的野兽，“请你帮帮我骗骗我自已，在走之前请你戴着它，不然一转身我的心真的就碎了。”

其实这真是个很好的男孩，英俊优秀，坚毅的嘴唇上有一圈淡青色的胡茬。他今天穿着和小七一样的呢子大衣，看起来真像双胞胎。我是喜欢漂亮而干净的男孩的，你还记得我说你和小七吗？如果有人想把你们煮着吃了，连洗都不用洗。

余炼啊余炼，如果我还有……还有足够长的生命，我想我会接受你的。只是现在尽管你让我感动得无以复加，但我还是不爱你，是的。我的心我最了解。如果下辈子你还记得我，如果下辈子我有足够长的生命，如果下辈子我们还能够在杨花飘落的街头相遇，我会的……我会把我的右手伸给你握紧。即使下辈子我还不能拥有足够长的生命。那我们从幼儿园就开始恋爱，好吗？我也会像九九对小七那样天天打电话叫你起床，站在你家楼下等你一起去上学，每天给你买一罐百事可乐。甚至也可以替你写作业帮你做笔记。

余炼，明天你真的要走了吗？背上你的吉他。此刻我好想摸摸你的脸，跟你说再见。你还记得你问过我的话吗？“梅寒啊！你觉得我和小七谁更帅啊？”余炼你弹吉他的时候比小七更帅！希望你幸福，当然那与我无关，但希望你找到真正适合你的，希望你能实现梦想。

还有盛夏的脸，那张温婉精致的脸，呵呵，今天的肯德基里聚满了一中的校花和校草啊，不知道明天的校报会不会出头版，那刊头这样写好了：昨日元宵，本校校花校草聚首肯德基。

九九、盛夏和我，小七、余炼。实际上我是多么喜欢别人叫我校花的啊，这是多么有生命力的称呼，今天以后我们五个再也不能这样聚在一起，对吗？以后你们聚在一起的时候，会不会因为缺了我而悲伤？

只是盛夏，按道理说我应该偏向九九的，你也不能怨恨我，毕竟我和她十几年的姐妹，我们的情谊深厚绵长。可是我渐渐地也想帮你，你身上有我和九九甚至小七我们都没有的东西，那像是光芒一样耀眼地闪烁，看见你看着九九和小七时寥落的脸，我很心疼。你从高一的夏天跑到我面前说：“梅寒，我喜欢你和九九，但我爱上了七点。”高二的末尾你又跑到我面前你又来告诉我：“梅寒，我只是欣赏小七，是我弄错了那不是爱。”我记得的，第一次你满脸忧伤，而第二次你眼泪滂沱，那是多么艰难的和伤心的路程。

疼你的时候我常常想起那段凄凉的句子：“飞蛾真傻，明知道会受伤还是向火扑去。”你是高一下学期才转到我们班的吧？我想你一定知道，九九和小七从幼儿园、小学、初中到高中一直是邻居和同学，缘分那种东西，幻化成一根细长的丝线，冥冥中一头系在小七的手腕上一头系在九九的手腕，虽然他们两个一直在自欺欺人，十几年来他们有着同样的回忆，即便是我身处在他们中间都会有局外的感觉。

傻丫头，这个世界上有一种东西，它叫着沙子，越用力越是抓不住，松开手吧，你将得到的是全世界。

最后我看见另一张恬美的脸，那是在离别的季节走失的我的脸。

现在我已经习惯了药水的气味，习惯了各种残酷的治疗。这些都是为了延续我的生命，我是在一个洁白的冬天洁白的梅花盛开的时候路过这个美丽的世界，会不会就在下一个洁白的冬季洁白的梅花盛开的时候就匆匆离开，从这个世界流逝？

小七、九九、余炼、盛夏，剩下来的所有时间我会用来不遗余力地爱着你们、祝福你们，祝福你们健康和幸福。尊敬的上帝、佛祖，还有安琪儿、维纳斯、丘比特，请你们一起来，帮我实现这个最后的愿望，请你们一定要帮帮我！

明天余炼登上北去的列车之后，火车磅礴而隆重的余音里，你们将会读到我留下的便条：“小七、九九、盛夏还有远去的余炼，当你们看到这封信的时候，我已经乘上飞机，高考这段独木桥太狭窄了，过于拥挤，所以我要丢下你们去法兰西读书了，你们别怪我，我不喜欢离别的，尤其是九九和盛夏。看见你们哭我就心烦：）”

亲爱的朋友们，其实我是去出国治疗，然后在短暂的时间苍白地死去，在陌生的国家。我记得小七的妈妈那样说："如果看见星光眨眼，就是妈妈来看你，妈妈不会让你寂寞的。"那么亲爱的小七、九九、盛夏还有余炼，如果迎面有风，那就是我回来看你们，那时墙角的白梅正值盛开。

我会努力让你们永远不知道我的离去，我不愿意你们因为我以后像小七那样，即便微笑也紧锁眉头。小七和九九，临行的时候也没有对你们俩说更多点话，你们会生气的吧。今年我已经十八岁了，在我未满六岁的时候就遇到你们，然后一路走来，因为你们因为我的爸爸妈妈，我度过了幸福的一生，虽然它短暂，短暂即逝。

余炼篇：

我将在这个冬天离开，不久以后这里就会春暖花开吧！

以前我一直是个恍惚的孩子，我一直弄不清楚这个纷繁复杂的世界里究竟什么是自己追求的。直到我看见那场晨雾，看见梅寒、看见小七和九月他们骑着单车从晨雾中慢慢散开，单车上九月的明艳、梅寒的嚣张、小七的俊美，还有彩色的纸风车，他们是三个那么纯洁美丽的孩子。

现在，元宵节的肯德基餐厅里，他们三个就坐在我的面前，还有盛夏，这个高一下学期转来的女孩，她和梅寒九九有着同样一张娇美的脸庞，他们四个是为我送行的，黑板旁边的高考倒计时数字越来越小，教室里的硝烟越来越浓。我必须马不停蹄地赶回我的家乡，赶回北方那座城市迎接我的高考，那里有红的枫叶、有什刹海、有我的户口和我的前途，但是我将远离我的朋友。

现在走在学校里终于没有人叫我七点了，他们都知道我叫余炼，是七点最好的兄弟。

小七，你是一个有着华丽外表单纯的内心，一个有着明媚的忧伤的孩子，但是我从你单薄的身上读到太多的感动，你即便微笑也紧皱着眉头，即使紧皱着眉头也会微笑，这么长日子以来，我们一起偷偷地苦读书、偷偷地从晚自习溜出去，玩CS、玩红警。在这样的季节里我们吃着同一碗麻辣烫，用仅剩下的钱买一瓶喜力就着一口一口轮着喝。彼此都不能吃辣的，却偏偏吃最正宗的重庆麻辣烫，结果辣得泪流满面。那天又不小心被九九和梅寒找到，她们硬说我们在抱头痛哭，笑我们是吃辣椒也会流泪的小男生。

这么长的日子以来，我们并肩作战，无论打球还是打架。我们打赢过也曾输的很惨，可是我的三分你的长传，你的跆拳道我的空手道，我们是最好的组合，我们永不言败。

临别的时候，小七你拿着笔认真地的翻开我的留言册，认真地写着："不论物是人非、事过境迁，我时刻会想起，有个人曾经离开过，还没有回来。他叫余炼，是我小七最好的兄弟。风吹起的时候，花蕊轻声绽放，雪花在他离开的季节已经苏融，月色流离的小路上，我望而却步，因为格外地思念他。"你放下笔的时候我看见你手腕上那条和我一样的黑色彪马腕带，小七，如果不是你，我会一直寂寞着，不会表达。

九九，你是个无论快不快乐幸不幸福都会努力朝着快乐朝着幸福走去的孩子，看着你再看看小七，我时常想，或许只有你能够舒展他眉心的深锁，只有你才能看清晰他的内心，可是我不懂你们为什么偏要伪装？明明心有灵犀还佯装迷糊；明明有交点的，还要像两条直线，一直延伸一直平行。

九九啊，我曾经用一句话形容过你，你给我的感觉从来都是纤尘不染、郁郁苍苍，可是我话刚刚说完，你就用砖头砸破自己的脑袋，我开始震惊、愕然，你是个多么勇敢多么决绝的女孩啊，勇敢地护着你身边的人，你也会把我当成要保护的人吧？如果你看见一块砖头从我头顶掉下来，你一定会奋力地推开我，我相信你一定会。但如果是小七，你一定会用自己的身体替他挡住那块砖头的，对吗？

你总是让我惊讶，可是你最让我惊讶的就是你的成绩，那么高高在上无法撼动，你仿佛生来就是全校第一，甚至是全市第一；还有你为什么会是九月一日出生的，那总是我们开学的日子；还有你在我留言册上留下的笔迹，你的字迹怎么和小七那般的相似？难怪你替他写了几年的作业也没有被老师发现。

亲爱的余炼，你离开的那个冬天，天空开始黯淡，这个世界开始改变，存在的靡散、消失的重现、恶俗的被喜欢、喜欢的被厌烦，只有爱，始终如初。爱与被爱，随你远行，亘古不变。

梅寒，“我很清楚我很明白，梅寒你是我深爱的女孩”，记得我跟你说这些话的时候，你沉默了，那是你第一次在我面前显得无助的样子。突然我心疼得无法掩饰。现在我就要走了，很久以后，偶然看见余炼这个名字，你会想念我吗？

你坐在我的对面，你知道我在看你吗？为什么你一直看着窗外，为什么突然变得好安静，更为什么你的眼睛里充满不舍和留恋，我一直用“深不可测”来形容九九，可是逐渐地我发现它更适合用来形容你。

你在我的留言簿上画了一朵梅花，素淡的线条和那排小字：“祝你天天开心。”你的留言很诚恳很真实却又那么令人刺痛。

以后晚自习结束我再也不能送你回家了，昨晚是我最后一次送你回家吧，我从单车上下来递给你那枚戒指，那是我最后一点期盼，直到现在我都不相信你仍然没有接受我。

当我说这句话的时候，我像只受伤的野兽，你终于接过我的戒指，那一圈冷艳的铂金戴在你青葱似的手指上是那么熠熠生辉，那依稀是我所见过最美的风景。

可是刚刚在肯德基的门口，我远远地看见你站在门外背对着我摘下了那枚戒指，我就不明白了，你为什么在见我之前又偷偷地摘掉它？

不管我多么不甘心我都得走了，你身体不好一定要好好照顾自己，记得一定要吃早饭，不吃早饭会得胆结石的。我并不是舍不得离开你，可是我舍不得离开之后就不能像以前那样照顾你了，小七总是拍着我的肩膀：“闭上眼睛不要去看她，洒脱地离开。”我闭上眼睛听见你冷若冰霜的声音：“如果不喜欢一个人不论他对我多好，我都不会喜欢他，只会感激。喜欢一个人明知道他对我不好我也会喜欢他。”

盛夏，你的名字多好听啊，好像这个季节流行的歌《盛夏的果实》，希望你就像歌声那样唱的吧。

盛夏啊，我想今后无论我走多远走多久，我都会记得你灵动的笑靥和永恒不变的酒窝，记得你站在梧桐树下巧笑嫣然的样子，你对我说：“余炼你弹的吉他好好听啊！余炼，我实在爱极了你弹奏的曲子，梦想是你飞翔的理由，希望你的梦想如同蜡烛一样，从顶燃到底，一直都是光明的……”谢谢你，那是对我最动听的赞美，我会像你留言那样去做去追求，因为我再也不是个恍惚的孩子了。

盛夏篇：

余炼你走了，可我记得你刚刚来过，不管谁有你这样的朋友，都是值得炫耀的、值得幸福的，小七是，九九是，梅寒是，我也是。

那年，桃花开时，我遇到你们。

爸爸妈妈因为常年都在国外所以让我去跟爷爷奶奶生活，因此刚过完春节我就转到新的学校，我站在讲台上自我介绍，我说我叫盛夏啊，盛夏的盛夏。讲台下面竟然有人鼓掌。

我坐下来的时候，窗外一片枯黄的叶子飘零着经过窗台，苍白的脉络沾满了泥，这时杨老师开始点名了，我情不自禁地去记所有的名字，他们都将变成我的同学，世界真是奇妙，明明昨天还不认识的，现今却坐在同一个教室里听课。杨老师点一个名字我就在心里数一下，其实是想知道这个新集体有多少个同学，数到第七的时候我听见老师念：“七点！”嗯？我低头去看手表，却听见教室的另一边有个低低的嗓音答“到”。

新同桌在书本的空白写下那奇怪的名字，她解释说，“七点是我们的校草，我们班的招牌。”我顺着她手指的方向，看见一个穿CK新款黑色冬衣的男孩，他正在把耳塞藏在袖口里听音乐。这是一个五官清朗的男孩，比大多女孩还要清秀。很久以后我才知道这个上课听音乐的男孩他叫余炼不是七点，在男孩旁边坐着另一个男孩，他们穿着同样款式的衣服，那简直是一个漫画上面的男孩，俊逸而忧郁，他左手托腮，右手专注地在纸上画来画去，“他旁边的男孩叫什么名字？”我低声地问我的同桌。“余炼啊，也是我们学校的校草，也是我们班的招牌。”同桌的声音里有着炫耀。我在心里轻易地记住了两个名字：七点、余炼，很久以后我才知道，我后来看见的那个左手托腮、右手专注的在纸上画来画去的男孩其实是七点。

七点和余炼并排站着的时候，是那个季节里惊世骇俗的一幅插图，美轮美奂，我常常自言自语：“七点？百家姓里面有这个姓吗？”

七点、余炼、梅寒、九九，他们实在显眼，总是让人一眼就发现他们，虽然他们总是很安静。当他们同时穿着最新款深色Levi’s牛仔的时候，我疑心自己见到了童话中的王子和公主。其实我错了，他们是最纯粹的孩子。

小七，我试图用冷漠将自己包裹的更森严一些，可是我低估了自己，城堡总是先从内部攻破的，那是在暑假我在宾馆做暑期工，一个月朗星稀的晚上偏偏加班，回家的路上就感觉被人跟着，我加快步子往光线亮的地方走，却一不小心走进一条小巷子，他们围住了我，那是一个个邪狎狰狞的混混儿，我准备一死保全自己，我一边拼命呼救一边寻找自烬的机会，我的T恤被撕破了，“呼啦”一声我脑子里面一片空白，忘了呼救忘了反抗也忘了自烬，几乎就在同时你和余炼出现了。

我吓懵了，可是你脱下衬衫扔给我的时候我立刻就清醒了，没有想到你们会为我那样奋不顾身，我掏出手机报警。

在审讯室里面你打电话给梅伯伯，你说服不了那些警察，你阻止他们因为这件事情跟校方联系，你说你是怕学校知道你打架，其实你是为了我，为了保护我的名誉，梅伯伯离开的时候我听见他在走廊上夸你：“多好的孩子啊，我看着他长大的。”看着灯光下你受伤的脸，我温暖而甜蜜。

注定是要遇上你的，只是上天让我出场得太晚了些。

我知道此刻梅寒和余炼一定都在担心我，其实不要紧的，自从去年我就下定了决心，所以我会跟梅寒说："梅寒，我只是欣赏小七，是我弄错了那不是爱。"我有两个心愿，一个是我今生幸福，另一个是我的朋友今生幸福。

九月篇：

小黑板上高考倒计时的数字越来越小了，教室里的火药味越来越浓了。每天晚上我做题做到星光殆尽，这时我仍然听见天花板上轻微的脚步声，那是小七的脚步声，小七也没有睡。于是我更有精神了，因为有人在楼上和我一起努力。

未来变成了一幅更清晰美丽的画面。

我看见小七、梅寒、余炼、盛夏和我，我们一起幸福的样子。

七点篇：

在一起的朋友，是复制了我的记忆的人，如果有一天我遗失了快乐，只要找到他们就能重新快乐，余炼是个复制了我太多记忆的人，那都是些个艳阳流转的快乐岁月，他带走了我太多快乐，我就要变成一个寡欢的人，九九、梅寒、盛夏，年华似水，当你们都远去，我已哽咽无声。

今夜我作的歌词无人弹唱：

旋转的纸风车
蓝的、紫的、白的颜色
我们唱歌
我们趟过青春漫溢的河
铭记悲伤的时刻
轻易忘记了快乐
幸福的留言册
你的我的他的哽咽……

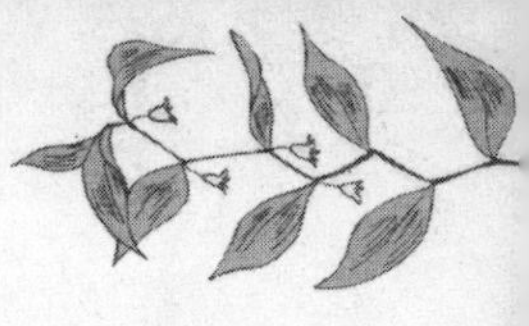

十四 我和幸福有约定

我和幸福有约定
就算是寂寞也不理
因为思念让爱零距离
为了你我愿意
多用心照顾自己
也请你千万别忘记
我们曾和幸福有约定

—— 潘协庆

七点篇：

我知道九九喜欢Levi's这个品牌，我知道九九天生有一双修长的腿可以把牛仔裤穿得比别的女生都漂亮，我知道只要Levi's出新款九九就会去挑选，我也知道九九身上的Levi's已经好久没有换新款了。就像我已经好久没有去操场打篮球，好久没有逃课去江畔看日落，好久没有去“宝丽金”买新唱片碟，好久没有骑车去“水月小筑”吃羊排。

我们需要把生活暂时搁置，我们忙得披星戴月，因为小黑板上的高考倒计时数字越来越小，教室里面的气氛越来越沉重、越来越压抑。

我的发型只有两种，十年不变，要么特别长要么特别短；我的笑容只有三种，单调缓慢，每一种都会皱眉头。但我的衣服却款式多样，变化缤纷、令人眼花缭乱。所以我有双面性格。这些话是九九对我说的。她还说，虽然你总是摆着一副吊儿郎当的臭样，可是我知道你是会为了目标而执著坚持的男孩。我想想她说的其实很对。

那么我还有什么理由不努力？我已经不再那样格格不入了，我像一杯冷却后的开水，唳气消失殆尽了，只沉淀着妥协和安分。

教室里九九的座位空着左边的一半，我的座位空着右边的一半，所以常常上课的时候我会蹑手蹑脚地坐到她的位子上去，我们坐在一起的时候大部分时间在讨论棘手的难题，偶尔也会讨论梅寒和余炼。

余炼走后，经常给我打电话，他说北京的天空彤云密积，大风里面布满呛人的灰尘，还说他们学校到处都是电子倒计时，走到哪里都可以看见距离高考还剩下多少天多少小时多少分钟甚至多少秒。我跟他说我们的校园里开满了栀子花，风起的时候缕缕花香就像潺潺的溪流淌过，一不小心就能让你打个喷嚏。

还对他说你走了之后被我们教训过的家伙都来报复我，所以我

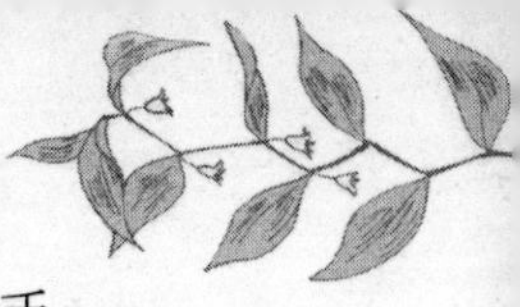

的跆拳道已经炉火纯青了，你的空手道肯定已经不是我的对手。

但是梅寒走了就没有一点音信，我们去过她家才知道她全家都移民了，每到晚上月光稀疏地洒在她家门口的葡萄藤上，艳冷斑驳的阴影凋零一地。

梅寒出没了十几年的大街小巷，突然就没了她的身影，梅寒经常去的服饰店老板娘还在嘟嘟囔囔地念叨："好久都没有见到那个漂亮的小丫头了，她要的衣服我还帮她留着了。"九九买下了那件衣服，天气晴朗的时候把它反反复复地穿了一遍又一遍。

教室的第三组第四排右边的盛夏还是整天穿绿色的衣服，只是好久没有看见她含着棒棒糖的样子了，有一天我递给她一支棒棒糖，她从书本里面迟缓地抬起头，用疲倦的声音对我说："谢谢。"便随手把棒棒糖丢进抽屉，又低下头飞快地转动手中的笔头。

做题做到身心疲惫的时候我会出神地看着窗外，看着实验楼后面隐约的荒草坡，那棵梧桐上的手掌印还在，只是拳头帮只剩下残缺不齐的食指、中指和无名指了。

六月十五日，距离高考还剩下二十二天，九九送给我第六只小猪，那是我收到她的第六个生日礼物，可是我没有听到她第六遍对我唱："每个人都拥有祝福每个生日都有礼物我的礼物是我的心陪着你成长。"她给我唱的是：

我和幸福有约定
就算是寂寞也不理
因为思念让爱零距离
为了你我愿意
多用心照顾自己
也请你千万别忘记
我们曾和幸福有约定

她怂恿我去揭开幸福的面纱，我把那只小猪摆在电脑桌上，打开电脑我把QQ的昵称改成“探花郎”，我敲着键盘在详细资料里面留下这样的字句：“今年我高考了，改个名字图些吉利。状元走了，榜眼走了，就剩下我探花郎了。”

新浪信箱里面有我的网友——一位武汉大学的学姐给我寄的高考冲刺技巧，我贪婪地萃取那些文字里的营养，像个饿了的孩子。最后发现这些大致和九九告诉我的一模一样。

六月十六日，九九上楼的时候突然捂着肚子说：“我脑子疼。”她总是把头说成脑子，最近她总是跟我说她的头疼或者是胃疼，我笑她：“你明明捂着肚子怎么说头疼？”却看见她额头上已经渗出汗珠，原来她已经隐忍好久了。

那天距离高考还剩下二十一天，九九住进了医院，因为胆结石动了手术，手术之后九九躺在白色的病房白色的被褥里，孱弱而苍白，她小声地对我说：“小七，我的胆已经被切除了，我的胆子现在特别小了。”她说完开始笑，笑容僵硬而无力。我握着她冰凉的手不肯放开。

我坐在床头给她唱：“……也请你千万别忘记，我们和幸福有约定。”那一刻九九没有像以前那样笑话我五音不全，在我走调的歌声里，她倏倏地落泪，眼泪像断线的珍珠。我捂起胸口无声地疼痛。

那是我第二次在医院留下痛彻心扉的回忆，每次打开回忆，病房里的苏打水味道像自来水从拧开的水龙头里喷出来，而那个水龙头是我一直都忘记关掉的。

九九住院的时候我就拿着课本在她的旁边复习，我的心情就像给九九削第一个苹果时被刀锋划破的手指，悲伤像伤口里殷红的血液一股股地涌出。而我记得小时候妈妈给我削苹果的样子，妈妈说过：“削苹果的时候，如果能不弄断苹果皮，你就可以实现一个愿望。”于是我买了一袋一袋的苹果，小心翼翼地削掉苹果皮，固执地许愿。

我心里因为害怕而不敢走出病房，所以在医院里不是削苹果就是复习课本，病房外面是条冗长的走廊，在我眼里阴冷的空气就像一股股细细的粉末吹洒下来，当我走在这里的时候似乎随时有窒息的危险。

九九整天被我强迫着吃一个又一个苹果，苹果把她的肚子撑得圆圆的，都没有多余空间装她妈妈带来的鸡汤。有时候她一脸耍赖皮的表情，扯着我的衣服让我听她说笑话，只是她的笑话从来也没有让我真的笑过，但是她出院的那天说了一个最普通的笑话却让我笑得人仰马翻，她说的笑话是：以前有个人对他儿子说：“儿子好好练字，将来当个王献之那样的书法家，”他儿子说：“不可能，因为我没有王献之那样的老爸。”

那是二〇〇二年六月二十七日，距离高考还剩下十天，九九再一遍说：“我已经把胆都切除了，我现在胆子特别小。”我一直记得她说这句话的样子，一只小银龟子飞到九九深蓝色修身牛仔裤上，我轻轻地蹲下来，钳住碧绿色的银龟子举到九九飘忽的面前。

我说：“看吧，没有了胆的人才会胆大包天，就像独孤九剑一样，无招胜有招。”

九九笑了，笑容像一幅随意涂抹却色彩明艳的油画。

那幅画温暖而自然。

而时间转眼就到了七月，七月一日。我突然才发现窗外有很多的树，我在这个学校一待就是六年，这是第一次发觉校园里竟有这么多的树，树上有不同的树叶，椭圆墨绿的叶子、参差掌型的叶子、细长如针的叶子……我满眼都是树叶沙沙沙沙的声音。

七月二日，坐在空空的座位上我的心里仿佛有无数飞鸟挥动翅膀渐次飞起，耳边有安静繁复、细碎漫天的声音层叠混绕在一起。我知道所有人都知道：从现在开始数数，当我们数过第五个日落数到第五个日出，日历上会出现两个阿拉伯数字和两个汉字，它们连在一起被读着：七月七日。那个日子会被我们叫作“高考”。

七月五日，不知道为什么这一整天我一不小心就会走神，说话、吃饭、走路我都会走神，阳光穿过茂密的树叶从头顶炙热地照射下来，我一不小心就能看见妈妈安详的脸。傍晚的时候，手掌中的冰激凌温和地融化，我终于听见妈妈遥远的声音：“小七，不用紧张，七月七日，七是你的幸运数字啊。”

七月六日，今天不用去学校，学校已经变成布置好的考场，我和九九来到江边，踩着光滑的鹅卵石我们把脚伸进缓缓流动的一江温水里。九九诡异地笑：“嘿嘿，小七啊你说会有多少人可以喝到我们的洗脚水啊？”

那时一缕江风正从我眉心流淌而过，我笑了。

九九说：“小七，每当我看着你的脸，就像躲在昏暗的台灯下读安妮宝贝的文字，让眼睛爬行在一片泥泞的沉郁之中。”

她是不知道的，不知道她说这句话的时候眉头纠结的像村上春树笔下的一见钟情，带着隐忍丛生的姿态。

我大声地笑，笑得江面波涛起伏，九九指着面前的一堆鹅卵石说：“我在其中的某一块石头上刻下了一行字，看看你能不能找得到。”

“你刻着什么？”

“刻着我最想对你说的话啊！”

那堆鹅卵石旁边有一小股江水汩汩流过，我翻开石头一个一个地查看。

“我们和幸福有约定。”

我找到那块石头，抬起头，看见九九剔透流溢的眸子，她笑得迷离而诡异。我依稀看见很久很久以前的林九月，一边偷着啤酒瓶一边回头对我笑。

我忽然明白了，那时候就是这样的眼神这样的笑容让我不紧张不害怕的。

想起九九很小的时候竟然唆使我偷过酒瓶，我很突然地就笑了。九九迷惑地看着我，她微笑着张开嘴数：“一、二、三。”毫无征兆地抬起Levi's牛仔裤下露出的小腿把我蹬下长江。

二○○二年七月七日，不知道所有参加二○○二年高考的考生还记不记得，那是个晴朗而温和的天气，在考场外面一看时间还早，我们一致说：“不要去太早，不能被别人取笑成心理素质不好。”

于是我被九九拉进学校旁边的一家礼品店，九九选了两个一模一样的中国结，她把一个放进我的掌心，鲜艳的红色在我的掌心荡漾开来。然后九九跟小店要了两根红色的丝线，她拿着线绕着我的无名指缠了两圈，小心地打了一个结，另一根绕了两圈缠在她的中指上。

她竖起中指碰碰我的无名指说：“上帝与我和你同在。”

进了考场我和九九走向了不同方向的两个考场，在一棵梧桐树下，九九曲着食指和中指，竖起数字“七”的手形，在人头涌动的考生里她一脸灿烂地对我说：“七，不就是你的幸运数字吗？”

我把九九的笑容复制到脸上大声说：“林九月，你已经没有胆了，所以更不用紧张。”两棵不同的梧桐树下，我和九九笑容满面。

七月七日林九月穿着蓝色Levi's侧兜牛仔裤和紫色有荷叶边的小褂，挥着手轻盈地走过那片扑簌的树荫，留下她曲起中指和食指的手，还有那根缠着一根红丝线的中指，如同我们曾经燃放的烟花在我记忆里一个接一个绽放。

“小七，不用紧张，七月七日，七是你的幸运数字啊。”

九九篇：

高考就像是某个日子里平静的夜空转眼即逝的一朵烟花，匆促热烈地留下一团绚烂，又沉落到宽厚的记忆空间里。

高考就像一列轰隆而过的列车，是一阵磅礴千钧的轰鸣瞬间经过。高考之后估完分数的我们就像被火车刚刚碾过的铁轨，倏地从沸腾里冷却。

在沸腾到冷却的落差里面，我们都迷失了。我们放肆地玩、放肆地疯、放肆地闹、放肆地吃饭、放肆地喝水、放肆地穿衣、放肆地染发、放肆地穿耳洞、放肆地唱歌跳舞。而身边的所有人都对我们格外的宽容。

格外宽容地问我们：“你们是刚刚考完的吧？考得好不好？”

那一刻我们错误的认为世界是只属于我们的舞台，所有的其他人都只是为了关注我们而存在的观众。

放肆到我们都筋疲力尽，于是我们去学校填报考志愿，学校发

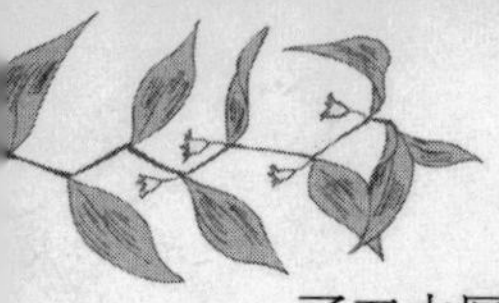

了三本厚厚的报考资料，其实三本都是一样的内容。

说到填写志愿表我比别的同学一定熟练得多，小学毕业我填了两份志愿书，中考之后我也填写了两份志愿书，那是我的和小七的。

我还清楚地记得填高考志愿那天的情形，甚至还记得那天的每一个细节。我埋下头的时候，小七直接就把志愿表扔给了我，他嘻嘻哈哈地说："嗨！小丫头。到大学，我们还做同学吧！我们要努力做满十八年的同学。"

那天早上下了场雨，有一小滩水堆在我的课桌上，洇湿小七的志愿表。看着他的志愿书，我的眼睛眨巴眨巴就红了，我赶快低下头。很久很久以后我听见自己的声音："嗯。"抬起头的时候小七脸上嘻嘻哈哈的表情顷刻就弥散了。

小七的手伸进口袋里摸索一阵拿出一块石头，他把石头递给我的时候，我看见几个浅细的小字：我们和幸福有约定。

小七最后说："你留在教室里认真帮我填写啊，我去打球了。"

小七离开了教室，我的手里仍然紧紧握住那块石头，轻浅的字迹像把开启记忆之门的钥匙。

其实我一共在三块鹅卵石上刻下了字，他只找到了其中的一块。

其他的两块仍然埋在那堆石头里，那堆高高的小石冢，我想涨潮的时候江水会淹没它、冲走它，就算都没有，岁月也会用风吹日晒来磨蚀上面的字迹。所以小七永远也看不见我刻在上面的字了。

我患得患失的时候，他还有心情笑，我生气地笑着数数："一、二、三……"像武侠小说某一段里所描写的，我以迅雷不及掩耳之势抬起腿把他蹬进长江。

其实我也只是在一块石头上刻着字，其他的两块石头，我在其中的一块上刻着一颗心和一把穿心而过的箭，另一块石头上我刻的是一把箭穿过两颗依偎着的心。

小七走出教室就再也没有回头，于是我掏出手机给七伯伯打电话："七伯伯吗？……我是九月，……七伯伯其实这次小七考得非常好，他想和您商量一下填写志愿书的事，是他再三拜托我给您打电话的……”我那天跟七伯伯聊了将近一个小时，七伯伯说：“这几天我一直担心小七的成绩，可是他从来也不跟我沟通啊！连话也不跟我说。”听到我说小七主动想和我填一个学校，七伯伯在电话那端开心地笑起来。

七伯伯再三嘱托我：“小月啊，你一定要辅导他填好志愿啊。”

我在电话这头认真地点头，却忘记七伯伯根本就看不见。

挂了电话我把小七从篮球场抓回教室，然后我们面对面坐在一起填写志愿书。窗外的栀子花融化在阳光里，阳光透过茂盛的树枝从窗户倾泻了一束，落在课桌上我和小七的中间。落在那块光滑的鹅卵石上，落在那排轻细的小字上。

“我们和幸福有约定。”

小七说：“你就帮我填这个专业，听起来名字挺好听的，工商管理。”

我当然知道这个专业很热门，又想到小七的分数被录取也不成问题。所以在他没有反悔之前飞快地在学校代码后面填下了专业代码。

填完志愿书，我们骑车在街上闲逛。刚好路过我们的小学，七七对我粲然一笑把车拐进校门。

小学的校园。好多年都没有进来了，记忆中，当年那么宽阔的操场变得那么小，当年开满万紫千红的花园却没有一朵花了，只有门口那棵老槐树更加老态龙钟。

办公楼后面的两层老楼，当年的我们就在这里上课。教室后面有一排伟岸笔挺的水杉，夏天来的时候，窗外总是有一只一只迷了路的金龟子、银龟子从树干上飞进教室，落在低矮的课桌上，落在我们打开的铅笔盒里，落在我们幼稚的脸庞上，抓住了送上门的金龟子我们就不再安心听课了，和同桌一人一只用细长的线绑在它们的后腿上，想着下了课以后可以在桌子上划道线，然后牵着手里的线让金龟子赛跑。

老楼那狭窄的楼梯，是六年前的我和梅寒曾经喜欢玩的游戏，我们跨到栏杆上去，坐着再松开手滑下去。当年的我们就是这样下楼梯的。

于是我对小七笑了笑，然后跨上去，真高呵！我有些眩晕。

我赶快翻下来规规矩矩地站好："小七，我的胆已经被切除了，我的胆子现在特别小了。"小七皱着眉头笑。

小七皱着眉头对我笑，他利索地翻上栏杆，松开手，"嗖"地滑下楼梯，两脚平稳地落在地上，然后转过身回头露出雪白的门牙对我笑，他背后的阳光格外耀眼。

什么嘛？当年小七胆子最小，不论我和梅寒怎么拉他拽他，他就是不敢跨上楼梯旁的栏杆上去。

还有操场旁边的围墙，以前体育课上，我们就是站在双杠上从那里翻出墙去，去校门口的面包店吃小刺猬喝奶茶的。但是现在当年校门口的面包店已经改成音像店了，老板依旧是那个老板，他说依稀还能认出我们，鬼才相信。他还说现在的小学生买磁带的比买面包的多。

小七笑着说："是啊，那天我经过幼儿园，看见一个绑着头巾戴着墨镜的小朋友向其他小朋友收保护费了。"

我选了一盘带子让老板帮忙试音，音像里于是响起了熟悉的歌声：

我和幸福有约定

就算是寂寞也不理

……

我们曾和幸福有约定

其实我只是想听这首歌，我听了好几年的CD，早已经没有转动磁带的录音机了。

十五 记得要忘记

我提醒自己
你已经是
人海中的一个背影
长长时光
我应该要有新的回忆
人无法决定会为谁动心
但至少可以决定放不放弃
我承认我　还是会爱着你
但我将永不再触碰这记忆
……
我有一辈子足够用来忘记

——施仁诚

七点篇：

我们的高考从如火如荼的七月随着时光的流逝最终沉落在深邃的记忆里，只残留下我们爱唱的歌，一遍一遍被低声吟唱。

那年的夏天我养成了撕日历的习惯，总是在寂寞的时候，我开始认真地做一些事情，不能知道明天会发生什么，会经过哪些地方、遇到什么些人，会以什么样的方式和他们擦肩而过。摆在桌角的日历，我一直小心翼翼地撕下逝去的那一页，也会小心翼翼掂量剩下的页数，不知道哪一件难忘的事情，哪一个难忘的人，会定格在哪一页上，比如这些天我一直所等待的录取通知书，比如通知我去取录取书的人，那一定是难以忘记的一页，难忘得我舍不得撕下。

日历上的时间仿佛过得很慢，慢到我总是想在撕掉一页的时候顺带撕掉下一页，如此滋生的欲望一天比一天强烈，而我身边的那些人，都在我撕掉的某一张日历上，悄悄而匆忙地远走了。

复制着我的快乐的盛夏，在一个星光灿烂的晚上给我打电话，“小七，我要走了。”好长时间过去了，我没有听出盛夏的声音，高考以后再也没有接到盛夏的电话，被高考隔开的记忆恍如隔世，我说你要走了吗？那你保重。盛夏的声音有些哽涩，她对我说：“我想我无论走多远走多久，都不会忘记你的，小七你忧伤的笑容，你那件被我披过的外套，你那辆载过我的单车，都已经被我铭记了。”直到这时我才听出来是盛夏的声音，我说盛夏你等等，你什么时候走，我们去送你。

盛夏说：“我和梅寒一样，都太讨厌离别，如果你真的想送我就一个人来吧，明天早上八点一刻的火车。”我说好的盛夏，六点半之前我在你奶奶家门口等你。那是我最后一次接到盛夏的电话，那夜的星光太灿烂了，灿烂得不适合说离别。盛夏你是不是又在骗我，像两千年的愚人节那样。

搁下电话已经很晚了，我随手披了件衣服跑出门，记得盛夏是那么喜欢吃泡芙的，她还说过：“小的时候我特别喜欢哭，我爸爸把一个奶嘴放进我嘴里我立马就不哭了，时间长了我就喜欢吃有奶味的东西，而且再也离不开它们了。”在一起的日子她似乎每天都衔着一根阿尔卑斯棒棒糖。

晚上我做了个梦，我梦见盛夏坐在火车里对我说话，隔了一层玻璃，我听不见她的声音，她就拿出唇膏在车窗上面写字，刚写完一个字火车就开走了，这时耳边忽然响起火车的轰鸣声，震耳欲聋，于是我从梦里醒过来，原来是手机响了，我拿起手机说：“九九啊，今天早上我不去打球了。”电话里却传来盛夏的声音：“是我啊，你起来没有。”盛夏说，“小七你先别告诉九九，我不想临走的时候哭得淅沥哗啦的。”我答应了她。

拉开窗帘，外面又是一个明朗的早晨。

系好鞋带，房间里的电话响了，我又脱下鞋子去接电话，原来现在才五点半，话筒里传来九九咿呀的声音：“懒猪，快起床。”我说：“九九，今天早上我不去打篮球了，我现在有事要出去。”九九可能做着梦还没有醒，她一声不响就挂了电话。我关上门下楼的时候，看见九九从门缝里伸出惺忪的脸说：“你干吗去啊？”我犹豫了一下接着下楼：“有事，等回来再告诉你啊！”

那真是个明艳的早晨，盛夏奶奶家小院门口那棵栀子花的香气传播得好远，盛夏背着包，提着箱子站在那棵栀子花前，跟他爷爷奶奶告别，我远远地跟他爷爷奶奶打招呼。然后盛夏背着包拉着箱子走过来，一边走一边回头向她爷爷奶奶挥手。

那天我们没有进候车室，直接从小路进了月台，我买了一份晨报铺到地上和盛夏一起坐了下来，“盛夏，这是你喜欢吃的泡芙。”她接过泡芙说：“这么多啊？”

空旷的站台空气里氤氲着一种混合气体的味道，那是轨道上独有的味道，盛夏递给我一瓶巧克力味道的鲜奶和元祖的蛋糕，那一刻，我看见自己喜欢的口味，感动得一塌糊涂，不知所措。

我吃三口蛋糕，抿一小口牛奶，暗暗地想：这恐怕是我会吃东西以来，吃得最慢的一次了吧。不过再慢到最后还是吃完了。盛夏递我一张面纸，我擦了擦嘴，问她知不知道火车是从哪个方向进站，可是她没有回答我的话，只是沉默地看着火车进站的方向，太阳很晒，一抹光辉镀在盛夏左半边脸颊上，我看见她纤长的睫毛在阳光里打着离别的拍子。

月台上停着一辆辆装满食品的小三轮车，我想这是每一个站台上都有的吧，三号与四号中间的停着一列货车，有一节锈黄的车厢上歪歪斜斜地写着蜿蜿蜒蜒的字迹：张明是坏蛋、王雨杰是坏蛋……安静的绿荫带里，沉寂的树梢上盖着一层厚厚的灰尘。

火车就快要来了，这个时候我才像刚接到剧本的主角，我才想今天是来送行的，我的朋友就要乘着火车离开，不知道什么时候会重逢，她从今天离开，永远就不会从今天走回来，当她以后回来的时候，今天的感情已经被冲淡了吧，时间与风吹日晒都是磨蚀感情的锉子。

这一站上车的人不多，软席更是空荡，不用太拥挤就找到的位子，盛夏的位子靠着窗，她一直没有说太多话，我问一句她就应诺一下，一切都轻描淡写的。她坐下来以后，我就站在她旁边，故意说些轻松却不着边际的话题，潜意识里面我把手上的关节捏得噼噼啪啪地响，车厢里面广播就在这时响起：“火车很快就要开动了，请送行的亲友同志抓紧时间离开车厢。”

盛夏突然转过头目不转睛地看着我，我拘谨地笑着，右手不停摸着鼻侧，我想起九九说我只要一紧张的时候就会用手摸鼻侧，这是一个模仿楚香帅的毛病。连忙拿开了手，只是在盛夏的目光里我垂下的手不知道放到哪里。

盛夏问我：“你还有没有话对我说？”我说：“那我下去了。”盛夏点点头笑了，窗外的阳光透过玻璃照在盛夏白净的额头上，我帮她拉好窗帘转身离开，盛夏站了起来叫我的名字说：“小七，我想抱你一下。”

她像一阵风飘到我面前，干净利落地抱住了我，我只看见粉绿色的影子一闪便被盛夏抱个正着，她在我耳边吐出声音：“小七，记得快乐。”我点点头拍了一下她的头，发现她的头发真的很黑亮，我认识的女孩果然都是可以拍洗发水广告的。

“火车很快就要开动了，请送行的亲友同志抓紧时间离开车厢……”

她在我的肩头深深地吸了口气，松开我的时候一滴眼泪温润地落进我的脖子里，我微笑着对她挥手，明明心里很沉重很疲劳的，我竟然还能笑得那样自然。

盛夏欲言又止地看着我离开，也许是流了眼泪她的眼睛看起来那么清澈，像一湖文静的绿波，原来她还可以拍滴眼露的广告。

跳下站台火车缓缓开动了，盛夏又拉开窗帘，隔着玻璃对我挥手。我如同重会昨晚的梦境，我情不自禁地跟着火车跑动，盛夏的声音恍惚而缥渺，我听见她在说九九，又好像是问：“你和九九会不会忘了我？”我停下来用力地摇头，用手拢成喇叭大声地喊：“不会的，因为我们是永远的朋友啊！”

盛夏突然关上窗帘，火车离开了站台，我开始明白离别的时候其实不是最难过的，最难过的是人走茶凉。

那些快乐时光编串成的记忆，被我的朋友们带走了，他们是余炼、梅寒还有盛夏。我将会一个人又回到寂寞里，从此郁郁寡欢，寂寞的站台在火车开走那一刻又恢复了冷清。仿佛一切不曾发生过一样。

离开站台有个声音不停地在耳边说，“小七，记得快乐。”

盛夏篇：

我要回家了，这座城市留下了我太多的回忆，它们足够快乐、足够美丽、令我刻骨铭心。可是这些是我带不走的，窗外呢喃的夜空，欲说还休的月色。在这样星光遗落的沉香里，我泅渡在荒茫无际的相思中，像朵离枝的花朵渐渐枯稀、萎缩。

原本想静悄悄地离开，就像梅寒那样，可是我还是忍不住给小七打电话，我说：“小七，我要走了。”那个时候他的声音多么恍惚，却又多么熟悉。

他的声音里面有着绵长的不舍，也仅仅只有不舍，那一刻我也明白了自己的心原来一直都不曾放弃过他，在给他打电话的时候，我把一只耳塞塞进左耳。

右耳是小七的声音，左耳是音乐：

我提醒自己
你已经是
人海中的一个背影
……
我有一辈子足够用来忘记

听到小七说要送我的瞬间，我才清楚其实是多想让他来送我的。

他答应我了！这时我才明白我自己多么难对他松开手，虽然我的手心已经冰凉彻骨。我在歌声里想着从遇到到离开，那些记忆，如萤火虫般挑着星点的光亮扑向我。我总是想起在实验楼后面的荒草坡上，我们躺在温暖的草地上，看蜷缩在云层中的太阳慢慢沉落，看远处云朵暗淡下去，小七总是在那个时候兀自哼着歌，荒腔走调的，像是恬淡极了。直到他忽然发现枝头的鸟啼声清浅淡薄了，才慵散地伸伸懒腰。

那时虽然我们的身边还有梅寒、有余炼，也有他真正喜欢的九九，但是我仍然认为那时比现在幸福。至少我张开眼睛就可以看见他，小七啊，当我涓涓细流的目光，徘徊在你俊朗的脸上，你是毫无察觉的吧，但是你知道么，在你不经意地看我时，瞬间就擦燃了我内心里悲涩的思念。

可是看见你凝视九九时格外温柔的眼神，我会很难过，很失落，难过吞噬了乖张的我，失落暴戾地滋长。

每当晚自习结束，我们从路口分开，在那条熟悉的路上，一头是远远近近的落魄楼群，一头是你和九九踩着单车并肩行驶。我在中间朝你们颔首，再恍惚地扬手，空气中流过花草的半缕余香，我纤长的手指突兀地开放在空中。

如果是别的谁和谁，我一定不会如此安静的，可是偏偏是你和九九，当我们的友情如同纯洁无瑕的画卷舒展在和煦温馨的阳光里，除了忍声叹息我还能怎么做呢？我是爱你的，以后的很久时间里也会这样的爱你，可是我也爱九九，以后的长长时光里，亦会同样的爱她。

所以我对梅寒撒了个谎，我说只是欣赏小七，是我以前弄错了原来那不是爱。是的，当我做这个决定的时候，脚步坚定，犹如历史课本里任何一场不可改变的事实。

明天我就要离开这里了，但是还是很庆幸遇到了你，还有九九、梅寒和余炼，你们是我最温暖的回忆，我是多么不舍得离开这里。

明天我就要走了，你们要保重。

收拾好东西，跟奶奶说我要去楼下买点东西马上就回来。巧克力味道的鲜奶和元祖的蛋糕，我知道这些都是小七喜欢吃的，明天早上小七一定来不及吃早饭。

从外面回来奶奶还在电脑上打麻将，我上前抱住了奶奶，手缠绕着奶奶的脖子，脸贴着奶奶的脸，跟奶奶说："奶奶你也早点睡吧，以后不要玩太久的电脑游戏，对身体不好。要经常和爷爷一起出去锻炼……"直到奶奶都嫌我烦了才嬉笑着松开手。

我躺到床上，拿起床畔的《女报》，几分钟以后阅卷了书、偃熄了灯，在黑暗中闭上了眼睛，想象不到的是小七的面目在黑暗中开始舒展开来，我在心里对自己说："到此为止吧，小七，开到荼蘼花事了，想你也就此停息了。"

一觉醒来已经是天蒙蒙亮了，我想了想拨通了小七家的电话，电话里传来他迷迷糊糊的声音，可是他喊的却是九九的名字。我开口说话了："是我啊，你起来没有。"他说："起来了，你等等我啊，我马上就到。”我又说：“小七你先别告诉九九，我不想临走的时候哭得淅沥哗啦的。”

我欺骗了他，但他仍答应了我。

那是多么美好的早晨，我正好可以穿新买的粉绿色长裙。

我目送他离开车厢，心里揪扎般疼痛。

我又拉开窗帘，隔着玻璃看着小七，看站台上炙热炎炎的阳光前赴后继地覆没在他冷落的眼眸里，悲呛噎喉。

我难过地对他挥手。他跟着火车跑动，我忍不住站起来对着他声嘶力竭地喊：“小七，小七如果没有九九，你会喜欢我吗？”他迟疑着在阳光里面停下来然后用力地摇头，用手拢成喇叭大声地喊：“不会的，因为我们是永远的朋友啊！”

那一刻我泪流满面，绝望地关上窗帘，火车离开了站台，我全身冰凉不得不打开窗帘晒晒太阳，坐在车里，望着窗外疏离的一幕幕，朦胧的一幕幕，逝去的一幕幕，我反而感觉那样地安谧。

坐在火车上我在心里再次对自己说：“到此为止吧，小七，开到荼靡花事了，想你也就此停息了。”

十六 青春纪念册

给你我的心作纪念　这份爱　任何时刻你打开都新鲜
有我陪伴　多苦都变成甜　睁开眼就看见永远
给我你的心作纪念　我的梦　有你的祝福才能够完全
风浪再大　我也会勇往直前
我们的爱　镶在青春的纪念册
……
一年以后　我们踏上了各自的旅途
虽然经历过不同的故事　仍记得海边的约定
还想听你任性地说　要带我去环游世界
就算整个世界都改变
也不改变　为你勇敢的自己

——陈忠义

七点篇：

盛夏所乘的那次列车消失在铁轨尽头，我出了站台接到九九的电话："小七啊，你今天早上没有锻炼，老规矩，一顿麦当劳。""九九你来吧，我们去吃麦当劳。""你糊涂啊，才八点多。""可以吃早餐啊。""那你在哪里？""我现在在火车站，刚刚送盛夏回家。"

之后那个夏天，九九仍然每天早上五点半把我叫醒，我们一起去学校锻炼，我抱着篮球，九九挥动着她那条蓝色的阿迪运动汗巾，我们一起走到学校。等我打球打累的时候九九就会跑过来递给我一罐百事可乐，她一边用深蓝色的毛巾擦前额的汗珠一边告诉我她跑了多少圈，太阳这时刚好从东方露出红彤彤的脑袋。

易拉罐丢进垃圾桶的时候我投完最后一球，然后我们一起走回家，那一条以前总是五个人一起走的路，现在只剩下我和九九，有一天走在路上九九突然对我说："小七，我好想梅寒。你不觉得奇怪吗？这么长时间了，她也不跟我们联系，这太不像她了。""可能是刚过去，还不太能适应环境吧。"这样的借口连我都不相信。

爬上四楼九九从她门口不同的地方掏出藏在里面的钥匙。门开了她转过身跟我说："拜拜。"我突然对她说："九九，以后我们别说拜拜，也别说再见好不好？"九九抬着下巴看着我。

我说："因为像分离似的，听了很伤感。"九九点点对我说："好的，知道了，拜拜。"

她很快反应过来，吐着舌头说抱歉。我对她笑了一下，转身接着爬楼梯，到了五楼我从门口的铁架底下掏出藏在里面的钥匙。

一进门我先洗个澡，洗好之后就把自己关在房间里面，音响里面流动的是："我把每天都看成一道风景，雨天或是晴天都值得纪念的美丽，我把每天都当成一个节气，感动和悲喜回忆的痕迹都用心聆听，我不去相信上天，注定梦想握在手里。"

窗外的天空天天都是湛蓝的，阳光却很刺眼，拉上窗帘的时候，我把床上的大枕头扔到地板上，枕着头躺着看韩寒和痞子蔡的新书。看他们的书我会很苦恼，我和作者同一个时代，他们都名声大噪了，我还在一页一页地翻书，还默默无为地在他们堆砌的文字里着迷。这就是差距，我无法比拟。

躺在地板上看书看累的时候我站起来打个电话或者用QQ发条信息给九九："九九，你家的速溶咖啡喝完了没有？""没有啊，你想喝了啊？叫声好姐姐我去给你冲。"我才没有那么傻，不叫你姐姐你也会给我冲的。

我从床底下拿出一个系着铃铛的篮子，打开窗先摇一阵铃铛慢慢地把篮子放到她的窗台上。五分钟以后，楼下就会传来一阵铃声，如果我伸出脑袋就可以看见一双手把篮子放回窗台，我慢慢地把篮子拉上来，嘿嘿，九九的服务态度很好的，很多时候篮子里面除了咖啡还有些别的吃的东西。

虽然改革开放好多年了，可是仍然有些以我为代表的人还是解决不了温饱问题，三年以来如果不是这救命的绳子和篮子，我小七恐怕早就路过奈何桥了。我一个人在家的时候，懒得出门更不愿意起火做饭，又叫不到满意的外卖，还不是靠着这根绳子和这个篮子，它们一次次从九九家里装满饭菜满载而归，它们在一次次繁琐和艰难的高空作业里，已经累得"两鬓霜白"了。

九九竟然跟我说："你快换根绳子吧，说不定哪天你拉着拉着就掉下去了，砸到花花草草固然不好，砸到小朋友就更不得了。"可是我小七才不做鸟尽弓藏的事，老天作证这可不是我懒惰。

不过我真的变得越来越不喜欢出门，好像是从余炼和梅寒离开之后我就不太愿意出门，白天外面总是很热，直到傍晚天快黑的时候，我和九九一起去还租来的书和漫画还有碟片，再换一些新的租回来。晚上我会玩会儿游戏，或者跟九九联网玩红警和CS，只可惜她的CS技术太菜，远不及余炼万分之一，好在她的红警玩得令我心悦诚服。

这样闲散的日子过了将近一个月，九九突然跟我说，我们的录取通知来了，我立马把当天的日历撕下来用相框框了起来——8月2日。

我们去办公室领通知书，办公室的老师都过来说着恭喜恭喜和苟富贵莫相忘之类的客套话，我跟在九九后面点头，口里还说着：“哪里哪里，学生资质平庸，都是老师您教导有方，没有您的辛苦培养，哪能有学生的今天。”

这些话都是林九月事先教好我的，寥寥数语。可是我第一遍说的时候仍然出了错，我说：“哪里哪里，都是老师您资质平庸，学生刻苦用功……”

我说是不小心说错了，九九偏说我是故意的，我仔细想了想发现我也不知道自己是不是故意说的。如果是故意的，那我也太睚眦必报、小肚鸡肠了。

凡是考上名牌的都要捧着录取书站在教学楼前照相的，别人都是一个一个地照，但是到了我和九九摄影师非说要节省底片要把我和九九放在一张照片上。照片后来贴在橱窗里，照片上我站在九九旁边，神气洋洋的，比本人好看得多。

走出校门的时候我在文具店里买了一个文件夹，把录取书放进文件夹里还是觉得很轻薄，那么不够分量，凭九九全市第一的成绩能考上自然正常，我是一不小心才考上的，所以暗自庆幸。

只是回过头想想，那么多个挑灯苦读，那么多个闻鸡起舞，那么艰难而漫长的高三岁月，所换来的只是如此薄薄的一张纸片，说出来别人一定不理解，可我真的很患得患失。

但是我的父亲很开心，他连忙下楼跟九九爸妈商量在四星级酒店摆一场谢师宴。

谢师宴那天我爸特意买了件鲜艳的唐装穿在身上，那天的排场把楼上楼下的结婚宴都比下去了，也是那天我接到余炼的电话：“小七，怎么样？我考上北大光华学院了，在北京考北大清华真是太简单了。”

我说：“余炼，我们去上海玩一趟吧。”

查好了列车时刻表，我们约好在上海站见面。

好像高考之后我们就没有骑过单车了，车把中间的彩色风车覆盖了一层灰尘，我想它已经不能像以前那样转得轻快了，我们习惯了走路或者打车要么乘公交，我就是那个时候爱上坐公交车的。和我走在路上九九会走着走着突然吹个口哨，我经常会停下来陌生地看着她，我会想起火炉上的水壶嘴“嘟嘟嘟嘟”地冒着热气，她一脸幸福的样子。

那天九九站在站台上忽然又吹了一个口哨，我转过头看见她幸福的脸，其实那天我也很开心的，虽然站台上的暑气奔腾流窜，汗湿了我的衬衫。我张开双臂护着九九挤上火车，九九上了车，回头伸出手来拉我。

车厢里有人大声说话，有人闭目养神，然后一起满脸厌倦。九九的左边是玻璃窗右边是我，我们的对面坐着一对儿上海财经的大学生，窗外阳光堆积像正在枝头怒放的向日葵，大朵大朵的云彩如火如荼地铺陈开来。

九九那天带了六张CD，她说：“不就是六个小时吗？听完这七十二支歌，刚好就到了。”九九把一只耳塞塞进我的耳朵，我侧了侧身体换了一个舒服的姿势，听耳塞里的音乐：给你我的心作纪念，这份爱，任何时刻你打开都新鲜，有我陪伴，多苦都变成甜，睁开眼就看见永远……

这是我们第一次坐长达六个小时的火车，火车到了常州站已经十二点半了，九九整个身体都倒在窗户上睡着了，我伸出手垫在玻璃上让九九的额头靠着我柔软的手掌。对面的男生问我：“你女朋友好漂亮，花了很大力气才追到的吧？”

我摸了摸鼻子对他笑。

火车到苏州，九九就醒来了。火车经过一片清澈的湖。不知道哪朵云会投射在这样秀美的湖面，在那瞬间的浮光掠影里，在一扇玻璃的湖泊里我睡着了，我不知道自己是不是真的睡着了，我还能感觉到自己的脑袋忽而小鸡啄米忽而晃如钟摆，迷迷糊糊中九九把我摇来晃去的脑袋放到她的肩头，然后我听见一个女孩的声音问：“你男朋友很帅啊。他睫毛好长还翘翘的了，像卡通片里面的王子。”这时我想继续听他们的对话，可是我睡着了。

当我又听见耳塞里传来熟悉的《青春纪念册》：给你我的心

作纪念，这份爱，任何时刻你打开都新鲜，有我陪伴，多苦都变成甜，睁开眼就看见永远……我知道九九已经换完六张CD了，我知道六个小时已经过去了。

然后我们相视而笑，九九说："我怎么有点紧张？"

六个小时以后，我们踩在脚下的是上海站的一号站台，在一个人走开另一个人走来的罅隙里，我听见余炼的声音，看见余炼的脸。

余炼站在我面前的时候，我一直看着他嘴唇上青色的胡茬，看着看着情不自禁就伸出手摸了摸自己的嘴唇，心里荡漾出一圈一圈开心的涟漪。

余炼挑染了头发，一指一指的粉红色在一头乌黑的头发里显得分外趾高气扬，余炼说："我们先去外滩吧！我早想看看外滩的建筑群了，尤其是沙逊大厦。"然后我们大白天坐地铁跑到外滩，白天的外滩很寂寞，满眼高耸庄严的大厦都很寂寞。

寂寞的东方明珠塔，寂寞的金茂大厦，寂寞的黄浦江，寂寞的沙逊大厦，不寂寞的我们。我们又沿着阶梯走下了外滩，穿过地下通道回到南京东路。

我们从步行街穿过，绕过人民广场，乘地铁到淮海中路，一直到晚上我们又折回外滩，第二天我们去了锦江乐园，去了金山石化看海，混嘟嘟的海水看得我们心潮澎湃，我说："我好想知道海的对岸是什么，有什么人，什么样的表情。"

然后我们脱了鞋子在海泥里奔跑、嬉闹。岸上的石头缝里无数只大大小小的螃蟹站直了身板，探着脑袋窥视着我们。看到我们三个满脸的泥水，一只只螃蟹乐弯了腰。

海堤上还有很多小贩摆放着很多海螺，大大小小五颜六色。我手上拿着充满腥味的海星，余炼手里拿着一对紫色的贝壳，九九拿着一只最大的海螺听里面的海浪声。余炼说："如果我买一只回家，天天对着海螺喊着梅寒的名字，以后里面的海浪声会不会就变成我的呼唤？"

……我们在上海的大街小巷同每一个前来旅游的人一样，用一样赞许的表情记忆着上海的繁华。

从金山石化赶回来的时候，已经九点多了，我们又从河南中路的地铁站出发走到外滩，那夜的外滩更加璀璨，浑圆的东方明珠就像传说中的夜明珠。九九说：“外白渡桥在哪里？”可是余炼说：“还是看看沙逊大厦吧。”

九九说：“小样，去不去？小心我灭了你。”

她双手叉腰，一边把眼睛睁得像驼铃，一边还吹了一下口哨，这个穿着Levi's最新款修身牛仔裤的女孩，那一瞬间真的有几分像个小太妹。所以十五分钟以后，我们坐到了外白渡桥的栏杆上。

我们坐了一会决定去买点啤酒，我们三个分头行动。

九九去买下酒食物，我和余炼去买酒。我们买了一件喜力，顺便买了一包金上海烟，九九还站在桥头一副不曾离开的样子。原来她就在桥头买了好多煮熟的素鸡和豆干。喝酒之前我们抽烟，结果呛得睁不开眼睛。

九九站在栏杆面前说：“你们下来吧，别坐在上面。”余炼说：“你也坐上来啊。”九九说：“余炼，我现在胆子好小了，哎！算了，你们坐吧，《郎才女貌》里面那枚戒指是不是就从这里扔下去的？”

“什么戒指，肯定只是个道具。”不知道什么时候开始我爱和九九抬杠了。江面的夜风很凉快，我们喝完啤酒还是不舍得离开。

那样的夜色，没有星星没有月亮，星光被黄浦江畔的灯光吞没。

当长风吹乱我的头发，我变得离奇安静。

很多东西就是在那个夜晚被黄浦江的风吹走了，比如从一辆急驰的车窗里飘出的包装袋，被风悠悠转转地吹落；比如我的脑海里洒出的一些零星记忆，被风柔柔续续地吹落，最后潸然凋零。

记忆里面有很多人在我的留言册上写下情谊满满的句子，留下了他们温暄的笑脸，然后一起转身离开；很多人没有来得及说再见的，所以就再也没有见面；很多人忘记留下联系方式，所以我们就再也没有联系。

对了，那夜的风里，有个剔透的东西像晶莹的玻璃瓶般破碎了，一块块沿着蜿蜒的纹路带着清脆的响声碎裂成片。我知道那些破碎的是曾经粘在我身上的稚气、娇弱、幻想和意气。它们都被我坚定地丢弃在那夜风里，坚定得像严冬的晨雾里车轮碾过的一颗一颗美丽的鹅卵石。

那一阵风吹过，我像麦田里金黄色的穗子一样谦虚地成熟了。

看着身旁余炼坚毅的脸和九九坚定的眼神，我的思绪在黄浦江面翩跹舞转，不厌不倦地跳出一个一个模糊重复倔强而彷徨的姿势，我开始想，我已经做好成年的准备了。

那夜苦短，那个毕业旅行很快就结束了，那个冗长的夏天转眼就到了尾声，九月九日我把枕头扔到地板上枕着头，一遍一遍地听音箱里的《青春纪念册》。

拿出口袋里紫色的玻璃瓶，拨开紫色的瓶盖。那天晚上我把蓄钱罐里的拉环倒在地板上，一个一个地数进鞋盒里。我花了很长时间数了三遍，然后我打电话给九九，说：“九九，这些年来我一共喝掉你两千两百七十六罐百事可乐。”

六年来九九送我的六只彩瓷小猪依偎在写字台上，惹人怜爱。

我明天就要去学校报到了，总不能带着你们吧。

九九篇：

小七和余炼坐在外白渡桥上抽烟，我说：“你们两个年纪轻轻的，就开始慢性自杀吗？”小七不屑地笑着说：“如果你能连续1200个月，每天都抽一支烟，你肯定能活一百岁。”我起初没有听明白，刚刚明白了就想笑，可是有人先笑了，先笑的人是余炼。

上海的天空是永远不会黑的，那夜外滩璀璨的灯光流溢在余炼唇齿之间，余炼专注地和小七抽着烟，我不知道不久以后他们会不会学会抽烟，只是我记得当时一团一团的烟雾熏得他们流出眼泪。

那夜，我们坐在寂静的外白渡桥的栏杆上，看着外滩繁华绚烂的灯光在远处闪闪烁烁。我们从桥的左侧一个老大妈沸腾的铁锅里买了很多的素鸡和豆干，当作手里喜力啤酒的下酒菜，碧绿色的啤酒罐有一丝半缕透彻的冰凉从大拇指肚开始扩散，上海繁华烂漫的夜景就是那样随着入口的芳醇被我铭记。

桥头的风很沁凉，让我们的坐姿很悠然而安稳。喝完了一打喜力我们仍然不舍得离开，我想到很多以外白渡桥为背景的电影，那些熟悉的镜头和旋律忽冷忽热地掠过心头，让我的思绪也起伏不息。

我用阿林巴斯拍摄了五个小时的外滩夜景，那些奢靡的五彩灯光被小七和余炼细细长长的睫毛筛成线条细细密密地掉下来。

后来我们离开了外白渡桥，桥的左侧煮豆干的担子仍然氤氲冉冉，氤氲了这样的整个夏夜，氤氲了漫天的璀璨。虽然它并没有飘出诱人的香气，却在我心里留下不解的结，仿佛是那夜黄浦江畔最真实最泼辣的一束灯光。

我们举着DV在长长的外滩上漫步，江畔的灯光和稀释在灯光里的晚风毫不隐晦地触摸青春光滑的皮肤。我走在前面，小七和余炼在我身后有一句没一句地搭话。迎面走来一张张陌生的脸和一个个陌生的人，我们穿过一群又一群陌生的人群。整个外滩人头攒动，人流汹涌。

我抬起头对他们说：“上海的天空果然不会黑哩。”小七仰起头，样子有三分不屑七分散漫，“天空是亮着的，可是找不到星星也找不到月亮。”余炼抬起裹着破牛仔裤的腿踢小七，“你怎么与浪漫绝缘了？”

余炼这个家伙好久不见成熟多了，我问他：“到新的学校以后你还是不是女生的目标啊？你们学校有没有比你更帅的男生啊？”

“不是了，不是了，她们的目标都是清华北大。”

这个家伙还是老样子，英俊就英俊得要命，颓废就颓废得有型。

站在英雄纪念塔的背后，江风像件光滑细腻的丝绸衣服裹住我们的每寸肌肤，人群里面有一穿黑色蕾丝长裙的女孩转身离开，一个穿七分裤粉红背心的男孩追上去拽他的胳膊，然后他们开始争吵，迷失在这样浪漫的夜晚找不到幸福的模样。

我转身的时候小七正看着我笑，笑得我有些炫目，我想起在火车上我昏昏欲睡的时候他把手轻柔地垫在车窗上，想起他和对面男孩的对话。

余炼竖着衣领面朝江面，桀骜的眼神一点一点地融化成水，“梅寒，你现在还好吗？”他满眼微波荡漾，我看着他，看着看着，悄悄地流下眼泪。

两天以后我们离开上海，余炼去机场坐飞机，我和小七乘地铁到火车站。上海很多地方都足够繁华、足够绚烂，可是它们很快就弥散成一幅一幅泯灭涣散的画，在那一幅幅画里，唯一清晰的画面是一个英俊的男孩专注地盯着夜色里的黄浦江忧伤满面，他的声音哽咽着像极了野兽的哀号。

我已经忘记了，忘记上海之行的很多回忆，那些在淮海路买的很多昂贵的衣服都不再穿了，在南京路第一百货买的包包也不再背了，可是我仍然记得外滩的夜晚，记得余炼的声音，当我一想起余炼说“梅寒，你现在还好吗”，我就会哭，停不住地哭。

我也不知道为什么，一直都没有梅寒的消息。九月一号我收到余炼和盛夏邮寄来的礼物，可是没有梅寒的，没有收到梅寒的GODIVA巧克力，没有听到她的歌声，更没有在她的歌声里拆开巧克力盒子。只是身边长满梅寒的影子，她还是那样认真地说：“不论什么时候，不论我在哪里我都少不了你的生日礼物，因为我的礼物是我的心，陪着你成长。”

梅寒，你现在还好吗？我就要去学校报到了……

九月九号我和小七收拾好东西以后，一起去学校走了一圈。我们在这里生活了六年，六年来我们在每一棵梧桐树下匆匆忙忙地穿梭，在不同的教室里埋头学习。在这里的时候远远多过待在家里的时间。

经过阴湿的走廊，我闻到扑鼻的青草味道，一九九九年九月一日，在操场右边第七棵和第九棵梧桐树下，我们各自埋下一个玻璃瓶，这是我们约好毕业后一起打开的，我也记得当初在玻璃瓶里面写下的话。

在第七棵梧桐树下，小七拿着铲子挖出那只玻璃瓶，蓝色的盖子依旧鲜艳，我很想知道里面写的是什么东西，于是迫不及待地拧开盖子，里面歪歪扭扭蜿蜿蜒蜒地写着：“小丫头，初中三年我帮你喝掉了七百一十三罐百事可乐，感动吧？所以上了高中你要更加好地报答我。”左下角落款是：七点，一九九九年九月一日。

我发现每次递给小七一罐百事的时候，拉开拉环他都会把拉环缠在手指上。小七靠过来问：“我三年前写的是什么啊？”我把纸条装进玻璃瓶不让他看。“小七啊，到现在你一共喝掉我多少罐可乐啊？”小七抬着下巴咧着嘴笑，一根食指不停地摸着鼻侧。

在第九棵梧桐树下，小七挖出那只紫色的玻璃瓶，出土的刹那紫色的瓶身阴郁得刺目，展开纸片的时候我看见自己的笔迹，其实那已经不是三年前我写上去的，在一个夜晚我曾经踏着如水的夜色悄悄地，悄悄地走到第九棵梧桐树下，悄悄地挖出玻璃瓶，悄悄地拿出里面的纸条，悄悄地换上另一张纸条。

小七所念诵的是我换过的那张：“不论事过境迁物是人非，我们永远是好朋友。”失落、难过、恍惚、惆怅从那张纸条漫溢，其实那并不是我想说的话，其实那也不是我要说的话。

小七念那几个字的时候，我的眼睛神不知鬼不觉地湿了。

走出操场的时候，在那片馥郁的青草味里，我转过头对着小七头顶的某颗星星认真地说：“不论事过境迁，不论物是人非，我们都是永远的朋友。”我的声音很轻，但是我知道七点听得见每一个字落地的声音，因为他看着我的时候眼睛里突然多了一些如水的光芒。他咧着嘴伸出食指刮了一下我的鼻子然后转身走开。只是一刹那我感觉到我的眼角淌出一股湿热的液体，昏暗的灯光显得卑微，有风的夏夜很清凉，这个悲凉的气氛让我泪下。

我喊停了小七，小七在某颗耀眼的星星下转过身，我犹豫了一下扑进他的怀里，胳臂缠着他柔软的腰，不远处的操场，操场两端的球门明明暗暗隐隐约约。

这样的夜晚，当星光殆尽，这应该是我最后一个高中生活，最后一个天真，最后一个梦吧！

许久以后我在小七怀里安静下来。小七咿呀起来，“喂，小丫头，好了吧，这件衬衫好几百块了，都被你弄花了。”我倏地松开手，扔下他就跑，跑了好几步突然又跑了回来，拽起他的衣服擦干眼泪吐吐舌头说：“不好意思，忘记带纸巾了。”擦完又扔下他的衣角，“你发什么呆啊……回家！还几百块了，当毛巾都硬了点。”

不远处那曾经是我们读书的教室灯火通明，那是新一届高三生在埋头苦读。走出校门的时候，小七去买了两杯珍珠奶茶，一杯巧克力口味，一杯香芋口味。

喝完奶茶，我转身把只剩下珍珠的塑料杯丢进垃圾桶，满嘴的滑腻和香郁渐渐淡尽的时候，我对着高大的校门扬起胳膊，“再见了我的中学时光。”小七也挥着手说：“再见了我青色的梦。”然后我们走了，回忆留了下来。

回到家的时候我拿出口袋的玻璃瓶，又拨开蓝色的瓶盖。音箱里再次响起《青春纪念册》：给你我的心作纪念，这份爱，任何时刻你打开都新鲜，有我陪伴，多苦都变成甜，睁开眼就看见永远，给我你的心作纪念……

我突然想起在火车上的点滴，想起在外滩流连的那个夜晚，想起外白渡桥的那个冒着热气的铁锅。那个夜晚那个外滩很多人笑很多人忧伤；那个夜晚我们都在想念梅寒，余炼、小七和我，我们在异乡的繁华夜幕里深深思念着梅寒。我把枕头垫得很高，一遍一遍

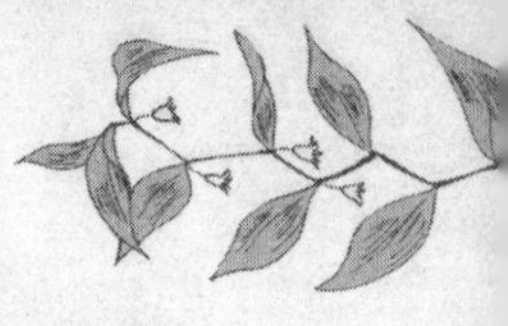

地听着这支歌，往事随着音符渐行渐远。

那天晚上我在日记上写："我喜欢小七，所以我愿意等，等到有一天，他亲口表白，我不要它很华丽，也不要它很浪漫，我只要它代表小七的心。"

我睡着睡梦中小七打来电话，然后又挂掉，可是他说了一句话，我想我会一直记得："九九，这些年来我一共喝掉你两千两百七十六罐百事可乐。"

原来他真的记得，他，实在是个有信义的男孩。

我梦见小七和余炼坐在外白渡桥上抽烟，头顶上是上海明晃晃的天空，晚风如水，小七不屑地笑着说："如果你能连续1200个月，每天都抽一支烟，你肯定能活一百岁。"

十七 睡在上铺的兄弟

你曾经问我的那些问题
如今再没人问起
分给我烟抽的兄弟
分给我快乐的往昔
……
看看我们的宿舍我们的过去
你刻在墙上的字依然清晰
从那时候起就没有人能擦去

—— 高晓松

七点篇：

有些回忆太美好，时间长了它成了一幅唯美的画面，像那天的太阳，绚丽得刺眼。有关那天的记忆我不常去打开它，可是它仍然在我心里闪闪发亮、熠熠生辉。

那是报到的第二天，长风很用力地吹弄我额前的碎发，我站在一群一群新生中间麻木地穿过无数陌生面孔，身上雪白的棉质T恤和黑色的长裤被风吹地蓬蓬鼓鼓，白色的耐克鞋木然地踩着新鲜的土地慵散移动。

我拉着箱子背着包面无表情地站到管理学院的牌子前面说：“我来报到！”我那天的造型师哥师姐过了很久还津津乐道。他们说：“接新生那天，我们学院有个很帅的师弟，是唯一没有家长陪同独自来报道的，他笔直地走过来放下箱子说‘我来报到’，被风吹过的脸上没有一点表情。酷得要人性命。”

那天的事情我以为我会忘记，可是四年过去了，我依然记得每个细节，记得那天的风很大，记得很多陌生的新鲜面孔如何在我身边来来去去。

本来有个师姐负责带领我办理入学手续的，可是她只帮我转了团组织关系就丢下我自己走了。一年以后我们一起接新生的时候，她已经是学生会副主席，那天她才告诉我：“你来报到那天脸上一点表情都没有，吓得我都跑掉了。”

所有报到手续都结束，我拿着钥匙打开三二九寝室的门。

一个男孩见我进来利索地从床上站起来，热情地递了根红南京过来：“兄弟，你来啦。”我左手拉着箱子，右手提着学校发的日用品，只好伸出嘴去接烟。嘴里的烟雾袅袅升起的时候，心开始温暖。这个男孩戴着金丝眼镜，到现在我仍然记得那天他激动的语气，记得他身上汗衫的颜色，他就是我们的老四。

我们穿梭在校园里面，他拍着我的肩膀对别人说：“这是睡在我上铺的兄弟。”

我曾经很多次想象过大学室友的样子，我觉得他们应该有成熟的脸，像余炼那样弹一手好吉他，直到我见到那三个家伙才发现和想象的有太多出入。

第一次卧谈会上我们商量都是自家兄弟了，以后在外面不要叫名字，大家互相叫老大老二老三老四好了。然后我们有了第一次分歧，一号铺说：“山寨里的好汉都是按照坐椅排顺序的，我们就按床铺排顺序好了，以后我就是老大。”四号床说：“那不符合‘三个代表’，我们还是按年龄好了。”

于是我们在黑暗中爬下床，在打火机的火苗里把出生日期写在四张扑克牌上，却惊异地发现，从大到小的顺序是：一号床的王泽是老大、二号床的乔海老二、然后是三号床的我，月份最小的是四号床的徐君。

仿佛是上天注定的。我们四个相聚了。

老大和我一样来自南方，那个小县城最著名的就是有全国十大农场之一的“白湖农场”，老大是我大学里佩服的一个兄弟，他漆黑的眼睛里总会喷出炯炯的光芒，说话的时候声音很轻，可是能让你感觉掷地有声，他总是轻轻地说：“我要考MBA的，这是我的目标。”

军训过后，我和老四忙着参加各种社团，我们忙着奔赴各色的酒席，忙着参加各样的活动，老大每天早上坚持五点半起床晨读，风雨无阻。每次看见老大背着单肩包行色匆匆地行走在寝室到自修室的小路上，我们远远地跟他打招呼，他会一边挥手说：“老三、老四，晚上早点回去。”一边匆匆地离开。

虽然他用功，可是当我们学《政治经济学》的时候老大在攻《人力资源管理》，我们学《高等数学》的时候他在自学《线性代数》，我们刚开《经济法》这门课的时候老大开始研究《西方经济学》，所以大一每次考试老大都挂满红灯。所有考试科目都是补考。

所以老大出名了，他成了学院“四大名捕”的“四大爱徒”。补考的时候监考老师让他拿出补考证，老大从口袋里掏出厚厚一叠往桌上一扔说：“我也不知道考哪门，你自己找吧。”旁边的女生看着我们老大心里小鹿乱撞。

老大比我们大三岁，是复读三年才考进来的，他先后经历了三次高考，后来我才知道他以前有个女朋友，在他第一次落榜的时候就考进人大，后来在人大的校园里爱上一个硕士生。坐在计算机前面的时候，老大总是默默地打开人大的网页，一看就是几个小时。有一天上网回来老大的眼睛红红的，像只受伤的野兽。

滴酒不沾的老大拉着我们陪他去喝酒，酒后他吐得波涛汹涌，一遍一遍声嘶力竭地说："我要考MBA的，这是我的目标。我要比他男朋友更强。"

比老大还持之以恒的是老二，老二说高中吃了太多的苦所以把大学当成疗养院，他是我们中间生活最有规律的，闹钟总是在晚上九点闹醒他，他起床刷牙洗脸打开柜子拿一袋方便面就去网吧包夜。直到第二天早上七点他啃着左手的包子，右手拿着钥匙打开寝室的门，然后把闹钟定到晚上九点便笔挺地躺到床上。很快院里的老师和领导都知道工管（2）有个旷课王子叫乔海，老二就出名了。

除了旷课和网络游戏，老二喝酒也是很出名的，有一次聚餐我们喝的是啤酒和五粮液，他点的是一瓶五十二度的二锅头，用一次性塑料杯一口一杯，我们说老二你慢点，你那样喝法是不科学的。老二说："没有关系，好兄弟一口闷。"喝完了酒他对着空瓶流泪，五秒钟以后一头栽倒在地板上。有种境界叫醉生梦死，不知道有多少人体会过，但是在我们寝室只有老二体验过。

醉生梦死的老二经历了洗胃、灌肠、输氧、挂点滴的苦难，我们三个守在清冷的病房里，猜他醒来会说什么。老大说他醒来第一句话肯定是问："这是哪？"老四说他第二句肯定是："多少钱？"我说他第三句话是："其实我没有醉。"

输了一夜的纯氧，老二终于苏醒了，他吃力地睁开眼问："我在哪里？""医院。""花了多少钱？""老二，没有事，天塌下来有兄弟们顶着。"老二点点头，眼神格外空洞，他终于说了第三句话："其实我没有醉，这酒是假的。"

我们一起点头，老二看着我们，三秒以后接着睡着了。

从医院出来以后，老二从《扬子晚报》上剪下一则报道，贴在他的电脑桌上，抬头就能看见醒目的标题："孩子痴迷上网，父母泪汪汪。"

老四的高中是全国名校，我们高考的很多复习资料都是他们学校的老师主编的。老四一开始整天和老二两个抱着吉他，在寝室阳台上对过往的每个女孩唱《楼下的女孩看过来》，后来突然扔掉吉他走进社团活动。当我辞掉学生会所有职务的时候，他已经成为院学生会团总支副书记、校团委第一副书记、社联主席、大学生创业协会副会长。

可是在我们寝室兄弟们一直叫他"电话王子"，想到军训的时候，就他拨的骚扰电话最多，总是看见他拖着拖鞋去买电话卡。你要在楼梯口跟他打招呼，他肯定说："买电话卡去，买电话卡去。"

军训的时候我们寝室里收拾得干干净净，床上被子有棱有角，每次回到寝室连坐的地方都没有，怕弄乱了不好应付教官的卫生检查，闲着无聊就打骚扰电话。那时候女生宿舍好多电话号码都是连号的，所以随便拨一个就能听到女生的声音，当时老大是上海音乐调频，老二是江苏广播网，我是浙江音乐之音，老四是安徽音乐频率，电话接通的时候我们会压底嗓门说："亲爱的听众朋友晚上好，调频一〇一点三这里是江苏交通广播网，有个朋友为你点了首歌，下面欢迎您收听。"

然后我们对着话筒，拿着板凳汹涌地敲打脸盆，敲得震耳欲聋，对方都忍耐不住气呼呼地挂上电话。

军训的时候我们寝室独创了很多妙招，后来都成了被隔壁寝室学习效仿的经典案例，最绝的是老四，晚上十二点从卫生间出来拨通一个电话，对方迷迷糊糊地"喂！"老四就紧张地说："赶快起床，赶快起床尿尿。"

军训结束的那天，我们弄到女生宿舍的住宿名单，上面每栋女生楼的寝室号码、寝室电话号码、女生的姓名以及睡几号床，都一目了然。我们四个一口气打了三十九个电话，口口声声地说："某某某、某某某小姐，我们是丘比特花店的，今天有位不愿意透露姓名的男生在我们这里给您订了九十九支玫瑰，可是女生宿舍不让进，所以希望您可以亲自下楼来取花。”如果对方将信将疑我们会加上一句：“我出来的时候忘记带笔了，麻烦您记得带支笔以便签收。谢谢！”

据说那晚女生楼下热闹异常……

那时候我就是用这些方法刺激九九，中秋那天晚上教官放假，九九从老校区过来跟我说：“最近好烦，天天晚上有人打骚扰电话，所以我们寝室每天十一点以后都会拔掉电话线。”

我差点笑岔气……

我知道九九是不会知道她认识十五年的七点会这样无聊的。

老四还有一本影集，每天晚上睡觉前他都会翻看一遍，那里面有他许多年来拍的照片，不同的阳光不同的城市，不同的街道和不同的陌生人，还有许多年来他一直穷追不舍的女孩。那个女孩如今在北京。

军训之后老四不再拨骚扰电话了，但是只要《扬子晚报》上出现北京的电话号码，老四都会拨过去，挂上电话他总是笑笑说：“呵呵，无聊啊，跟北京人学学普通话。”

他笑的时候冷峻的脸写满苍凉。

当我写这些文字的时候，我格外思念我的兄弟，音箱里面飘出曾经的旋律，淹没了整个房间：你曾经问我的那些问题，如今再没人问起，分给我烟抽的兄弟，分给我快乐的往昔……看看我们的宿舍我们的过去，你刻在墙上的字依然清晰，从那时候起就没有人能擦去……

兄弟们，还记得我们留在墙壁上的字吗？刻在雪白的墙壁上像老二屁股上丑陋的肠痈，不知道现在有没有被别人抹去，想打电话去问问他们住进来的时候墙上的字迹还在不在。

我们走了，在墙上留下我们的字：一号床王某，来自安徽某某某某，有着传奇的一生，特长补考；二号床乔某，来自沈阳某某某某，有着更传奇的一生，特长电玩、旷课、喝酒；三号床七某，来自A市某某某某，此人命犯桃花乃二〇〇二届商学院第一院草；四号床徐某，来自湖北某某某某，此人曾叱咤风云是个响当当的人物。

离校那天，老四拒绝送我，他又站在阳台上弹 吉他，不过这次他唱的不是《楼下的女孩看过来》，他弹唱的是：

你曾经问我的那些问题

如今再没人问起

……

从那时候起就没有人能擦去

他的声音越来越嘶哑，我站在送行的兄弟中间，始终没有抬头。

四年前，有个男孩还很稚气，抽烟的时候还会不小心呛出眼泪，当他第一次拿着钥匙打开三二九寝室的门，一个穿粉红色阿迪背心的男孩利索地从床上站起来递上一根红南京说：“兄弟，你来啦。”

慢慢地走出校园，我已经听不见老四的歌声了，我想我也不会再走回这个校园了。

站在校门口的时候我沉重地转回头：有些人有些事会很快的忘掉我们，而我们却要用一生去回忆。

九九篇：

其实看见录取书上写着不同的报到地址，我就知道我和小七是在同一所大学不同的两个校区的，这样我们还算不算同学？但是我明白小七说过“我们要坚持做十八年的同学”，可能已经不太现实了。

报到之后我刚把东西整理好，洗好澡小七就打电话过来了。他说：“我已经到你们学校门口了，你出来吧。”他的语气怪怪的，我一边纠正他的语误一边吹头发：“什么叫我们学校，难道不是你们学校吗？”

小七站在校门口的参天古松下，旁若无人地大口大口咬着香蕉，左手还提了一整挂。那幅画面在我报到那天发生的点点滴滴中显得特别清晰。我伸手去抢他的香蕉他随手递给我一块香蕉皮。

于是我在这片陌生的土地上第一次和对小七大动干戈，后来我们租了辆车，他载着我上街，我们一边走一边吃力地记马路旁边的标志，害怕找不到回来的路。我坐在后座提醒小七："你慢点好不好？"小七回头捏我的鼻子说："九九，你好像是变得胆小喽。"我打掉他的手说："我最近好像变了个人似的，我好想跑回家跑到医院把那些医生暴打一顿，他们切除了我的胆，我好像变得好胆小了。"

我们骑车去移动大楼办了两张动感地带，我们的号码是相连的，我的尾数是三七七一，小七的尾数是三七七零，在申请亲情号码的表格上我填了小七的号码，他填了我的，这样打电话便宜好多。

然后我们把自行车还回学校，小七又让我陪他去买衣服，结果乘车去湖南路又去了新街口，一路上我们看见小吃摊就跑进去吃一顿，直到我们的肚子再也塞不下了。从东方商厦出来我们两个满载而归。

跟着小七跑到南校区，我第一次看见他们室友。一个戴眼镜的正躺在床上给电吉他调音，他看见我推开门进来，立刻就从床上滚下来，接着跑过来拍着小七的肩膀说："兄弟你女朋友吗？这么漂亮啊！"一个正在叠牛仔裤的站起来跟我招了招手，我发现他的个子好高，他带点东北口音叫："哥们，贼漂亮啊。"最后一个正在洗衣服的从卫生间好奇探出脑袋，我发现他的眼睛漆亮漆亮的，这就是书上描写的那种炯炯有神、目光如炬吧。

小七指着我说："刚刚才认识的。我的新女朋友。"说话的时候还偷偷对我眨眼。我颔首跟他们打招呼，小七又说："对了，我的新女朋友你叫什么名字来着？"我大方地配合他的把戏："我叫林九月。"

我斜斜地坐在小七的写字台上，小七拿着衣服进去洗澡，然后我跟他的室友们聊天，我知道戴眼镜的是小七的下铺叫徐君，是从著名的湖北黄岗中学毕业的，眼睛很亮的是安徽庐江的，他说他们那里有一个全国第二大农场叫着“白湖农场”。最有意思的是沈阳的乔海，他一边和我们搭话一边叠着牛仔裤，他说他的牛仔裤从来不洗，穿脏了就叠进衣橱里放一段时间就可以拿出来继续穿。我惊得目瞪口呆，他非要证明自己的做法是对的，所以跟我们举例子说牛仔裤一开始就是被矿工们喜欢的，牛仔裤的发明就是一种免洗裤子的诞生，还一脸认真地要求我们相信他说的话。

呵呵，很快小七洗完了澡，我突然对小七说：“你换上新买的衣服，把脏衣服拿来我替你洗。”小七愣了半天赶快拿袋子去装脏衣服，生怕我说的话会过期作废。

后来小七告诉我：“九九，我成了商学院第一情圣了。”我说：“那你多了不起！”小七委屈地说：“有你的功劳，他们都知道工管的七点来学校第一天就泡了某系的系花。”我问：“真的吗？”小七说：“你傻啊！他们就是说你啊！这是我们老四徐君的大力宣传。”

那天我真的帮小七洗了衣服，本来不想洗的，可是小七满脸置疑地问：“林九月你真的帮我洗衣服？”我不可思议地狠狠点头：“怎么？那还有假？”小七想了想又问：“你能洗得干净吧？”我一脚横扫过去，他差点就是一个狗啃泥。

很快就开始军训了，军训真的很累啊，不仅训练还有拉歌，唱得我嗓子都哑了，现在想想都弄不清楚当时怎么就那么有激情。我们寝室几个丫头天天想着办法去校医院开证明，苏菁巾、吴雪和胡陈陈为了躲避军训同时月经失调。我电话告诉小七的时候，我听见他们一个寝室笑得人仰马翻。小七欺负我踢不到他在电话里放肆地喊：“你也失调吧，你也失调吧，我支持你。”听得我怒火直窜。

苏菁巾和吴雪是七班的，我和胡陈陈是六班的。苏菁巾是我们院主任的女儿，她一头的小波浪烫得很妩媚。她的性格很像梅寒，而且她也喜欢站在我的旁边一把揽住我的腰，来寝室的第一天她就钻进我的蚊帐喋喋地说我们院里的一些有趣而三八的逸事，讲得吐沫星飞溅，她浓密的睫毛在我脸颊上轻轻地眨动，让我联想到小时候被小七藏在我蚊帐里的蜻蜓扑簌的翅膀，奇怪的是她还像盛夏那样爱吃棒棒糖，第一次她把剥好糖纸的棒棒糖塞进我嘴里的时候，我硬是恍惚了半天，不停地看见梅寒和盛夏对我招手。

吴雪和胡陈陈关系很铁，长得都很清秀灵气，真正应了“外语学院无丑女”那句话，刚刚开始吴雪和胡陈陈两个都跟苏菁巾关系很僵，苏菁巾优越感很强，在寝室里面总是像使唤丫头那样使唤吴雪和胡陈陈。好在两个北方姑娘吴雪和胡陈陈也都机灵，所以很快大家就嘻嘻哈哈地扭成一团。关系的转机是一次上精读课点名，听说老师在她们班点名，点到苏菁巾的时候，苏菁巾没有来，吴雪赶紧替她答“到”。

我们四个小资女人常常在夕阳蒸透云层的傍晚跑到校门口的咖啡店泡一阵子，我们一边吵着减肥一边抢着吃油腻的套餐，抢着吃浇满番茄汁的牛排或者颜色诱人的洋葱蘑菇汤。

每次想起来我都好怀念那段日子，我们四个在一起装腔作势地坐在靠窗固定的老位子上，一边细抿慢饮，一边望着窗外挂在树梢上的黄昏，看云霞染红天边。

军训的时候，我们都晒黑了，而且严重睡眠不足，所以变得又老又黑，每天熄灯之前我们四个端端正正地坐在镜子面前，喷上爽肤水，吴雪把香蕉放在玻璃罐里捣烂，加入牛奶和浓茶，把它们搅匀成糊状，最后把香蕉糊涂抹在脸上；胡陈陈是把菠萝片仔细地敷在脸上；而我和苏菁巾买了一只可爱的香薰炉，在缭绕的香气里滴几滴香薰油在面膜里——不过我用的是三滴柠檬两滴松柏汁，苏菁巾滴的是两滴玫瑰四滴甘菊。之后我们在香薰的香气里疲惫地睡着。

可是那段时间每天晚上都有好多骚扰电话，这些都是无聊的男生打来的，所以熄灯以后电话响了我懒得接，下铺的胡陈陈每次跑去接电话都会失望地回头对我们说："又是骚扰电话，冒充音乐台，还在里面敲脸盆，你说无聊不无聊。"

我们一起笑着让她拔电话线。

有一次电话响的时候我刚好在旁边洗脚，顺手接了电话听见里面一个浑厚的男中音："亲爱的听众朋友晚上好，调频一〇一点三这里是江苏广播网，有个朋友为你点了首歌，下面欢迎您收听。"我怎么听怎么觉得这声音好熟悉，所以我不动声色贴紧耳朵。

果然藏在男中音后面我听见另一个熟悉透了的声音在一边指挥："兄弟们，快敲脸盆。"我想揭破他们的，可是被话筒里面的噪音震得耳朵里冒出一层一层的回音。

后来中秋那天我和小七一起出去吃饭，我假装不知道地抱怨不知道是谁那么无聊，每天都给我们打骚扰电话。

小七当时正在喝东西，他笑得差点没把自己呛死。

我仍然假装不知道地问："男生就这么无聊吗？对了小七，你会不会也像他们那样？"

小七摇着手满脸心虚地拍着胸脯："怎么会？"

我笑着点点头，在心里暗暗窃窃地骂："你怎么不会？我就不

揭发你，反正我又不接电话，你们乐意被胡陈陈骂我当然也不会让你们扫兴。”

那天晚上回来我跟她们说骚扰电话是小七打的，她们在最短的时间内团结成统一战线，非要打电话去整小七，我说：“你们打吧，他们寝室除了他都是帅哥。”这几个丫头鬼精鬼精地反咬我一口：“九月，你是不是不舍得我们整小七啊？”

“是啊，别看九月平时假惺惺的，在她家七点面前不知道装得多温顺，你看一来就帮他洗衣服，洗了又不舍得还，天天暧昧地挂在她自己睡衣旁边。”

我操起枕头就砸了过去。

那天晚上，三个丫头守在电话机旁边等着熄灯，捱到熄灯吴雪就把电话拨过去嚼着舌头说：“这里是中国电信维修部，下面开始查询用户电话是否可以正常使用，请您配合我们的工作，如果确定话机可以正常使用请按免提。”电话那头好像是徐君接的，在一个劲地傻按免提。

胡陈陈接过电话机说：“感谢您的配合。”那边客气地说：“不用谢，这是我们的义务。”苏菁巾接过电话说：“下面是智力抽奖活动，请您听好我的问题：现在有一只驴一只猪，请问屠夫是先杀驴还是先杀猪？”电话那头的声音停了一下，考虑了很久才回答：“应该是驴吧。”我们一起对着话筒叫：“恭喜您答对了，猪也是这么想的。”

挂了电话那头都没有反应过来，到了十二点胡陈陈又拨通电话，那边传来迷迷糊糊的声音，胡陈陈大声叫了一下：“别睡了，快起来小便！”

报复完，我们终于满意地入睡。

窗外远远地传来火车断断续续的鸣笛声，像支悠悠的摇篮曲。

十八 想念的第一个人

睁开的眼睛
恍惚刚清醒
每一个早晨
想念的第一个人
会揪痛我的心

昨晚的梦境
是你的背影
踩过一地的树荫
走了走又停了停
我开始流泪最后哭红眼睛

我的梦很简陋
对你却太温柔
才会梦见你这个朋友

淋湿的枕头
呜咽地等候
一定有最深刻的借口
一定有最堂皇的理由
醒来过后
想念的第一个人
就是我偷偷爱着的人

——七点77

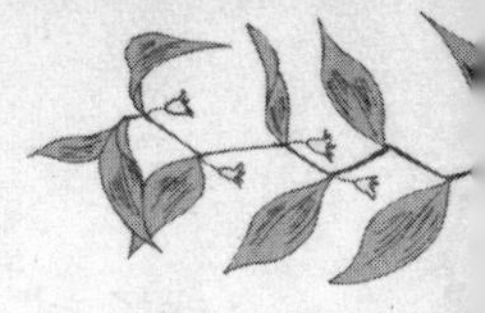

七点篇：

军训带给我们筋疲力尽的充实感，暴烈的阳光下流火的空气里每天都有新的面孔前赴后继地倒下去，只是我却精力充沛地忙里偷闲，一边军训一边晒晒夏天的阳光，一边晒晒夏天的阳光一边顾盼校园里的美女。

中秋节那晚，教官给我们放了假，我和九九就约好上街去玩。

那天傍晚我去九九的校区找她，她站在校门口那棵高大又古老的松树下面等我。那天她还提着两罐可乐，我们就坐在旁边的草地上喝可乐，还有一句没一句地诋毁各自的教官。松树下流淌着一阵一阵温和的风，九九一遍一遍地说我变黑了又变丑了。

我说："我变黑了变丑了跟你有什么关系？"

九九就假装认真地说："你变得这么难看了，跟你走在一起觉得好丢人！"

我就伸出手去拍打她的头，九九突然说："这几天有很多男生追我了。"听到这句话我的嗓子仿佛有点痒。我说："就你这么丑的人也有人追吗？吹牛！"九九没有说话，她站起来拍拍身上的灰尘说："走吧！"

这时校门口刚好有辆巴士经过。

她们校门口每天有好多班次开往其他城市的客运汽车，这个时候我们看见那辆奔驰的巴士车窗牌上标明着"南京——上海"的字样，九九突然招手，那辆大巴刹车停了下来，九九一脸正经地问："师傅，去上海经过镇江吗？"

师傅点了点头，九九又问："那经过苏州？"师傅开口说："是啊，你到底要去哪里？你快点上来，不然被抓住我私自载客会罚款的。"

九九缓缓地点点头说："噢，知道了。"然后拉着我说："你不是要去苏州吗？快点上车啊！"司机立刻转过头看着我。

我的脸倏地通红！

我的脸红了半天才憋了一句话："对不起师傅，我忘记带车票钱了。”司机阴沉着脸大声地骂我神经病，车开走之后九九转过脸对我奸笑，还摇头晃脑地说：“我今天看你不顺眼，你要小心点，免得招来杀身之祸。”

然后我们就走到公交站台，路灯都亮起来了。下了车天已经黑了，我们走进沃尔玛超市，逛了一圈又一圈还是两手空空，在一堆水果前九九停下来说要吃黑布林，我就给她拿了一个袋子让她自己装，她竖起两个手指说要两个袋子，于是我就拿了两只袋子，只见她用一只袋子装了满满一袋另外一只袋子只装了寥寥几个。

然后拿去称，称完之后贴上标签，然后她把大袋子上的标签撕了，把小袋子上的标签贴到大袋子上，说：“只要一袋就可以了。”说完把少的放回货架里，接着把满满一大袋的黑布林交到我手里，要我赶快去付钱。也怪我当时心不在焉，等到付钱的时候她从我身后钻出个脑袋故意大惊小怪地说：“这么多黑布林就这么点钱吗？怎么可能？这个标签肯定有问题。”

这时我想起一个阴森森的声音在说“我今天看你不顺眼，你要小心点，免得招来杀身之祸。”收银员警觉地看着我，我恨不得找个地洞钻进去。

那天是中秋，可惜走遍了大街小巷也没有看见圆得像玉盘的月亮。九九在接连两次旁观我丑态百出之后心情出奇地好起来，像是湖面那片雨后放晴的天空，只是我一直想不通，想不通我是在何时何地得罪了她。

嗨！这样一个小鸡肚肠的女人啊！

九九篇：

我做了个梦，梦见有一天，太阳的光芒层层叠叠地笼罩在一棵茂密的树冠上。那是棵葱翠的泡桐树，被和煦的风一吹它就摇啊摇，细密的叶子挤碎了满树的阳光，阳光斑驳地散落一地，仿佛我在某一个夏天曾穿过的一件花格子短裙。

然后看见小七站在那棵泡桐下，风是棉质的，棉质般柔软的风，左一下右一下从他柔软的刘海穿过，他的脸始终冷冷冰冰的。

我的眼睛最后停在他身上的那件粉红色的衬衫上，怎么看都觉得诧异：他分明一直瞪着眼睛看着我，但以前他一直是用最温柔的眼神看着我，用最暖和的声音跟我说话，还会用最小心翼翼的动作刮一下我的鼻子……

想到这里我的脚步变得委屈，我一小步一小步地向他走去。其间我的右脚踩到一块塑料的包装盒，脚底下发出薄薄脆脆的呻吟。在我离他还有三步的时候，小七突然开口对我说话，他嗓门很大，画面定格的时候泡桐树下的我们好像在争吵。

小七冷着脸说："我要走了。"

我问："你去哪里？"

他说："我要去火车站，我的网友从她的城市来看我了，我要去接她。"

我说："那你去吧！"

然后小七站在那棵泡桐树下，破碎的光和影粘满他的肩和头发。他从我面前转身大步流星地走了，那一刻天空突然阴暗，一场忧伤的雨淅淅沥沥地打湿了我的眼眶。

看着那件粉红色的衬衫消失在雨幕里，我站立的地方湿透而泛滥。

那个梦是彩色的，我记得树叶格外的鲜绿，小七的衬衫也粉红鲜艳，一觉睡醒的时候我还在后怕。

有人就曾经问过我："你喜欢七点吗？"

我摇摇头说不知道。

然后她又问："你每天早上醒来第一个想到的人是谁？"

于是我认真地想了想，然后一遍一遍地看见小七狰狞的脸。

最后她又说："早上醒来出现在脑海里的第一张脸就是你喜欢的人！"

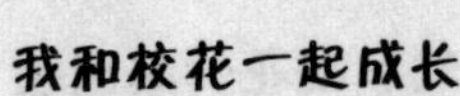

十九 掌心

摊开你的掌心让我看看你
玄之又玄的秘密
看看里面是不是真的有我有你
摊开你的掌心握紧我的爱情
不要如此用力
这样会握痛握碎我的心
也割破你的掌你的心

—— 王裕宗

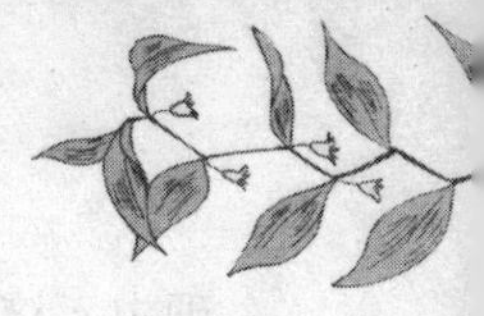

七点篇：

军训终于结束了，我也终于被晒黑了。

教官离开的时候，那些女生嘶哑着嗓子哭送把她们变丑变黑的凶手，这就是军人的魅力所在吧，其中有个男生也哭了，这个男生就是我们的老二乔海。事后我们问他为什么哭，他说了一句惊天动地的妙语：“我也不知道为什么哭，就像忍不住就射精了，我忍不住就哭了！”

早就盼着脱下戎装走进教室，可是真正如愿了却又患得患失，军训开始后我觉得无聊所以盼着上课，上课的时候我又觉得索然无味，所以爱上了翘课。

可是有两门课我是从来不逃的，比如《高等数学》，授课教授是个精瘦的老头，瘦小的脸上却挂着一副又大又沉的黑框眼镜，上他的课我唯一的乐趣就是盯着他的脸等着他的眼镜掉下来，可是遗憾的是这样的事情从来没有发生过。

在中国学生是不能直称老师的姓名，所以我保证每个老师都有一个以上的外号，我们就把教我们《高等数学》的罗教授称为“小老头”。

小老头每节课都会以提问的方式点名，被点到三次缺课的期末就要重修，偏偏他的课都是安排在上午三、四两节，那是逃课的高峰期，很多人早上睡懒觉没顾上吃早饭，到了第三节课已经饥肠辘辘了。常在河边走哪能不湿鞋，所以常常有人栽跟头。

我也曾栽过跟头。因为我的名字太好听了，所有老师都想看看我的庐山面目。每次上《高等数学》我都会安静的坐在下面看杂志，有天我在看《女报·时尚》，忽然又听见他在点谁的名字，底下没有人回应。我埋在杂志里窃笑：不知道又是哪个倒霉鬼被点到了，旁边的人推了推我的胳膊，我才意思到被这位老人家钦点的倒霉蛋原来就是我，巧在那题我根本不会。

所以硬着头皮说了一句：“老师，七点生病了，没有来……”

“没有来啊？真没规矩，让他下午四点去我办公室好好说明下理由，这题就由你来回答吧！”教室里哄堂大笑。我窘迫地挠挠脑袋后悔莫及地说：“老师，这题我不会。”“你不会？我一节课就讲了这一个中心，你听没有听课？这样吧，你下午四点以后跟七点一起来办公室找我。”教室里面再次笑爆……

还有一门课我也不翘的，那就是《大学法律》，教我们大法的是一个年轻美貌的女助教，据说是法学院院长的小女儿，不翘她的课不仅仅是因为她漂亮，这个老师讲课有很厉害的口头禅，她每节课大约要说一百二十到一百五十句：“嗯！可对呢？”

所以我和老四打赌，如果她说了单数句口头禅晚饭我请他，是双数他就要请我。所以我和老四从来都不翘她的课，就有一次我连续赢了老四一个星期的晚饭。

有一堂课这个老师在讲完八十五句“嗯！可对呢？”之后停下来让我们自习，老四笑得格外淫荡：“八十五，哈哈，你终于输了。”由于大家都没有笑就他笑了，所以美丽的老师款款地过来跟老四对话：“你笑什么了？这么开心？”

老四说：“没有啊，我说我特别喜欢您的课。”老师笑出两个酒窝说：“嗯！可对呢？”

老四眼睁睁地看见她说出第八十六句口头禅，差点休克。

大多空闲时间里面我都是和九九一条街一条街地找吃的，街道、巷子、广场、公园、天桥、商场、超市、饭店、餐厅，咖啡屋都留下了我们的足迹，那段时间我们喜欢吃红烧排骨煲仔饭，一到下午六点钟我就坐上校车去老校，九九总是站在大门口那棵古老的松树下等着我。

我总是觉得九九像一潭幽深的水，外表清澈可是深不见底，她帮我洗的衣服很干净，还留着一阵清香，那是只有小的时候穿妈妈洗的衣服才能闻到的味道，穿着九九洗的袜子我用脚指头都能感觉到干净。

不知道她什么时候学会洗衣服的，我坐在校车上纳闷地想。快到站的时候我莫名其妙地紧张，其实我今天原本不打算来找九九的，昨天晚上吃饭的时候，她递给我一罐百事可乐，她说：“这可能是最后一罐了！”“你要改请我喝可口可乐？”“我不跟你开玩笑，你不知道女大不中留吗？我想谈恋爱了，很快我就会有男朋友，当我成为他的女朋友，我就不能再对其他男生好了，也不能对你好了。”说完她笑了，笑容却分外疲倦。

我也笑了：“那你加油啊，别让我总是担心你嫁不出去。”

头顶树缝里的月亮像一个女人清冷精致的侧脸，九九一声不响地看着月亮。

校车从门口经过，我看见九九长长的头发在傍晚的古树下迎风招展。九九被几个男孩围在中间，从校车下来我远远看见九九的手腕被长头发男生逮在手里，九九踢了他一脚，“放开我啊，你滚远点，你去死吧！”那一伙男生始终阴阳怪气地笑着，九九这么大声叫人家滚那一定已经很生气了，她不会说脏话的，生气了就会吼一声“滚”或者“你去死吧”，她越生气声音就越大，这是我早就知道的。

我一边加快脚步一边数了下人数，五个人。我拨开人群走到男生和九九的对面，那长头发看清我冷冷的表情很惊讶，尴尬地想松开九九的手可是始终没有松，九九乘机摆脱了他的钳制。

“你谁啊？我们是体育系的。”他们可能是自报家门让我知难而退，整个场面在我走进去的时候就已经变得剑拔弩张，我对他们笑了笑，伸出手把九九揽入怀里，并且抱着她肆无忌惮地亲起来。

九九自从被我突袭之后话也不会说，一直傻呆呆地看着我的脸，我转过头把九九护在身后，趁他们还站在原地发愣，牵着九九的手走了出去。

我牵着九九的手走到站台，乘上大巴，始终没有放开。九九在我耳边变得唧唧喳喳的：“我以为你会打架了。”“胡扯，成熟的男人是不用说一句话就击退敌人的。”九九一副巧笑嫣然的样子，然后问：“呆子，你准备捏着我的手到什么时候啊？”我只是笑：“我看你的手很凉想给焐热的，你不喜欢那我就放下喽。”“那你至少要轻点呀！”

上了巴士，虽然有很多空位可是我们牵着手站在车上，九九一直看着我，眼神柔软如水，我在九九的眼波里不停地用手摸着鼻

子，不停地脸红。我说：“你别老是色迷迷地盯着我好不好？”九九狡辩：“你不看着我怎么会知道我在看你了？”

我想她说得很正确，然后把头藏在九九的耳畔，“九九的眼睛原来会唱歌的，九九的眼神原来会跳舞的！”

九九的脸突然就红透了。

巴士穿梭在街头的霓虹里，夜晚的风吹进车厢，车厢的音乐飘向夜色。

摊开你的掌心让我看看你

玄之又玄的秘密

……

也割破你的掌你的心

九九在歌声里翻看我的手掌，一脸虔诚。

那夜我们相偎在天桥，我们的甜蜜像是蒲公英的种子，粘在每一个路过的人身上，被他们带到这个城市的每个角落。

我小心翼翼地把九九抱在怀里，九九的手臂柔软地缠住我的腰，她的十指在我的背后紧紧相扣，美丽的脸在我怀里妩媚地绽放。

我以为九九会安静地被我抱着，像我一样一句话都不说的，哪知道她突然来了一句：“你刚刚乘人之危，咬了我一口，现在我要还给你。”

我看见她嘟着嘴，情不自禁地把唇贴上她的唇。

……

注视着九九娇羞的脸，我把手指尖放到她嘴唇上轻轻触碰。

世上的女孩原本都是天使，在幸福的天堂快乐地嬉戏，直到遇见让她们流泪的男孩，便会褪尽翅膀坠落人间变成多愁善感的女孩，所以请别辜负你的女孩，因为她为了你已经放弃了整片天堂。

我不知道我有多爱九九，可是看着她我会隐隐地心痛，很久以前就已经这样了。

一直以来即使是看着她，即使站在她身边我也会很想念很想念她。

九九篇：

她们听到我的讲述都乖乖地闭紧嘴巴，两只手放在膝盖上坐得端端正正。

我跟她们说我和七点从五岁到现在一直是同班同学和邻居；我跟她们说同学十四年来一直是我替七点做作业、抄笔记，我跟她们说我喜欢看小七喝可乐的样子所以每天都买可乐给他喝；我还跟她们说我为了勾引小七，特意想了个点子，我们把纸条装进玻璃瓶里面约好毕业的时候打开，可是我是如何临阵退缩把纸条换掉了。我跟她们说我买了十二只猪如何找到借口一年送他一个。

苏菁巾听傻了，吴雪也听傻了，胡陈陈也傻了。

寝室从来没有过的安静。

“没有想到世间还真的有这样浪漫的青梅竹马。”好久以后传来苏菁巾梦呓般的声音。“你快点把他拿下吧！”吴雪爬到我的床上说。“是啊，三个臭皮匠顶一个诸葛亮，我们姐妹齐心一起把小七那个呆子拿下。”胡陈陈也爬到我的床上。

苏菁巾说：“你要刺激刺激他，现在就给他打电话，直接跟他说有很多男孩追你。”“不过说真的，像小七那样‘骨灰级’的帅哥可能是难追点噢！”吴雪喃喃地说。胡陈陈说：“林九月可是我们学院第一美女啊，说真的九月，我还从来没有见过你这样天生丽质的。”

拨通小七的电话，我听见熟悉的声音“喂，九九啊！”“先随便聊聊。”苏菁巾在我耳边低声地说。

我东扯一句西扯一句，过了二十分钟她们几个不停地对我使眼色，我说：“最近很烦，因为好多男生追我。”可是他一点反应也没有：“噢！”然后他不屑地说，“就你啊？怎可能！”我说：“你姐姐我现在已经是外语学院的院花了。”小七说：“原来你是校花的，现在降级成院花了还有值得炫耀吗？”她们捂着嘴躲在角落里笑，我气呼呼地挂了电话。

苏菁巾说：“下一步你就直接告诉他，说你想谈恋爱，说以后有了男朋友就不能再对他好了。响鼓不用重敲的，除非是他故意装傻。”

那时候整天有男生打电话找我，我不想接电话，他们冒充是我初中同学，后来为了保护我，所有找我的电话都要经过胡陈陈的审问。有天我手机在充电，小七打电话过来找我，胡陈陈就问他：“你是林九月什么人？”“同学！好朋友！”胡陈陈说：“把你的身份证号码报一下。”

七点乖乖地报了一遍，胡陈陈问：“你真的是九月的同学吗？我怎么觉得不像。”七点在电话那边说：“那你让她开机，我拨她手机好了。”胡陈陈说：“那你等等，你把身份证号码再报一遍。”

我笑着跑过去：“陈陈，电话给我吧，这个身份证号码是七点的。”

给我打电话的男生甚至露骨地说要我做他女朋友，那时我很厌恶他们，我最讨厌的是一个学体育的。

我和苏菁巾去食堂吃早点的时候，随手把包放在餐桌上就去打稀饭，回来就发现桌上的《牛津词典》不翼而飞。苏菁巾非说我没有带。但是我明明带了，我记得很清楚。

苏菁巾说：“要不，我们回去找找看。”

跑回寝室电话就响了，我顺手接了电话。

“你是林九月吧，你是不是丢了东西？”

我说是的，我丢了东西。

“我帮你捡到了，你要怎么谢我？”

我心想明明是你拿去的，可是我还是很礼貌地说那谢谢你，麻烦你还给我吧。

“你总要表示表示吧，这样吧我现在就还你，晚上你请我吃饭吧。”

我有些生气了："那词典你留着吧，我不要了！"

那本词典我硬是没有要，他中午拦住我还词典的时候，我接过词典朝路边的垃圾桶一丢。我觉得我都这样了，你不会再自找没趣吧。

可是没有想到晚上我在学校门口等小七的时候，他带着几个男生围住了我。

"我已经有男朋友了，我们从小青梅竹马。"我认真地对他说，并且压制着自己不对他发火。

"没有关系，后边还有一辈子呢。"他说话的同时递给我一个精致的包装盒。

"我们才认识几天，你就说喜欢我，你了解我吗？"我一直在控制自己"先喜欢后了解啊！"看着他一脸嘻哈的样子，我大脑里面浮现的只有小七的身影，我只是希望他能快点来。

他突然拉起我的手。

"放开啊，你滚远点，你去死吧！"我终于要爆发了，我抬起对着他屁股就是一脚，没有想到他一点都不生气，十足的死皮赖脸。

幸好这时我看见小七，小七拨开人群横亘在男生和我的中间，我当时就观察着小七，我在心里说："你来了，那就看你的了。"小七站在中间也不说话，那男生看到他出现很是惊讶，我乘机挣脱了他的手。

"你谁啊？我们是体育系的。"当时场面火药味很浓，我开始担心他们会对小七动手，如果是一个两个我也不会担心的，大不了我和小七一人一个，可他们有五个人。小七突然笑了，孩童一般的灿然。

"这小子在用心理战术糊弄人了。"我窃窃地笑一边开始想着怎么样脱身。突然小七伸出手把我揽进怀里，一点征兆都没有，更离谱的是他霸道地吻了我。

我想过很多跟小七接吻的情形，但是没有想到第一次是在这样的情况下，小七的嘴唇很烫，我伸出手抱住他，因为我已经头晕目眩连站都站不稳了。

被小七松开之后，我像是中了蛊似的眼睛痴痴地粘在小七的脸上。小七当时的每一个眼神真的很媚惑，他转过头把我护在身后，然后牵起我的手大摇大摆地走了出去。

小七牵着我的手走到站台，乘上大巴，始终没有放开。那段时间我心潮澎湃，周围仿佛一潭止水，除了我们忽深忽浅的呼吸，就是我不规则的心跳。那一刻我的心里有多少朵花骨朵开始盛放啊！

我开始用糖衣炮弹进攻小七："我以为你会打架了。""胡扯，成熟的男人是不用说一句话就击退敌人的。"小七的声音里果然有些炫耀的语气。然后甜蜜的问："呆子，你准备捏着我的手到什么时候啊？"小七只是笑，可惜路灯微弱我看不清楚他的表情："我看你的手很凉想给捂热的，你不喜欢那我就放下喽。"我轻声呢喃："那你至少要轻点呀！"

上了巴士，虽然有很多空位可是我们牵着手站在车上，我的眼睛一直着迷地盯着小七的脸，看的小七有些不自在了，他不停地用手摸着鼻子，然后红着脸说："你别老是色迷迷的盯着我好不好？"我就反驳他："你不看着我怎么会知道我在看你了？"

以前我和梅寒就同时发现小七他会脸红，脸红的时候特别可爱。

一会他在我的耳畔说："九九的眼睛原来会唱歌的，九九的眼神原来会跳舞的！"

我的耳朵痒痒的，脸突然就涨红了，心里却像灌满蜜糖，我低着头沉醉在我小女儿的幸福里。

世间的男孩原本都是地狱的魔鬼，在阴湿的地狱饱受寂寞的煎熬，直到他们遇见心爱的女孩，于是脱离地狱变成坚强的男孩，所以请别离开你的男孩，因为失去你他将再次堕入万丈深渊的地狱。

小七，你是我深爱的魔鬼。

等了你这么多年，没有关系。

喜欢了你这么多年，我心甘情愿。

我要一直守护着你！

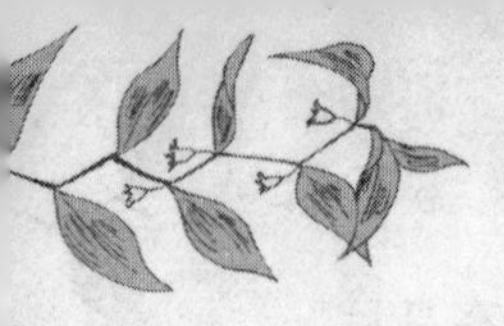

二十 勇气

我们都需要勇气
去相信会在一起
人潮拥挤我能感觉你
放在我手心你的真心
如果我的坚强任性会不小心伤害了你
你能不能温柔提醒

——光良

七点篇：

九九对我说："小七，等了你这么多年，没有关系。爱了你这么多年，我心甘情愿。我要一直守护着你！"

那是我今生最幸福的一刻，可是我没有说出来。

有些山盟海誓被镌刻在三生石上面，我把九九的声音连同她冷艳的脸铭刻在我心里。我想如果有一刻会像电影里面的男人一样失去记忆，我可以，可以忘记我自己，但是绝对不能忘记九九。

《大话西游》里紫霞仙子化成一缕烟钻至尊宝心脏，看见一滴眼泪。我希望有一天九九去我的心里看一看，我的心也丑陋如椰子吗？

紫霞仙子一阵烟冒出来的时候，我对九九说："九九你也钻进去看看吧！"

"里面有什么？"九九靠在我肩膀问。

影院灯光昏暗，我轻声地说："什么也没有，里面只刻着一排字。"

"嗯？"她嘴里咬着薯片，声音含糊不清。

"是一个女孩刻上去的：小七，等了你这么多年，没有关系。爱了你这么多年，我心甘情愿。我要一直守护着你！"

九九微微地愣了一下，她嘴里轻微的呓语像废墟上的叹惋，又像一根缠绕了我的藤蔓，我闻到她轻轻的浓郁的发香，若有若无，轻轻扩散。

我们的世界变的很安静，觉得世界变成一面银幕，画面是一朵朵云彩飘逸的俊朗天空，没有声音，却五彩斑斓，画面一停，是我跟九九牵手在人海穿梭，是九九在我眼睛里一笑一颦。

九九把一块薯片仔细地塞进我的嘴里，清脆的声音在我嘴里缱绻流连。

九九靠在我的肩头，隔着衣服我仍然能感觉到暖暖的、温润的、柔柔的温存。我的肩头像极了起风的湖面，涟漪变成漩涡，甜蜜的感觉一点点荡漾。

跟九九在一起的日子，天很蓝、云很白，早晨的空气都很散淡。温煦的空气铺陈了整个校园，秋天的暖意慢慢变得浓郁，阳光里满是GODIVA巧克力的味道。

郊外的山坡有漫山开放的野菊花，开得如火如荼。

九九参加校园普通话大赛的时候，我们去新街口莱迪广场的爱念族专卖店，里面所有的饰品都是以爱情为主题，双双对对的戒指和项链暧昧而温馨。在柜台前我们虔诚地读着他们的宣传文字：“邂逅一段惊天动地的爱情，传说中需要修炼五百年，当我们追寻一段远古的浪漫时，五百年恰好是前世今生……据说，爱情的魔力，就藏在爱念符神奇的图画文字里。”

“把你和她的出生月份相加，取个位数，即可对应得知你们俩专属的玛雅星座：0–1，可可座；2–3，蜂鸟座；4–5，巨石座；6–7，翠羽座；8–9，猎豹座。躲不过的五种星座，注定了的有情人。”

九九说：“你是六月份我是九月份，我们相加属于巨石座啊。”于是我们买下一对巨石座的爱念符情侣坠。

那个银饰的世界，镶满爱情的力量。她凝视着我，我凝视着她。我理了理她的头发，小心地为她戴上简约文雅的项链，她也为我戴上。

那晚九九戴着巨石座的爱念符站在决赛的舞台上，她眼波流睇的时候一室的光华都被掠去。她穿着淡色的牛仔裤，紫罗兰色的小褂，葱茏玉立地站在舞台中央，朗诵完一篇散文之后开始演唱。

我想起之前九九露出两排晶晶发亮的雪白牙齿对我说：“我今晚会为你唱歌的，到时候你不可来别后悔啊！”

我说：“我就不去了，你们的评委我都认识，要不要我打个招呼帮你弄个第一啊？”九九不说话又用那中特有的轻蔑的眼神瞪着我。

舞台上软软蔫蔫的牛仔裤盖住了九九的帆布鞋，闪亮的挂坠在她的锁骨中间熠熠生辉。

“我们都需要勇气去相信会在一起，人潮拥挤我能感觉你放在我手心你的真心，如果我的坚强任性会不小心伤害了你，你能不能

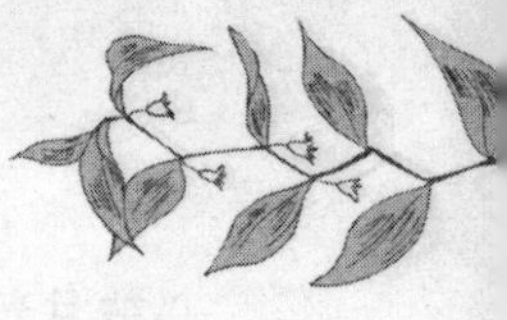

温柔提醒。”

歌声那么极致、纯粹、飘逸、空灵……我仿佛看见一池纯澈的水，它的心中有白云朵朵淡淡地移。

我想我一定是发呆了，迷迷糊糊中看见好多男生上去献花，我毫无意识地走到舞台下面，九九一边唱歌一边对我微笑，她在舞台边缘蹲了下来把手中一捧鲜艳的玫瑰放进我的怀里。

下面一阵哗然，灯光也打到我的身上。浓郁的玫瑰散发着沉厚瑰丽的香气，这样的香气熏醉了多少人啊。

直到九九走进幕后我才清醒过来，评委席上是我熟识的团委老师和广播站的师姐，他们都在微笑地跟我打招呼，我还以微笑，一个学姐跑过来告诉我：“林九月是今晚的并列第一，稳进广播站的。”

我想九九应该是真的想进广播站的，高中的时候她就和梅寒进了校广播站，她说喜欢通过电波把自己的声音穿透学校的每个角落。

我打电话把消息告诉后台的九九，九九调侃地说：“评委不会是看你的面子吧？”我说：“那我就不知道了，没有想到你预赛决赛的成绩都是第一啊，播音系的都排在你下面。”“你现在在哪里？我听得着你旁边那么安静。”“我现在在校园里面。”“那我一会儿比赛结束出去找你。”

那个夜晚好大的风，月亮亮起来，又被云淹没，校园里梧桐叶子被吹落，大片大片。九九绞着手指含情脉脉地看着我，月光稀朗，清莹地穿透树缝洒满地。

九九的鞋带松了，我告诉九九：“你鞋带散了。”九九竖起眉头嗔了我一眼，看来她以为我又逗她了，我弯腰屈膝，蹲下去解开已经松垮的鞋带再重新系好。

九九笑了，在那深重的夜色里笑得蓬勃绚烂。

然后她挽着我的手坐到草地上。草地有些湿，我脱下外套铺在地上再让九九坐下去。

安静的夜，月光都有些晒人，我对九九说：“你别抬头啊，小心被月光晒黑啊。”九九皱着鼻子笑。我掏出一支烟夹在手指间娴熟点上，那时候我已经开始吸烟了，我总是喜欢抽加长的三五，白色的烟蒂修长的烟竿十足的烟中丽人，我一直都用高贵的“都彭”“噌”地点燃指缝的烟。

我坐在稀朗的月光下吐着一个一个可人的烟圈，九九坐在我的身边，一个烟圈弥散另一个烟圈盛开。九九突然咳嗽起来：“小七，你呛到我了。”我挑着眉毛对她笑，然后换了个方向继续抽烟，一团团柔软温暖的烟雾温柔地钻进我的喉咙。

九九说：“对了，我有东西要给你的。”她从身后递了包三五给我，我讶异地看着她，她的眼睛里有一丝诡异，我笑着灭了烟头准确无误地弹进左边的垃圾桶：“我女朋友原来这么乖，主动给我买烟啊。”

打开烟盒，我看见里面的锡纸已经被揭开过，抽出一支烟在淡泊的月光里我看见白皙的烟杆上刻写着轻逸纤细的字迹，“当烟灭灰飞，你便不寂寞？”我连忙挨个抽出二十支香烟，每一支都写着同样的字迹。

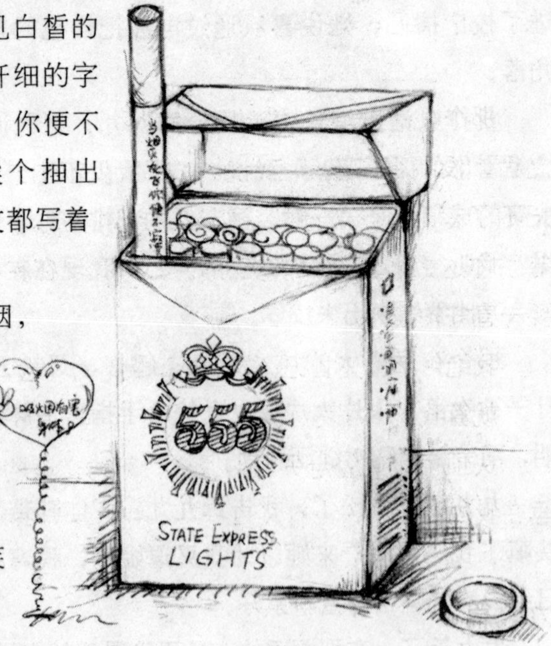

我心虚地装好烟，伸出手去拥住九九的肩膀，九九抬着下巴似笑非笑冷冷淡淡地观察着我，我窃窃地笑了一下，放肆地去吻九九。

九九灵巧地挣脱了：“别用你带着烟味的嘴来吻我。”

我怯懦地伸出手指，羞赧地摸着自己的鼻子。

九九跟着说：“我们听歌吧，一会你早点回寝室。”她从包里掏出MP3，把一只耳塞塞进我的左耳，九九从来都不咄咄逼人的，就算和我争执她也总不忘给我留下台阶。

那样温柔的夜晚，晚风漫天飞舞，抬起头就是温婉的月盘，美好的像瑰丽的明信片背景。一片孤零零的黄叶子，无声地落在草地上，惊动了我止水的心，九九艳丽的脸飞扬跋扈掠去了月亮的光华。

那夜，九九给我听的歌是《勇气》：

我们都需要勇气
去相信会在一起
人潮拥挤我能感觉你放在我手心
你的真心
如果我的坚强任性
会不小心伤害了你
你能不能温柔提醒

那个夜晚，月亮从树梢栖落以后就结束了，那首《勇气》红过之后，没有很多人肆意地歌唱了，可是对于我来说，我永远也忘记不了有个女孩曾经为我唱过这首歌，她还多我说过："小七，等了你这么多年，没有关系。爱了你这么多年，我心甘情愿。我要一直守护着你！"

我绝对不会失去记忆的，所以我绝对不会忘记她对我说的话。

就算我失去记忆，我也要记得她的话，哪怕只记得这句话。

头顶上是曾经走失过的月光，简约文雅的爱念族挂坠晃荡荡地垂在我的脖子上，没有风也一晃一晃的，刺痛我的眼睛。

九九篇：

小七变了，我也变了。

小七变成我的男朋友，我变成小七的女朋友。

苏菁巾、胡陈陈和吴雪让我转告小七："让七点请我们全寝室吃必胜客，我们都说好过，谁泡到我们寝室的姑娘都要请我们一起吃必胜客的。”

我在她们面前仔细地收拾好脸上的甜蜜，可是总有些被粗心遗漏的碎沫在脸上熠熠闪光，再一恍惚地眨眼，甜蜜就像温柔的潮水一样覆盖像一场纷纷扬扬的大雪飘落。于是我总是被她们奚落：“瞧你幸福的小样！”

当我挽着小七的胳膊穿过一排一排苍俊的梧桐树，大片大片的黄叶像场雨淅沥地落下，广播里面的歌声飘了很远，飘到很多角落：我们都需要勇气，去相信会在一起，人潮拥挤我能感觉你放在我手心，你的真心，如果我的坚强任性，会不小心伤害了你，你能不能温柔提醒……

我突然就爱上了这首歌，因为我爱身边俊朗的男孩。

我常常被小七或温柔或霸道地抱在怀里，闻着他身上清新沉厚的“高夫”味道，幸福地想：将近十六年了，这个世界上的我们，一生能拥有几个十六年呢？我不知道是什么时候开始就爱上抱着我的这个男孩，是从十六年前吗？可那个时候我们才五岁。

只要我回忆过去，小七就会嬉皮笑脸或者愁眉苦脸地出现在我的记忆里。小七眨眼，再眨眼，门口的树苗已经拥有了十六圈的年轮生长成枝叶茂盛的大树。

已经到了深秋，天开始黑得比从前早，渐渐地开始冷了，我穿上线衣，脖子上的爱念族已经被遮盖了。所以我骗小七说：“我的挂坠丢了，我们再去买一个吧。”小七温柔地揉揉我的头发，手指落下的时候我敏感地闻到他指间淡淡的烟草味道，于是伸进他上衣口袋掏出他的烟，他慌张而胆怯地对我笑。

我莫名地想起那个坐在上海的夜色下，抽着烟立刻就被熏出眼泪的男孩，然后我骗小七说：“其实你抽烟的姿势比小马哥还要帅气了。”小七脸上的慌张顷刻就弥散了，他得意忘形地从我手里抽出烟，从口袋掏出打火机，熟练地点上烟，熟练地喷着一朵一朵烟圈。

我冷静地看着他，原来他已经可以这般熟练的腾云驾雾了。小七转过脸看见我变化了的脸色，连忙掐灭烟头，嬉皮赖脸地笑。

我拉开包递了一瓶木糖醇给他，他背对着夕阳拧开瓶盖，细心地倒出两颗先塞进我的嘴里，我重新挽起他的胳膊进了莱迪广场，银饰在灯光下流转了满屋的光辉，小七拉着我看项链，我却认真地选着情侣戒。

是谁
把500年前的玛雅数字
串成爱念方程式
让今世的爱有了新鲜的表达
我们都是爱念族
不必说话会解码
……

我拉着小七说："我们买对戒指。"小七用一种心知肚明的眼神看我，他伸手摸了摸我的脖子，明亮地笑起来。

我把一款戒指戴上小七的无名指，营业员趁势说："那就买下吧，这位小姐真有眼光，这款是限量版的情侣戒。"我是很喜欢的，不过被营业员那么一说我就嘴硬起来，我可不是那么好哄的："你摘下来吧，我们挑别的。"小七狡猾地装腔作势："啊！怎么办？摘不下来了。"一边说一边把另一枚套上我的无名指。

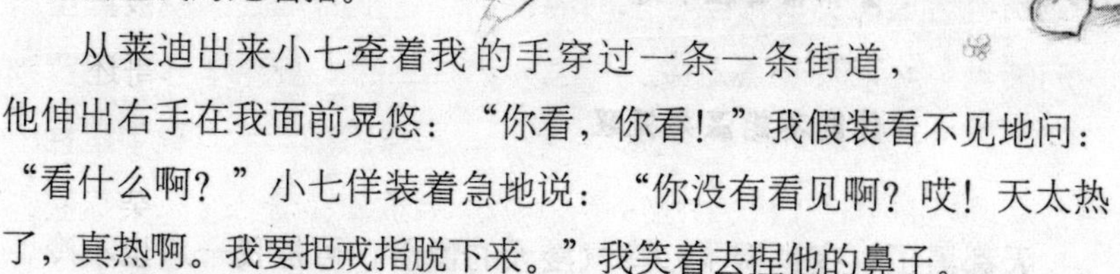

从莱迪出来小七牵着我的手穿过一条一条街道，他伸出右手在我面前晃悠："你看，你看！"我假装看不见地问："看什么啊？"小七佯装着急地说："你没有看见啊？哎！天太热了，真热啊。我要把戒指脱下来。"我笑着去捏他的鼻子。

小七抓住我游走在脸上的手，用一种很专注的神情看着我，他的眼睛澄澈如初。他说："九九握着你的手，我的心就暖暖的。"他说话的语气像山涧的小溪流水，潺潺温柔，令我可以轻易感动。

满街的灯火就在那时灿烂的盛开。暧昧且恍惚，缥渺如同幻觉。

可是小七俊美的脸却很真实，我的右手真实地被他握在手心里，真实地温温暖暖着。我说："你怎么知道我就喜欢这一款情侣戒呢？"小七有些骄傲地说："如果连这个都看不出来，我还不下岗啊。"

我把头靠近小七的耳边说："小七你要学会唱歌，我要你给我唱《勇气》。"小七的手挥到半空中有力地落在胸脯上："那还不简单，虽然我最可爱的地方就是五音不全，可是为了满足你卑微的愿望我就不可爱一次吧，你仔细听好啊。"

我乖乖地在他的眼里点点头，小七咳嗽了一下润了润嗓子准备唱了，他又说："你好好地听啊，唱得好就左手拍右手，唱得不好就右手拍左手。"我恍惚地笑，温驯地点头。

干燥的空气朦胧的夜色，安蓝低垂的天空，璀璨的霓虹。突然响起小七版的《勇气》，我知道旁边经过的男孩女孩都听见了鬼哭般的声音，他们都捂着嘴笑了。

我握紧小七温暖的手，他的掌心渗出一颗潮湿的汗珠，我微微动弹把他的手握得更紧了。小七跑调跑得更远了，可是他看着我的眼神是丝毫不变的专注，我喜欢那样的眼神，那样的眼神能让我从他的眸子里清晰的看见自己的影像。

我们都需要勇气
去相信会在一起
……
你能不能温柔提醒

天都黑了，夜也稠了，冷气漫天的飘落，可是我一点也不冷，我的手已经放在小七的手心里，小七握着我的手把我们的手一起装

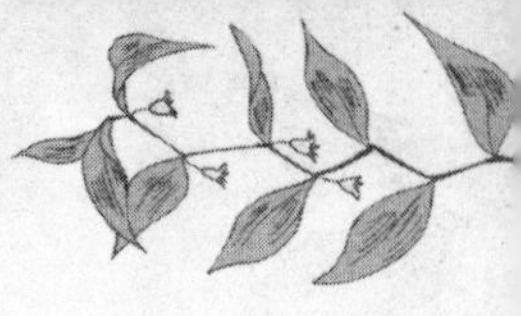

进他的口袋。

他带着我走过一条又一条陌生的街道，那些街道都有着美丽绚烂的霓虹灯。分落在每条街道的公车站台，有人上车，有人下车。

他们的脸上都被路边温和的灯光染了一层饱满的明黄。

我的电话这个时候响了，显示着我们寝室的号码，我按下接听键，里面传来胡陈陈嗲来嗲去的声音："小妮子现在在哪里了？呵呵！今晚上如果不带必胜客就不要回来了，回来也不让你进寝室！"

我问小七："你听见了吗？"

小七喳喳嘴唇说："难怪前辈们说，追到小偷可以追回损失，追到女孩损失才刚刚开始。"我停下脚步，站在某颗星星下面，握起拳头就擂到小七的胸脯。

然后小七打电话回寝室："喂！今天晚上林九月请客，兄弟们想吃什么尽管说。"

二十一 我的左手旁边是你的右手

微笑看着时光远走
是你的陪伴
温暖了整个孤单季节
……
我的左手
旁边就是你的右手
我一直在你的左右
我会站在你的左右

—— 墨墨

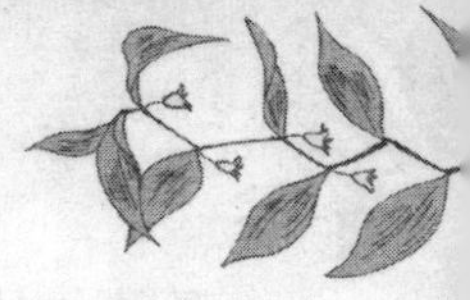

七点篇：

“左手温暖”是林九月现在的网名。

我现在的网名是“右手温暖”。

“左手温暖”的登陆密码是“我爱小七”，“右手温暖”的登陆密码是“我爱九九”，我是一个相当迷糊迷糊到分不清左右的人，一直到我牵着九九的手穿过一整个季节的陌生街道，我才分清楚左右，走在马路上右边都是最安全的，所以我牵着九九的左手让她走在我的右边。

夏末的那些日子穿裙子的树在摇曳，季末的风一次次吹翻它的裙袂，日映时的天空，蓝紫色的霞镶嵌在安谧的层云里。

那样的傍晚，我都在校外的红狐网吧上网，等着九九过来找我，九九总是悄无声息地站在我的背后，其实每次她一进来我就能察觉到，因为她一进网吧所有男生的眼光都齐刷刷地汇聚了。

那时候，只要我肯回头，总能看见她笑吟吟的脸，看见我回头她就把手搭在我的肩上，静静地站在我身后，有时候等得急了就旁若无人地揉我的头发，一边说小七你的头发好软，一边彻底地揉乱。

随后我们牵着手走出网吧，坐在校园的山坡上，从夕阳聒噪一直坐到残月喧嚣。九九的手藏在我的手心里俏皮地孩子般渗出细粒的汗珠，我们依偎在一起，风经过的时候她轻轻淡淡的发香就始终停留在我鼻端的微风里。还有几缕晚风，柔软又疏懒，慢慢地嗅过我们相缠的手指又默默嗅着我们的脖子。

幸福稀释在空气里，被风懒洋洋地吹来吹去，闹醒了满山坡正在休憩的花苞。

夏末很快变成深秋，转眼冬天就来了。

懒洋洋的阳光悄悄地爬进窗子，九九通过了试音，如愿成为播音员，她的声音在电波里变得更加圆润，第一次播音她就强迫我写表扬稿投进广播站的信箱。

于是我绞尽脑汁，有生以来第一次写表扬稿，我要表扬的人是林九月，我的女朋友林九月。我在那封表扬信里写道：我是一个痴爱听广播的人，每次听到我们的校园电台都能感到格外的亲切，仿佛见到自己亲密的伙伴……尤其是播音员的素质日渐提高，比如某某某某，另外还有这批大一新进播音员素质都比较高，主持星期五播音的女生声音饱满，音质清晰不知道以前是否受过专门的训练……

这封表扬信走的是一贯的虚假路线，但是它确实让九九受到表扬。一个礼拜后九九乐滋滋地拉我去做节目嘉宾。

我暗自庆幸，幸好九九不是学医的，否则练习注射练习解剖还不把我当靶子啊。那时听说我们商学院就有一个兄弟，和一个医学院的女生恋爱了。那位女生每到星期日就把他引诱到宿舍去，兄弟屁颠屁颠地赶过去，却带着一胳膊的针眼逃回来，后来终于在女生开始学解剖的时候两个人分手了。分手的时候女孩说，你既然决定要走就给我买几只小白兔回来吧。

有一个问题我没有考虑过的，我没有想到军训后的大学学习生活如此枯燥，枯燥像潮水一样涨息在校园里每一寸土壤上，所以我加入了一些社团，进了学生会，也因为工作能力比较突出被聘任为宣传部长。

双休日我几乎都要忙着做橱窗和展板，九九几乎都会过来陪我，所以我宁愿辛苦制作所有的展板和宣传画，也不要别人来帮我。

我喜欢反锁上办公室的门，打开旋律缓慢的音乐。

喜欢和九九待在偌大的办公室里。

喜欢一边画图写字，一边抽空看看坐在电脑桌前的九九。

抬头就能看见她安静的侧脸，低头还能听见她用手指敲着键盘的声音。只要有九九，空气里永远流淌着闲散的柠檬水味道，风里永远携带着干净的纯棉质感。

我渐渐很少抽烟了，我的烟盒里面每一支烟都被九九写了字，我价值不菲的都彭打火机不知道现今躺在她的哪个挎包里。缭绕的

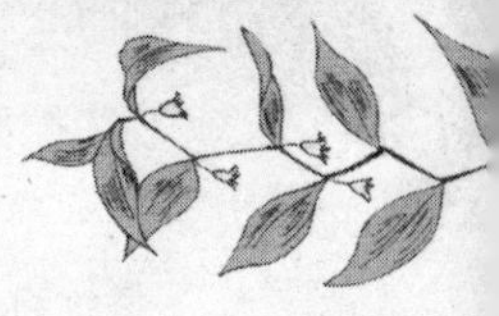

烟雾、朵朵的烟圈已经有一阵子没有从我嘴里冉冉升起了。

窗外候鸟都飞走了，冬天走过来。

九九的侧脸渐渐有了隐忍的僵硬，让我不住地感觉到心疼，于是我跟她说话，有一句没一句的，九九兴致索然地搭理我。

说着说着，屋子里的声音戛然而止，没有了下文。

我有点过意不去，就放下手里没有做完的展板去陪九九，我们挤坐在一个椅子上打泡泡。九九自从用“陪在你右边”在泡泡堂一区注册以后，就一直钟爱蓝妹妹，我也一样，我一直钟爱小乖，他速度快泡泡的威力也大。我们很快就把其他人打死了，然后空旷的小区10就剩下我的小乖和她的蓝妹妹搏杀了。

我的小乖名叫“陪在你的左边”。

九九为了赢我，一直都是不择手段的，除了自救针不用她什么道具都敢对我用。更高明的还是她的一些小动作和层出不穷的花招。

“啊！我肚子疼。”

我从屏幕上转过头去看九九，然后看见她正在诡异地笑着。

恍然醒悟过来，小乖已经被堵在四个泡泡中间了。

“谁在门口？”

我从屏幕上转过头去看门，门口罗雀了无人影。

再次醒悟，小乖都被炸熟了。

我们兴致盎然地玩泡泡堂，天不知不觉就黑了，冬天原本就是昼短夜长。从窗外渗进来的黑暗把一室的灯光衬托的通明。

九九说：“我饿了。”好灿烂的灯光在九九纤长的睫毛上活蹦乱跳，我的肚子里顿时也开始纷纷揭竿起义了。我们意犹未尽地离开办公室去吃饭。

不用做展板的空闲周末，我和九九穿得华华丽丽暖暖和和地去压马路，同一条路、同一个方向，从街头走到街尾，从市区走到郊外，从晌午走到夕阳西下，走到一条废弃的铁轨上。枕木下的石子被踩得“咯吱咯吱”响，发出欢快的声音。

风从遥远的枝头吹来，就像织布机上的丝绸一般抚面而过，滑滑的、凉凉的。我总是握紧九九的手不敢松开，只要我松开手她的手指便如水晶般冰凉。

我们的头发紧贴在一起，依偎着晃晃悠悠地走在铁轨上。

荒芜的味道蔓延在延伸的铁轨上空，我莫名地想起老大在卧谈会上的一段发言："什么是爱？爱上一个女人，为她受了很多很多苦，却只能分到一小块短暂的幸福，或者失去所有的幸福，这就是爱。"

我是不相信的，就像眼前这条漫长的铁轨，都足够我和九九走很长、很久。

我看着九九灵动的眼眸，幸福从周围瞬息而至。我在九九柔软的耳廓边轻声细语："让我感觉最幸福的事情，就是牵着你的手，在铁轨上走很久、走很远，传说只要这样相恋的人就可以幸福长长久久。"

我喜欢走路，牵着九九的手走路。

我们的十指紧密地缠绕在一起，让我觉得幸福。

曾经轰隆隆飞驰在这条铁轨上的火车已经远去消失了，但是仍然在延长的铁轨留了下来。有些东西注定会流逝的，就像有些东西注定会沉淀。就像北风分明刚刚从九九脸庞刮过，此刻却有恣意的笑容沉淀。

我喜欢这样走路，喜欢这样看着九九精致美丽的脸。

我的心被若有若无地牵扯着。

我伸出左手，把九九皮衣的衣领竖起来。九九眼神中带着一点点惊异一点点迷惑，那么纯净无瑕的样子。

"你冷吗？我把衣服脱给你穿吧。"

她拒绝："我不冷，放心吧，如果冷了不用你开口我也会扒了你的衣服穿的。"

绿色的树叶枯黄了脉络，秋天蹒跚着离开枝头，冬天就来了。

那个冬天九九很晚才穿起羽绒衣，满街满街的女孩都臃肿了，她穿着羽绒服却依旧一副高挑的样子。

冬天的街头，有人在行走，有人在翘首，有人在打电话。行走的转眼消失在街头，翘首的突然微笑着挥手，打电话的好像有很多话怎么也说不够。我们从中间经过、穿梭，像是看着默片，所有的行色、所有的声音，再匆促、喧闹也与我们无关。

我们穿得华华丽丽暖暖和和的跟冬天面对面地走过去。

经过一个琳琅满目的橱窗，九九看中了里面的一套围巾、帽子和手套齐全的三件套。

“我喜欢这条围巾，我买给你吧！”九九兴致勃勃地说。

“你喜欢是你喜欢，为什么要买给我？不存在围巾我戴着，你就变得光彩耀人的道理吧？”我无厘头地说。

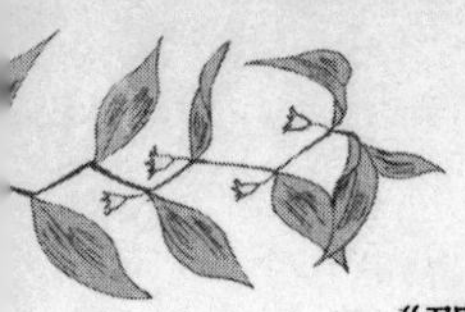

“那你到底要不要？”

“我要了围巾那手套和帽子怎么办？”我问她。

“手套我们一人戴一只，你戴左手的我戴右手的。”

“我不喜欢戴帽子。”我其实真的不喜欢戴帽子，帽子会把我的头发变成一堆稻草。

“我戴好了。”

“男士的，不过你戴着一定好看。”

九九留给我一个背影，径自走进商店。我不喜欢看九九的背影，像烦躁抽烟的感觉，所以大步地跟进去。

从商店出来，我戴着围巾，九九套着帽子，我们颠儿颠儿走进人海。冬天也开始沸腾了。在喧嚣的街上我接到余炼的电话，他说：“你跟九九在干什么？北京的街头已经冻僵了。”

他的声音有些许缥渺，仿佛北京的寒流都被他囫囵吞下。

他说：“冬天了，小七你要记得添衣服，记得把狗窝垫得暖暖的。”

余炼的声音已经浑浑厚厚的，变得京腔十足。他说让我记得添衣的时候，温暖真的就从千里之外汹涌地扑面而来。

有根冰溜挂在黑夜的屋檐说：“我是块冰，给我温暖我也会流泪。”九九乖乖地让我牵着她的手，乖乖地走在我的右边。走在大片大片的人群中，我似乎又看见东蹦西窜在泡泡堂小区10的小乖和蓝妹妹，他们分别叫“陪在你左边”和“陪在你的右边”。

九九篇：

“你不喜欢我这样的男孩，那你到底喜欢什么样的类型呢？”

“我喜欢的男孩要秃顶，要有狐臭，有啤酒肚，个子还要很矮，不能高于一米五七，你符合这些条件吗？”吴雪握着电话刺激追他的男生，我们躺在床上笑疼了肚子。

“现在到哪里找条件这么好的啊？”

“怎么没有？我上次在湖南路就看到那样的男人，刹那间我就喜欢上他了。等你符合我的条件再来找我吧，拜拜拜拜！”吴雪挂完电话被我们骂得鸡飞狗跳。

她着急了，说：“那你们喜欢什么样的男人啊？”

胡陈陈说：“我喜欢的男孩要没有狐臭，没有啤酒肚，没有不良嗜好，没有花花肠子；要英俊高大，要财貌双全，要风流倜傥。”

胡陈陈还没有说完吴雪就已经赤膊上去揍她：“你以为我真的喜欢有狐臭还谢顶的男人啊？”

苏菁巾说：“我喜欢的男孩要会哄我、会疼我、会宠我、会爱我”。苏菁巾发嗲的时候声音可以溺死了满屋的苍蝇和蚊子，可惜现在已经是冬天了，再也听不见夏天的时候苏菁巾在蚊帐里粗鲁地尖叫：“哈哈，我又干死了一只蚊子。”

冬天已经在窗外恣意地自由活动了，之前的秋天和夏天都走得不留痕迹，我把手中的《女报·时尚》扔给了苏菁巾。

吴雪的声音突然打断了窗外的一阵寒风：“别闹了，你们两个的条件有个人都符合啊。”苏菁巾和胡陈陈异口同声地问：“Who？”

“九月的男人七点啊！你们看要说财貌双全风流倜傥人家是商学院第一帅哥，而且家财万贯；要说会哄人、会疼人光看看九月那副死心塌地的表情就知道了。”

“呵呵，是啊，你看看冬天还没有到，他就把九月的围巾、手套、热水焐买来了，多体贴的小王子。”胡陈陈跟吴雪一唱一和，“对了，小月你给七点买了什么？”

“我在给他织毛衣啊，没看见我忙着在学吗？”

“就你那热度，现在是毛衣明天就变成围巾，后天就是手套，再后天就是茶杯垫。”苏菁巾自信满满地打击我。

其实我就准备织两只大小不一的手套，一只左手的，一只右手的，小七戴左手我戴右手。小七的右手我的左手是不用戴手套的，小七总是把我的左手握在手心里，然后把我们十指相缠的手一起揣进他的大衣口袋，他的手不是很大刚好可以把我的手包得紧紧的，我们依偎在一起，从秋天走向冬天。他的手总是很温暖，我的左手安心地藏在他的右手里过冬天。

每个周末我都到小七那边去，通常他都在学生会宣传部办公室，一个人做各种各样的展板，我坐在离他不远的电脑桌前，一边玩泡泡堂，一边看着他卷着衣袖一副很投入的样子。每次我看见他一副专注和认真的表情，那一瞬间都有些目眩。

那是我深爱的男孩最让我心动的表情。垂柳的枝条专注地垂下湖面，平静的湖面不也是漾起涟漪吗？

小七像一颗耀眼的新星在大一新生中崭露头角，每个周末都有做不完的展板和宣传画，我在他的办公室里安静看看书，安静玩泡泡，安静地听在线音乐，安静地聊QQ。当这些也令我百无聊赖的时候，我就开始安静地盯着小七的脸，安静地拿着排笔捣乱，安静地拖小七陪我打泡泡。

不过很多时候我是不忍心打扰他的，于是就练习周伯通的左右互搏术，自娱自乐。电脑上挂着我和小七的QQ，我用小七的QQ加了很多女孩，然后我很负责任地让那群女孩开始做梦，她们会梦见某月某天一个网名叫“右手温暖”的白马王子会踩着五彩的云与她们相会吗？想到这里我就恶性作剧地兴奋一会儿。

天空里还有踯躅徘徊的云朵，天空下面还有绿色植物在残喘呼吸还有北风凝滞在光秃秃的枝丫上游离不定。我无聊地坐在电脑前等着小七良心发现过来陪我说话。

叫着“陪在你右边”的蓝妹妹是个可爱的家伙，又穿幻影又用道具罐头。叫着“陪在你左边”的小乖是个狡猾的家伙，放泡泡还毫无章法。

“小七，不要动，让我杀了你，好不好？”

“不要！”

“那你自杀吧。”

“不！”

“那你停下来让我的蓝妹妹吻一下。”

“好吧！”

我本来想只要他一停我立马放一个心形的泡泡卡住他的，没有想到他速度更快，蓝妹妹被自己关在四个泡泡中间了。

“小七，你不爱我了吧？”

“胡扯！”

“那你怎么会坐怀不乱地赢了我？”

冬日的阳光温暖和气地从天上洒落下来，我揉了揉眼睛，看数不清的细碎光线在小七的眉间舞蹈，明晃晃的耀眼。

他说：“九九，让你觉得最幸福的事情是什么？”我想了想说：“当我从外面回来的时候，饭桌上已经摆好香喷喷的饭菜。这样我就觉得幸福。”

小七仔细地打量我，明目张胆的睁着眼睛琢磨我眉宇间的甜蜜，好半天以后才笑弯了眼睛说：“那你要负责洗碗啊！”我毫不掩饰地迎视着他的目光。

……

铁路上的风凉凄凄地吹来，小七抽出左手替我竖起衣领。

“小七啊，我们这样压着马路和铁轨过周末倒是很节省噢！”

“从西方经济学上来说，其实我们耗费了很多机会成本。”

“机会成本？”

“是啊！就是今天我们原本可以去看书、可以去兼职，但是我们什么都没有做却来压马路，中间的得失就是‘机会成本’的定义。”他竟然满脸认真地跟我解释，随后他嘿嘿地笑笑，若无其事。

一个轻浅的笑容挂在他的嘴角含苞欲放。

我讪讪地扬起嘴说：“你的口袋像一个暖和的玻璃罩，外面是寒冬里面是暖春。”

那个季节，大段的时光里，我们爱上这样的走路：白天晚上、大街小巷，还有颓败的铁轨。冬天来很久了，可是都不觉得冷。

起初我走啊走啊，一不小心就挣脱小七的手，走啊走，一不小心就从他的右边走到左边。小七生气地责备我："不是让你记得走我的右边吗？右边安全。"后来我一直乖乖地把手递到他的口袋里面，一直乖乖地走在小七的右边。

一个一个简短或者绵长的温暖句子，搁浅了那个漫长的冬天。

一个一个甜蜜或者安心的幸福表情，融化了一排树皮上的霜丝。

那年的冬天孵出好多个太阳呵！

一丁点也不冷。

二十二 我爱你

从你眼睛看着自己最幸福的倒影
握在手心的默契是明天的指引
……
我爱你我敢去未知的任何命运
我爱你我愿意准你来践踏地决定世界边境
我爱你让我听你的疲惫和恐惧
我爱你我想亲你倔强到极限的心

—— 方文山

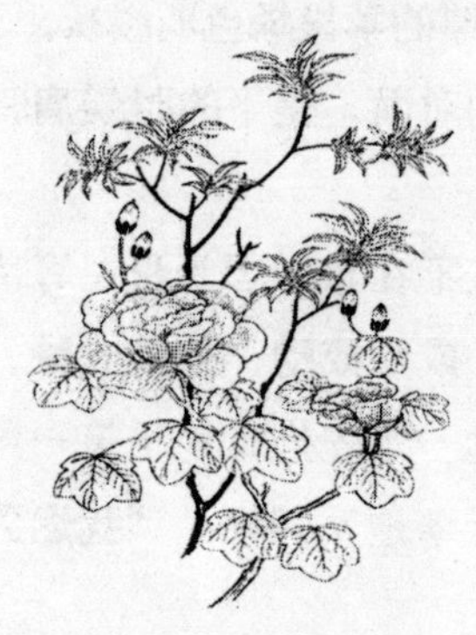

七点篇：

每一间肯德基餐厅都有一个我喜欢的座位，它依着玻璃窗边，抬头对着门口，干净剔透的玻璃门，左边拉一下进来一个人，右边推一下就会有一个人走出去。

餐盘里有两份奥尔良烤翅、四只葡式蛋挞、一只老北京鸡肉卷和两杯热牛奶。

九九还没有来，餐厅里很暖和，也有很多人，可是我是一个人。

我捏起两根手指，捂住热牛奶的杯口那排醒目的提示“小心烫口”，九九总是这样的：一边用手指盖住杯口的字，一边抿着薄薄的嘴唇去喝热饮，只是一小口，她长长的睫发一颤一颤挂上泪珠，随后委屈地说：“怎么这么烫啊。”

我一个人坐在明亮的肯德基餐厅里，等着九九，一边回想着她每次被热饮烫出一脸泪花的模样，一边小心地尝试被甜软滚热的热牛奶烫麻舌头的感觉。

不小心让杯口的字从指缝里调皮地溜出来，我卷起有些麻的舌头，麻麻的感觉就像一根根细直的线从舌尖蔓延，我尴尬地抬起头。

左半边玻璃门被推开，露出九九被冻白的脸。

我微笑着对她招手，同时从下到上打量着她。

黑底苹果绿色的阿迪Logo浅筒靴，黑色Levi’s侧兜窄脚牛仔裤，一件薄薄的高领线衫外面套着件厚厚的苹果绿色羽绒袄。

她像个多动的孩子局促地坐到我的对面，坐下的时候肩膀还瑟瑟地抖动着。

我知道她在为迟到抱歉，可是我毫不在意，因为我在等待的所有时间里，脑子里面一直有她的身影，或静或动，或笑或颦。我也知道接下来她会做什么、会说什么，她一定先抱歉地干笑一声，接着睁着眼睛温柔地对我放电，最后很无辜地反问我：“我迟到了，对不对？”

就这样，九九的表情在我的想象中如约而至般变化，没有等她说话我就伸出手握住她的手：“你的手怎么这么凉啊？不会是我在肯德基里坐了一个小时，让你等得冻坏了手吧？”

“我好不容易才溜出来的，吴雪和胡陈陈拉着我陪她们去做头发了。”

我目光炯炯地看着九九，九九一脸纯洁无瑕地眨着明艳的眼睛，长长微翘的睫毛一颤一晃地恍惚发出哗啦啦的声音，她冰凉干燥的手一点一点在我手掌恢复温度，寒冷和不安渐渐从青葱似的十指褪逝。

窗外阴郁的天空正在缓慢地酝酿着这个冬天的第一场雪。

我拿起餐盘说：“九九你等我一会，我去换热的。”

九九笑眯眯地点头，转身之前我的心突然异常温暖，像是盛开一朵火焰，穿过时间的罅隙很多个忧伤隐晦的句子迅速地沉溺在火苗之中。

很快我就端着餐盘回来了，窗外对面的十字路口绿灯熄灭，红灯亮了，裂帛一样燃烧出一地的光辉，我侧着身子把烤翅递给九九，九九打开盒子说：“一人一只吧。”

我伸出三根手指夹住她递过来的烤翅，金灿灿的翅膀有一瞬间像是展翅欲飞。

九九一边端庄地啃着鸡翅，一边问：“你知道为什么每次我都要分一块鸡翅给你吗？”

我迷糊地笑：“因为你吃不完。”

窗外的黑夜粘在清洁的玻璃窗上，像黑色的雪花般密密麻麻的文字。

九九摇摇头。

“因为你正在减肥。”

九九又摇头：“因为这是翅膀啊，明白了吗？”

这次轮到我摇头了：“恩！我明白，我明白我还是不懂你的意思。”

九九短短地嘘了一口气说：“哎！分一只翅膀给你，是想和你比翼双飞，做别人女朋友要踏实啊，我不能一个人单飞吧？”

“哈哈哈哈……”我的笑声汹涌起伏。

玻璃窗边走过两个人，一个灰色的男人，一个火红色的女人，像一张格调夸张的剪影。

九九微微皱眉，眼睫簌簌颤动，她突然说了一句神谕般的话：“小七，当我在看着你的时候，你要永远都知道我在看着你。”我停住笑，拿起一张纸巾，替她擦去嘴角的碎屑。她的声音像纷纷扬扬的落雪，顷刻间覆盖了我的思绪。

“你为什么喜欢我？”九九放下鸡骨头问我。

“因为你漂亮啊！”

“噢！原来你是贪图我的美色啊！”

我装模作样地点头。

“那你猜猜我喜不喜欢你啊？”九九抬起雪白的下巴问我。

“当然喜欢，你敢不喜欢我！”

“不对！你继续猜啊！”九九压着嗓子故意让声音变得遥远而神秘。我举起手中的鸡骨头，佯装要砸过去，骨头在我手中一副振翅欲飞的样子，可是它不会真的飞到九九的脸上，因为我知道，九九是喜欢我的。

我一样喜欢她，我对九九说：“在我还懵懂的时候，我还不知道什么是喜欢就已经先喜欢上你了。”

餐厅里唱着一首上个季节的歌：

从你眼睛看着自己最幸福的倒影
握在手心的默契是明天的指引
……
我爱你我敢去未知的任何命运
我爱你我愿意准你来践踏地决定世界边境
我爱你让我听你的疲惫和恐惧
我爱你我想亲你倔强到极限的心

一个甜甜的笑容在九九脸上晃了晃，留下了一串松脆的回声。

九九递给我一块蛋挞，她最喜欢肯德基的蛋挞，她吃着蛋挞的时候脸上会挂满一种明艳流转的神色。好几次我看见她吃完手中的蛋挞，差点忘我地去吮手指头。而我猛然发现，她所喜欢的东西渐渐全变成我喜欢的。

葡式蛋挞滑腻的奶油在齿间流连，香味开始漫溢。我想我的脸上也流转着甜美无虞的表情吧，跟九九在一起，我轻易地就满足了、轻易地就快乐、轻易地就幸福；张张嘴喝口水，抬抬头看眼星星，都是那么的美好。

九九也一样吧？我吃老北京鸡肉卷的时候总是习惯先用牙齿咬住鸡肉卷里的黄瓜条，抽出黄瓜扔到餐盘的一角，后来九九也用和我一模一样的方式吃老北京鸡肉卷，看着她用细白的牙齿叼出葱绿的黄瓜条，看着我们无名指上的银戒闪烁着一样冷艳的光辉，我莫名其妙地心花怒放。

寂寞的时候时间就像驼着笨重的壳，笨重而蹒跚；跟九九在一起的时候时间却像插上翅膀，像飞鸟飞驰。时间张开翅膀，两个钟头变成两分钟飞逝。

出了肯德基我牵着九九的手揣进棉衣口袋，九九指着马路对面的卡机电话亭说："我刚刚买的电话卡，你过去我在这边给你打电话。"

"不用了吧，像拍电影一样。"

"那你到底过不过去啊？"九九从我手中抽出她的手，推着我说，"你过去吧，把电话号码发到我的手机上。"

两座电话亭遥遥想望，中间横亘着一条喧嚣的马路，冬季的路灯疏离而冷漠。流窜的寒风时时从关不严的门缝里穿进来。

我隔着马路隔着玻璃模糊地看见九九拿起话筒。一会电话就响了，很刺耳。

我拿起话筒说："喂！你好，这里是南京新街口派出所。"

九九好像不愿意跟我胡扯，她声音很低地说："小七，我们都闭上眼睛好吗？我想这样和你说话。"

我闭上眼睛说："好的，我已经闭上了。"

当我闭上眼睛觉得电话那边的九九离我好遥远，我突然有些害怕，害怕即使睁开眼睛也看不见她，“小七，听到你的声音我的耳朵好温暖，这是我现在的感觉。”游窜的寒风从门缝挤进来，黑暗中从我脸上掠过。

我想说些轻松的话题，我更想说点笑话把九九逗笑，可是从我闭上眼睛之后，我只能感觉到眼前的黑暗浓得化不开。

九九说：“小七你讲个故事给我听。”

我说：“好吧，不过听完故事你就要乖乖地睡觉啊！”我一直想说些能让九九发笑的句子，那是我说的第一个诙谐的句子，九九在电话那端第一次笑，我闭着眼睛就感觉她的笑声像一片柔软碧绿的水包裹了我的身体。“我们故事接龙吧，我先说，你准备接啊。”

九九说：“好的。”我说：“你要有点专业精神啊。”九九说：“好的。”我说：“那我开始了啊。”

九九说：“好的。”于是我就真的准备说了。

九九突然打断了我：“小七，你等等，说故事之前我有其他的话要对你说。”我说：“好的。”九九说：“你不要睁开眼睛啊。”我说：“好的。”九九说：“那我说了。”我说：“好的。”九九说：“我只说一遍，你要听仔细。”我说：“好的。”

于是九九真的说了：“小七……我爱你！”

我听见了，在一片浓厚的黑色里，有一个温柔之极的声音像一线耀眼的光芒拨开黑暗，让我有些晕眩。

九九篇：

就像一部正在上映的电影。银幕里有几棵梧桐，风吹动着冻僵的枝丫。有十字路口的红绿灯，绿色的那盏总是不亮。有这一边的一排服装专卖店，有那一边的高竿灯和稀朗行人。隔开我们的是条喧嚷的马路。我，你，我们在两座遥遥相望的IC电话亭里讲电话。

你不知道吧，你的声音在话筒里多好听，像团棉花糖蓬松松的、温软软的。于是我闭上眼睛。专心地聆听，我也让你闭上眼睛。

闭上眼睛是一片黑色，只有你好听的声音。

我们商量好握着话筒故事接龙的，不过在讲故事之前我有句话，想对你说。

这句话，在我心里，像株植物欣欣向荣地生长。今天我就要说给你听，你要仔细听。在我说这句话之前，我先回忆一下，于是我看见你，那时的你。你扬起右边的眉毛、你嘴角边辗转流离的微笑、你竖起一根手指上下抚摩鼻侧，路边的紫薇花被风吹落，零零散散地落到我的裙摆上，你蹲下了，一一替我择下来。

那是我第一次想对你说，想说这句话。

很抱歉，到现在我才说给你听。我说了，你要仔细听好："小七……我爱你！"好像海水翻了个身，激起磅礴的一片浪花，我被淋湿了，额头上很快发起沉沉的低烧。

话筒里那么安静，你一直没有说话，我也没有。但是我清晰地听见你呼吸的声音，你的呼吸，像一个一个剔透晶莹的水泡，漂浮，不断地漂浮，漂到水面开始一个接一个的炸裂，蒸发。

对不起小七，我今天是不是太低调了。那我就明亮一些吧。

于是我就挑破沉默，"好了，该你讲故事了。"

你开始讲故事：静寂的天堂一阵仙乐飘零，有一个男孩指着一个满脸忧伤的女孩对上帝说："亲爱的上帝，下辈子让她快乐起来吧，我愿意把我的所有快乐都给她。"上帝掠了掠长髯疑惑地问："你真的愿意？"男孩又看了看女孩忧伤的眸子笃定地点点头，上帝甩了甩额前的刘海答应了，女孩凄凉的眸子里滑出一滴晶莹的泪珠……好，到你了。

我接着往下说：男孩和女孩在某一个日子里变成婴孩降落人间，在不同的城市渐渐长大，女孩是带着好看的酒窝出生的，她成长的城有遍地的石榴，经过每一棵石榴树女孩都明艳的微笑。男孩成长的城市有片海，海滩边沙细细水蓝蓝，男孩沿着海滩一路往前走身后是一个一个落寂的脚印……好，到你了。

小七接着说：男孩女孩带着不同的经历考进同一所大学，经过一排一派高大的法国梧桐，男孩一回头就看见女孩，他说了一句连自己也莫名其妙的话："原来你也在这里啊？"女孩也莫名其妙笑了起来，一脸的明媚，后来的日子男孩发现女孩总是甜甜地笑，女孩一笑他就很欣慰、也很心动；女孩也发现男孩好像总是很忧郁，看见男孩忧郁的脸她会奇怪地心疼。满地梧桐的校园里，男孩好像永远不懂得笑容、女孩也不懂得烦恼。Over，you go on。

我接着说：在一个深秋的午后，满树的梧桐叶大片大片凋零，像一场缤纷的梧桐雨。女孩对身边的男孩说："我不能做你女朋友，一个不懂得快乐的人，是不懂得让别人快乐的，但是看见你忧伤的样子我不知道为什么，会好心痛，我虽然不愿意做你的女朋友，可是我愿意把我的快乐都分给你……"

我给故事做了个短暂却布满伤口的结局。小七说："不行，你怎么这样？不准你说成悲剧啊。"我也不知道为什么会给它安上一个悲剧的结尾，可是小七，这个故事的开头就注定有悲伤的结尾啊。

小七接着说：男孩安静地说："天开始凉了，你，记得添衣。"于是漠然转身，女孩注视着男孩离开，男孩的背影僵硬而扭曲，突然记忆深处一些尘封的画面开始闪烁，女孩于是冲上去从男孩背后紧紧地抱住他。

我觉得这样的结尾太生硬俗套了，忍不住接着说："时光荏苒，梧桐树叶绿了、黄了、又绿了，转眼就到毕业。女孩回到了她的城市，那里满街满巷的石榴树挂满嫣红诱人的石榴；男孩又回到海滩，海滩上形形色色的贝壳朝朝暮暮地记录着海的吟唱……

我闭着眼睛，眼睛有些酸了，我张翕着嘴，嘴有些干了，小七突然打断我说："好了，好了，九九你欠揍啊，都说了不是悲剧。"

一瞬间，一滴水从黑暗的溶洞里滴落到石头上，发出珍珠落地般清莹的响声。

一瞬间，我就流泪了。

小七啊，我该怎么跟你说？

和你在一起是我的梦想，如同阳光明媚的周末牵着你的手坐到姹紫嫣红的山坡，和气的风，艳丽的太阳在花丛深处画出团团愉悦的笑靥。是的，梦想就像这样，摘回来的是鲜艳欲滴的花瓣。

可是我还有一个理想。理想和梦想是不同的，理想是爬一座海拔很高的山，左一脚崎岖，右一脚艰险，要一步一步一天一天艰难跋涉在蜿蜿蜒蜒的山路上，历尽艰辛才能登上山顶。

小七，我深爱的小七，你知道吗?

我该怎么跟你说呢?

当我完成了梦想，如愿地和你在一起，幸福和甜蜜从梦里渗透到白天。和你在一起永远有新的喜悦，永远觉得时间过得太快，永远觉得拥抱太少。即使面对面看着你，看着你的时候仍然好想念你。

当我完成了梦想，我的理想也实现了。

我获得交换生的名额，可以去英伦的牛津度过剩余三年半的大学生活。

“九九你怎么不说话了？”小七在电话那边问。

“嗯！”我轻轻答应着。

“九九，我要睁开眼睛了，好久没有看见你了，有点想你！”

“嗯！”

我同时也睁开眼睛，突然的明亮让我一阵头晕目眩。

就像一部正在放映的电影，一场默片，夜幕里星光蔫倦，没有声音；马路上一辆车徐徐驶过，没有声音；身后的矮墙，一只流浪的猫低着僵冷的脖子经过，没有声音。十字路口红灯终于熄灭，绿灯亮了。

一个穿黑呢大衣的男子，从斑马线穿过，没有声音。

穿黑呢大衣的男子穿过马路，拉开电话亭的玻璃门站到我面前。

我抬着下巴恍惚地看着他。

他刻薄地叫：“看什么看?没有见过帅哥吗？”

我仍然抬着下巴无声无息地看着他，我的眼睛从他的下巴爬到他的鼻梁，从他的鼻梁爬到额头，最后落在粉红色镜片背后的眼睛里。

他解开大衣扣子，把我抱进怀里，用大衣裹着我。

闻到他身上熟悉的高夫润肤液的味道。

我听见他梦幻般美好的声音，如同故事里一场没头没尾的樱花雨在下：

九九，我一生最欣慰的事就是和你相遇，我一生最满意的事就是和你一起长大，我一生最成功的事就是和你相恋；我最快乐的事就是牵你的手，我最幸福的就是抱着你，我最甜蜜的就是吻着你，我最想做的就是和你在一起。

我趴在他的肩头，眼泪像决堤的河。

二十三 红豆

还没好好的感受雪花绽放的气候
还没跟你牵着手走过荒芜的沙丘
有时候有时候我会相信一切有尽头
相聚离开都有时候没有什么会永垂不朽
可是我有时候宁愿选择留恋不放手

—— 林夕

七点篇：

有一场雪正在落下，那是我来到这个城市的第一场雪，它素裹了二〇〇二年的冬天。我没有看见它落下，那时我正在被窝里睡眠，我睡了整整一天。我也没有看见它融化，那时我也藏在被窝里睡眠，我又睡了整整一天。

可是我记得那场雪，那场素裹了二〇〇二年圣诞夜的雪。

我站在雪地里，看见无数只脚印；大的小的、深的浅的，却只有两个方向：离开的，回来的。我站在中间，徘徊、迷茫，天还是蒙蒙的铅灰色。

那场雪花绽放之前，九九的室友苏菁巾跟我说了一句话，她说："快下雪了呵！……你还不知道吧？九九为了你不愿意去牛津，她说三年半的时间太长。"那时的天空已经是铅灰色的，便秘一样吃力地分泌着一场雪。"九九说，为了你她愿意放弃所有的一切！"

那一刻我很不知所措，苏菁巾都走远了，我也没有说声谢谢。"谢谢你让我知道，但是希望你不要告诉九九我已经知道这件事，我想我知道该怎么做，虽然现在还没有想好，不过很快我就会想明白的。"

也许根本不用想，到时候自然就知道该怎么做。

就像那场雪，不知道它什么时候来的，醒来就看见白茫茫的一片。

厚厚的鸭绒被暖着我的身体，寝室里音响开得好大声：

还没好好地感受雪花绽放的气候
还没跟你牵着手走过荒芜的沙丘
有时候有时候我会相信一切有尽头
相聚离开都有时候没有什么会永垂不朽
可是我有时候宁愿选择留恋不放手
……

满屋的音乐就像盘旋的寒风啊，我藏进被窝深处，第一个告诉我下雪的是九九，一大早在电话里她的声音就充满喜悦：“小七，你快起床，下雪了！今年的第一场雪！”

第二个告诉我下雪的是老四，他上完课从教室回来掀开我的被子：“老三起来了，快去陪九九看雪吧。”

我睁着眼睛问他：“我是不是太自私了？我应该为九九高兴的，可是我却很难过。”

“男人都这样！”

“明天是不是就是平安夜？”

“其实你不用多想，心里怎么想的就怎么去做。”

“我没有想很多，只有想该怎么做她才愿意去留学。”

“如果真的害怕时间会改变一切，就自私地留下她。”

“我的妈妈为了我爸爸放弃了她出国的机会，放弃了她深爱的音乐义无反顾地留了下来。”

“你妈妈和你爸爸感情一定非常好吧！”

“我的傻妈妈在结婚之后的日子里，很不快乐，后来他们不停地吵架，甚至决裂了要离婚，就在离婚前几天她住进医院，在我还是孩子的时候我的傻妈妈永远离开了我。”

“老三……”

“没有关系，所以我才觉得九九一定要出国念书，如果因为我放弃了她的理想，我们今后一定不会快乐，也不会幸福的，所以就算让她恨我，我也一定要她出国去！”

“那你想好怎么做了吗？”老四走过来，左手搭在我的肩膀上，我点了点头对他说：“老四，把你枕边的相册给我看看。”

我翻看着老四的相册，我知道他每天睡觉前都会翻看一遍，我发现那些照片上陌生的脸、陌生的天空和陌生的街道没有一张重复的。没有同一个天空、没有同一条街道、没有同一张面孔重复出现在两张照片上，都只是沿途路过的风景。

我放下相册说：“平安夜我们一起吃饭吧，我们四个和九九寝

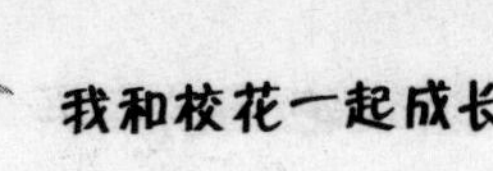

室四个。”

老四推了推鼻梁上的金丝眼镜点点头。

我想了想说：“晚上，让老大别去上自习，还有老二也别让他出去。兄弟们陪我去买花，我还没有送过九九玫瑰。”

十二月二十四，平安夜。

梧桐从白色的雪花被里翘出枝丫，满街的灯火和夜空的烟花是装点这个节日的珠链，于是这个从西方泊来的节日被打扮得流光溢彩妩媚可人。

一棵巨大的圣诞树在温馨的咖啡屋中央，洋溢着、流转着浪漫的旋律，九九、吴雪、苏菁巾、胡陈陈还有我，我们围坐在圣诞树边的檀香圆桌上，我说：“我们再等一等，我那些兄弟们马上就来了。”圆桌的中央点着一根紫色的香薰蜡烛。

她们一边说没有关系，一边情不自禁地看着门口。门口有一个背着礼物的圣诞老人，路过门口的人都可以收到一顶圣诞帽，此刻我们的圣诞帽就带在头顶上，屋里拉满的红的紫的拉花、气球和彩灯，玻璃上用彩喷喷满歪歪扭扭的中英文“圣诞快乐”。墙壁上是埃及文石碑、维多利亚画像。其实老四他们三个早就来了，他们正在舞池后面替我布置。我要做一件浪漫的事。

屋里氤氲着西洋的浪漫，这个浪漫的屋子把浪漫、喜悦当成圣诞礼物分给了每张桌子上的客人。我也很开心地和身边的人谈笑风生。

苏菁巾说：“这个地方真不错，连卫生间里也有银嘴香水杯。”胡陈陈说：“是吗？那吴雪我们进去看看。”

吴雪和胡陈陈离开了桌子，九九还挽着我的手伸着耳朵和苏菁巾说话。“九九，你去门口的超市给我买瓶百事可乐吧。”“嗯？这里没有吗？”“这里没有，你出去给我买吧，你已经好久没有买百事可乐给我喝了。”

“噢！不是不买，是我已经知道它喝多了对身体不好，那你们坐这里，我马上回来。”

九九站起来，苏菁巾突然拉住她：“你把我的包带着，不然酒水带不进来的。”九九拿着包走到门口，我对苏菁巾说：“谢谢你告诉那件事，我会让她去留学的。”轻缓的音乐里她满脸关心地问：“需要我帮忙吗？”“好的，你帮我让她以为我不知道这件事。”

这时候胡陈陈和吴雪从檀木楼梯上走下来，老大、老四和老二从舞池后面走出来，他们一起对我打了一个OK的手势。

“人都到齐了，咦，九九呢？”

“噢，她出去买东西，诺！回来了。”

“外面又飘起雪了，好美啊！”九九一边打招呼一边寒暄。

我接过可乐笑着说：“这是第两千两百九十九罐百事可乐。”

面容精致的服务员拆去桌上的蜡烛，我们八个人戴着八顶圣诞帽围在一圈，洋洋喜气就像此刻面前的冒着冉冉雾气的鸡柳火锅，就像火锅旁边烤金了皮的火鸡。

“我们还是喝干红吧。”老四提议，几个女孩也点头附和。

很快酒杯在桌上默契地变幻方向，首先矛头对着我和九九。

“我们敬男女主角。”老二首先端起酒杯。九九端起酒杯说：“不对，首先是圣诞快乐，我们八个人都喝一杯，然后你们三个迟到的家伙罚酒三杯。”

后来变成两个寝室火拼，我们寝室四个人除了老大，其他都是可以等到毕业的时候，在就业推荐书特长那一栏填上，特长：喝酒。可是她们几个女孩除了九九那是一个比一个能喝啊，九九只要一沾酒脸就会变驼红色。那是我们八个人第一次聚在一起，那样的气氛多温暖，酒杯里摇晃的都是天伦之乐。那样丰厚的快乐就像很小的时候，妈妈还在身边的年夜饭。

酒杯里摇晃的暗红端起来就像退潮的海水，我感激地看着面前的每张脸，谢谢你们，让我今天如此幸福和快乐。

老大说：“好了，今天酒店还有圣诞晚会，我们不要喝多了，大家还是保存实力，下次再喝吧。”

胡陈陈放下酒杯说：“那好。下次我们决一雌雄啊？”我们捧着肚子一起笑她："小姐啊，事实上你本来就是雌的。"

饭后我们喝着热饮，晚会开始了，我突然就好激动。

老四贴在我耳边说："放心吧，一切都准备好了。"

晚会的节目一个接一个结束了，我越来越激动。九九突然握住我垂下的手，"咦，你的手怎么这么凉啊？"我说："没有关系，喝了酒就这样。"灯光下九九驼红的脸楚楚动人。她柔软的头发痒痒地荡在我的脸际，我这时才发现九九今天是那么的漂亮。

虽然她的室友都很漂亮，餐屋里很多女眷也都很漂亮，可是九九是最光彩照人的，我不知道怎么形容九九的美丽，可我看得出来所有美丽的女孩在九九面前都会黯淡失色。

很快晚会到了第二篇章，就是观众自由表演。

这时九九握着我的手说："你在抖什么？"我尴尬地笑："没有什么，我高兴嘛！"老四看了我一眼，把手搭在我的肩头轻轻地说："我去后面通知一下。"

我笑着点头说："谢谢。"

舞台上一支旋律结束，主持人款款地走上舞台报幕："下面有请12号桌年轻英俊的先生为大家表演钢琴独奏。"

所有目光都汇聚在我们桌，吴雪她们都看着我和老大老二，九九满脸诧异地看着我，我笑着松开九九的手，掌声一片。我突然就不紧张了。

踏着掌声走近钢琴，活动活动手掌之后我坐下来，在对面柔和的灯光里我看见九九正含情脉脉地凝视着我。我爱的九九，你不是一直说，喜欢看我弹琴的样子吗？你说我弹琴的样子比余炼弹吉他的样子还帅，今天我要弹给你听。

等掌声熄灭，下面的灯光也熄灭，我对着话筒说："我女朋友说我弹琴的样子很帅，所以为她弹一首《致爱丽丝》，祝她圣诞快乐，还有我想对她说'我爱你'，因为之前我从来没有对她说过这三个字。"

下面的掌声像潮水打断我的话，我凝视着九九，虽然灯光太暗可是我仍能感觉到她的呼吸。九九啊，我爱你！“九九，我一生最欣慰的事就是和你相遇，我一生最满意的事就是和你一起长大，我一生最成功的事就是和你相恋，我最快乐的事就是牵你的手，我最幸福的就是抱着你，我最甜蜜的就是吻着你，我最想做的就是和你在一起。”

那个圣诞谁在对谁说话，谁又记得谁的话，谁转身又忘记。

我的手指轻舞在黑的白的琴键上，我专注地，隐藏暗涌的泪水，我的琴声在述说：“是的九九，我最快乐的事就是牵你的手，我最幸福的就是抱着你，我最甜蜜的就是吻着你，我最想做的就是和你在一起。九九，九九，不管明天怎样，不管物是人非事过境迁，你和我，我们都要好好的、平平安安、健健康康。你是我今生唯一的羁绊。我是如此爱你，你，感觉得到吗？因为爱你，所以我让你离开，你去吧，你一定要去，去实现你的理想，不要管我，不要管我！”

我的琴声你能明白吗？

只有最后一个尾音，它就结束了！

我的眼泪隐藏在掌声里，无声地滑落。

一束灯光突然打到九九的身上，我看见灯光里九九已经泪流满面。

老四从幕后对我使眼色，我点了点头，一个圣诞老人推着一车玫瑰在轻缓的音乐声里走向灯光下的九九，车前点着香薰蜡烛，是数字21到30的字样。

我凝视着九九，九九凝视着我。

我远远地对她说：“九九，我曾经答应过你，我们是在二十岁相恋的，等到你二十一岁生日我会送你二十一支玫瑰，等你二十二岁我送你二十二支玫瑰，一直送到你六十岁生日，我怕以后会忘记，所以今天我就送给你，这两百五十五支玫瑰是你从二十一岁到三十岁的生日礼物。”

九九，原谅我骗了你，我真的很害怕，害怕三年的时间会改变我们，我害怕以后没有机会实现我答应你的诺言，所以今天都送给你。

第一辆花车停在九九面前，第二辆花车被第二个圣诞老人推出来，前面的数字是31-40的字样，“九九，这三百五十五只玫瑰是你三十一岁到四十岁的生日礼物，那个时候我们已经有了自己的家。有最温暖的亲人，那个时候我们仍然是最相爱的。”

第二辆花车停在九九面前，而九九被泪水打湿的眼睛还能够看见我吗?

随后是第三辆花车。

“九九，这四百五十五支玫瑰是你从四十一岁到五十岁的生日礼物，那个时候你还一样的漂亮，可是我一定开始变老了，我最担心的就是你会开始嫌弃我，所以你答应我好吗？当我老了以后你也不要嫌弃我，不要丢下我。”

最后一辆的花车被最后一个圣诞老人徐徐地推出来。

“九九，这五百五十五支玫瑰是你五十一岁到六十岁的生日礼物。那个时候你就死心塌地地跟着我吧，我们安安静静开开心心地变老，然后再约好，约好下辈子重新在一起。下辈子重新在一起。”

我站起来，泪水开始蔓延，原来痛苦的时候眼泪真的是苦涩的，苦涩的。

对不起，九九，过了今天我就要离开你，你要坚强。

对不起，朋友，因为我让你们在今天这样美好的日子里买不到玫瑰。

九九篇：

下雪了，满世界白色。

以前跟梅寒在一起的时候，她一见到雪就会尖叫，任何地点，任何时刻。甚至在课堂上，她也会毫无征兆地尖叫起来。

那样美丽的梅寒穿着漂亮的羽绒袄，站在雪地里，那一片冰雕玉砌的世界，她一脸斐然地对我说："我喜欢雪，我太喜欢雪了，我就是在下雪的时候来到这个世界的。"

现在想起那幅画面，我的心情还能够被她红扑扑的脸渲染，变得和她一样激动。可是梅寒呢？只有刚刚出国那会儿，邮箱里能收到她的只言片语，后来就毫无音信。他们一家人在国外生活得还好吗？像她那样开朗的家伙一定有了一大群黑人白人朋友吧，所以连我也忘记了。

那个从小到大一直揽着我的腰，在我的生日里送我巧克力的女孩，因为距离真的就把我淡忘了吗？怎么会？梅寒明明认真地对我说过："不论什么时候，不论我在哪里我都少不了你的生日礼物，因为我的礼物是我的心，陪着你成长。"

梅寒不管怎么样，你要好好的保重，好好的开心。

我想三年多的时间真的可以改变很多的东西，就算做加法，三年多也就是一千多个日升日落啊，一千多个日升日落会淡化多少感情啊。所以我已经决定不去牛津了。其实刚进这个学校我就知道我们专业每一届都会选送二十个学生作为交换生去牛津学习，那时候我还担心不能和小七做满十八年的同学呢。

原来注定我必须和小七做满十八年的同学啊。

平安夜小七终于为我弹了钢琴，而几年前他站在钢琴面前发誓："从此我就封琴了，我的琴声只给我最爱的人听。"

小七坐在钢琴前面的时候，就像变了一个人，俨然是从高耸的古堡里走出来的王子，高贵轩昂。多少次我都是在他琴声悠扬的梦里醒过来，醒过来的时候，我担心再也听不见小七的琴声。

弹琴的小七，手指间都粘着音乐。

美丽的曲子，在小七指间汩汩流动。

我以前一直都在心里抱怨，抱怨小七都想不起来送我玫瑰，现在再也不感到委屈了，我那个晚上收到了未来四十年的玫瑰。

我可能是这个世界上收到玫瑰最多的女孩。

那个季节有一片很大的玫瑰花园。春天成群的蜜蜂辛劳地采蜜，蝴蝶为它们舞蹈。夏天园丁们勤快地浇水，灌溉。清晨的露珠儿弄湿了他们的裤脚。到了收获的季节，花匠灵巧的双手修剪着枝丫、精心地装饰。

在二〇〇二年，上帝在云端眨了眨眼，我的男孩霸道地占有了整个花园的玫瑰，请上帝您不要责怪他贪婪，其实他是为了我，看在他爱我的份上请您原谅他。

那么多的玫瑰搬到寝室里，每一颗空气都沾满浓厚的芬芳。

其实除了感动，我心里还有一丝不安。

辗转难眠！

二十四 流年

爱上一个天使的缺点
用一种魔鬼的语言
上帝在云端只眨了一眨眼
最后眉一皱头一点

手心忽然长出纠缠的曲线
懂事之前情动以后
长不过一天
留不住算不出流年
哪一年让一生改变

—— 林夕

七点篇：

每朵云里都藏着一个天使
白皙的翅膀
白净的笑容
你就是那群天使里
最爱耍赖爱生气的
我吐了个烟圈
把你呛醒
你揉揉眼睛看见我
褪掉翅膀
降落在我怀里

九九你是天使，我偷偷地把你藏在身边，只为了能和你相爱。

那时已经是二〇〇二年的十二月末了，冬天从某一座年代久远的堤岸冰封了仓促的浮光，伶仃的枝丫盛开出零星的冰花，闭上眼睛听见整个冬天轰隆隆地碾过天空，闭上眼听见二〇〇三年踯躅地走来。

过完圣诞节我提心吊胆地过着日子，害怕自己跟九九在一起的日子会被一个素淡而简洁的句号终止。

那时候九九每个星期六上午都有课，她上课的时候我会站在外语学院那幢教学楼前等着她，阳光从眉心穿过，那些被睫发筛过的阳光总带着恍恍惚惚的恐惧和未知的忧伤。有时候我也会想着九九，她抬起下巴的时候，手里在旋动笔杆吗？她迅速地记录笔记的时候，眉心是紧紧地皱着吗？她埋头读单词的时候，有没有下意识地舔了一下嘴唇呢？

想着想着，那个季节最后一片落叶从阳光的罅隙里坠落，于是我的耳朵里不断地回荡着落叶的声音，落叶在我脚边虚弱无力地呻吟着。风从我的侧脸吹来，像一条又一条杂乱而扭曲的线条，在空中彼此缠绕。

我一直想问问自己：

那个冬天，是落叶凋零隐灭了我的笑容？还是我隐熄了笑容让树叶开始凋零？

我开始小心翼翼地挪动自己的脚，我担心一不小心，落叶会在我的脚底支离破碎。远处的草坪上，阳光倾洒的空间里，有两个女孩埋着头看手中的书，长长的头发垂下来，像一幕沉吟着的瀑布般倾泻。凉凉的风在她们身边左右顾盼，于是书页在风里发出哗哗的声音。

那声音生动极了，像是一行行墨香殆尽的文字变成一只只在茂盛的草丛里吟唱的夏虫，婉转而脆弱地鸣唱着。

九九快要下课了，我情不自禁地点了根烟，烟杆上依旧有九九写的字："烟灭了灰飞，你便不寂寞？"阳光从烟杆上匆匆地爬过去，忧伤汹涌地从我胸腔里穿过。我低下头，落叶在我脚底下刚刚残喘完最后一口气息，我看着脚边那些叶片上破碎的伤痕和疼痛脉络，心房里像是有大片大片的乌云沉积。

每一片乌云都带着绝望的呜咽。

这个时候铃声响了，九九踏在铃声的末梢向我挥手，我熄灭了烟头，她熄灭了笑容。

九九站到我面前，刚好踩在那片破碎的落叶上。

"你怎么又偷偷抽烟啊？"

我没有回答九九的话，只是睁着眼睛捕捉九九眼角飞逝而去的忧虑。然后我在心里说："我不抽烟了，只要每天都能看见你，我就不再抽烟了。可是……以后我还能够每天都能看见你吗？"

九九发觉我的低迷，我突然不敢去看她的眼睛，我觉得那双眼睛清澈得像是山坳里的溪涧，我害怕去和她对视，我害怕我的心思会清晰地倒映出来。

阳光从天上掉下来，砸在九九长长的眼睫毛上，九九颤着长长的睫毛伸出手挽住我的胳膊。

我抓住她的手，又抓住她另一只手，捧在手上，把她的手拢在一起在她手心里哈气。我问她："这么冷的天，你为什么不戴手套？"

九九在我眼睛里笑了，依稀如梦，我就那么清晰地看见一朵梨花，白净地飘落在她的肩头。九九从我掌心抽出手，轻轻地贴在我的脸颊上，冰凉冰凉的感觉像涟漪在我脸上荡漾开来，我的脸竟然有些发热。

九九又重新把手塞进我的掌心说："你的手不就是我的手套吗？还是真皮的呢。"

我握紧掌心，转身离开。

风从地面吹起来，支离破碎的树叶在风中撕扯流离。

经过另一棵光秃秃的梧桐树下，九九的嘴角拱起一道弯弯的弧，她伸出另一只手说："拿来吧，组织上决定没收了。"

我从口袋里面掏出烟递过去，看着九九把烟盒装进包包里，我觉得她的动作有些忸怩，有那么一刻，我的心陡然加速。

我咧着嘴说："九九，我还有一包呢，在左边口袋里面。"

九九隐忍着脸，把手伸到我的下巴下，我又把第二包烟交给了她，她拿着烟问："还有没有了？"我点点头说："还有一包，在里面口袋里。"

阳光像潮水一样汹涌地退去，我并没有告诉九九，其实我喜欢这样的感觉：你假装凶巴巴地没收我的烟，你假装凶巴巴地教训我，所以今天我特意又买了二包烟，就是为了多看看你佯装生气的表情。

还有，我还喜欢你蹂躏我的头发，还喜欢你站在风里叫我"猪"……以后这些都会变成回忆，手心里的潮湿会风干，声音里的温度也会冷却，可是我的头发会越来越长。

天黑的时候，九九问我："晚上想吃什么？"她一问我就笑了，于是我们就站在红绿灯前停下来。每次都是这样，在街上逛啊逛啊，到了吃饭的时候我们就傻了。

每次都要停下来商量很久，我说我们去吃料理吧，九九就摇头说：“不想去。”我说：“那我们去吃泡菜吧！”九九又摇头说：“不去。”我很少问九九她想吃什么？因为她是真的对去什么地方吃饭、去吃什么都毫无主见。

我只是观察她想吃什么，然后提议，就比如说那天我知道她其实对火锅还是很有兴趣的，所以我很快就说：“我们去吃鸡柳火锅吧。”九九眉色一亮说：“咦！对啊，那我们去吃火锅好了。”

九九的话带着口中呼出的白色雾气，弥散在黑色冰凉的空气中，变成轻薄轻薄的羽纱，飘起来，又融化了。

吃完饭，从暖气里走出来，凶狠的寒风一眨眼就灌满了我的大衣，我伸出手，紧紧地揽着九九的肩，九九抬起头对我笑，恍惚的绚艳的笑。

有时候九九的笑会留给我一段段冗长而恬淡的回味。

路过公园的时候，星光悄悄从树枝的缝隙里面掉落下来，像液体一样晶莹流转，凄美而清澈如同离别的情人挂在眼角的眼泪。

我在树下抬起头，那清冷的夜幕里点缀的繁星成为那年冬天最深刻的记忆。

九九梦呓般甜美而脆弱的声音一直一直停留在我耳边：小七，这个冬天好像并不冷呢。

夜晚的街灯一点一点地洒在地上如冰凉的河水般漫过我们的脚背，我点点头说：“那是因为我们相拥在一起啊。”

九九篇：

到了夜晚
魔鬼总是穿着华丽的燕尾
捧着瑰丽的花束
停在女孩的窗前甜言蜜语
而你
没有捧花也不愿说话
花总会凋谢

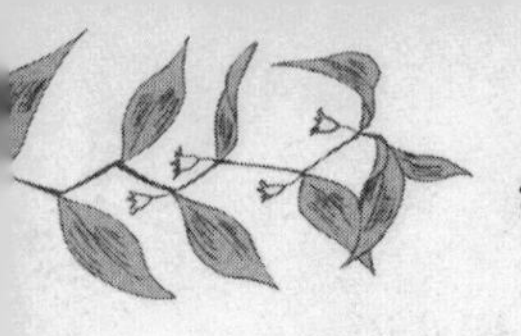

声音也会冷寂

其实

我的魔鬼

只要你眨眨眼

我就会爱上你

义无反顾

月光挂在谢顶的梧桐枝头上，一地的清越残碎。

那么冷的风吹到我面前就开始弥散，那么冷的天我们却坐在公园的秋千上，我的脸埋在你的怀里，寒风就在我们身边喧嚣。

你问："冷吗？"

我在你怀里摇摇头，想想这样的动作你不一定能感觉到，于是又开口说："我不冷。"我是真的不冷，你把我抱得那么紧。

秋千轻轻地荡，月亮轻轻地摇。

远方的音像城传来王菲慵散的声音，我跟在后面轻声哼唱："爱上一个天使的缺点，用一种魔鬼的语言，上帝在云端只眨了一眨眼，最后眉一皱头一点，手心忽然长出纠缠的曲线，懂事之前，情动以后，长不过一天，留不住算不出流年，哪一年让一生改变。"

唱着唱着我想了想，说："小七，你再不跟我说话我就要睡着了。"

实际上每次依偎在你怀里，闻到熟悉的香味我就有些晕眩，有些乏力。

今天你总是很沉默的样子，眉头都扭曲了，纠结在一起，我心里就一阵难过。小七你知道吗？在你身边我总是甜蜜蜜的，心也暖暖的，我想这就是幸福吧，我现在很幸福。

只要幸福就够了，我没有野心的，对我来说，其他的东西就像天空的浮云，风一吹就散了；就像枝头的积雪，阳光一照就消融了。

"小七，你冷吗？"我解下围巾裹住你的耳朵。

我突然想起小时候，我害怕过马路，所以每次都一副横冲直撞的样子，不走斑马线，不看红绿灯，我总是闭上眼睛说："不管了，死了就算了。"就在第一次和你结伴上学的时候，我一路走在你的旁边，悄无声息地就穿过马路，以至于后来我怎么也回想不起来当时是怎么过了马路的。所以我开始每天等在楼下和你一起去上学。

我从你怀里抬起头，夜色倒映在你的眼睛里，你的眼睛倒映在我的眼睛里。

虽然遗憾，也很舍不得，但是没有关系，我决定不离开，而且无论发生什么我都不要和你分开，靠在你怀里，那熟悉的香味总是有着最真实的质感。

我仰着头看天空，英国是在哪个方向呢？于是静默的夜幕开出了伶仃的星花。

我突然就想起第一次跟你约会的情形，六点的约会从下午两点就开始在宿舍忙，你说过喜欢头发秀丽光滑的女生，于是我就洗头。你说你喜欢扎着马尾的女孩，于是我就在镜子面前扎起马尾，还在镜子前换着一套又一套衣服，最后就迟到了。

而你因为我迟到变得很不耐烦，发了下脾气然后就转身走掉了。在回来的路上我就哭了，眼泪经过脸颊的时候，那么缓缓地滴下来，粘粘的、痒痒的，风一吹还疼，我用手背抹了抹，路人都看着我，可是我一点都不在意。因为在我心里，真的无所谓在别人面前有多丑，我只想在你面前变得好看。

可是我一转身就发现你，原来你一直跟在我后面。

你说你永远不会让我哭了。

从那个时候你开始轻轻柔柔地对我说话，声音暖暖的还有点磁性，像西子湖畔垂柳枝头的微风一样柔和。你说的话我轻易就相信了，你说的话我轻易就记住了。

我又莫名地想起高中的时候，阳光像蜗牛一样慢腾腾地爬在钢琴键上，那个时候梅寒总是问我喜欢不喜欢你，总是说你不回答我我也知道，全班都知道。只有你们自己欺骗自己。是啊，那个时候我就已经好喜欢你了，但现在不喜欢了。

现在的我，很爱你。

那时候的我们从来不说郁闷，不会说无聊，总是行色匆匆地穿过每棵梧桐下。

“小七，你想念他们吗？”

“谁？”

“梅寒、余炼、盛夏。”

“想啊，过年我们就可以聚在一起了，余炼说新年的时候我们都要回去，站在学校大门口重新穿起粗糙的校服重新拍那张少了他和梅寒的毕业照片。”

“梅寒会回来吗？”

“当然会。”

你给了我一个肯定的答案，可是却让我听见了懦弱慌乱的语气。

风开始在我们耳边呼啸，星光被一层白霜蒙起来。

我悄悄地打了个冷颤。

你停在我的耳边说：“很冷吧？我们回去吧。”

我点点头想站起来却发现脚早已经冻僵了。

公园的最左边，有盏灯突然熄灭了，灯光变暗的时候你终于露出明亮的笑容，你哆嗦着说：“好冷啊，我的脚冻僵了，你的脚怎么样？”

我使劲跺跺脚，连忙摇头说，没有事、没有事，我的脚感觉已经冻掉了。

今天已经是十二月二十九号，闭上眼睛就可以听到新年一步一步地朝着我们走过来的声音。面对岁暮的悲哀，我把骨子里所有的勇敢都拽出来抵挡这种悲伤。

“小七，我又老一岁了，怎么办？”

清亮的星光下，我看见小七缓慢地笑起来，月光从枝叶间碎片般地掉下来，掉进他黑色的瞳孔里面。小七邪邪地笑，霸道地把我拥入怀里，在星光的窥视下旁若无人地吻我，寒风干冷的味道从他的唇边传递过来，我缓缓闭上眼睛。

于是重复地看见弹琴的小七，看见音乐从他纤长的手指间汩汩流动。

重复看见满室的玫瑰鲜艳的香气满屋漫溢。

重复听见小七低低地说："九九，我一生最欣慰的事就是和你相遇，我一生最满意的事就是和你一起长大，我一生最成功的事就是和你相恋，我最快乐的事就是牵你的手，我最幸福的就是抱着你，我最甜蜜的就是吻着你，我最想做的就是和你在一起。"

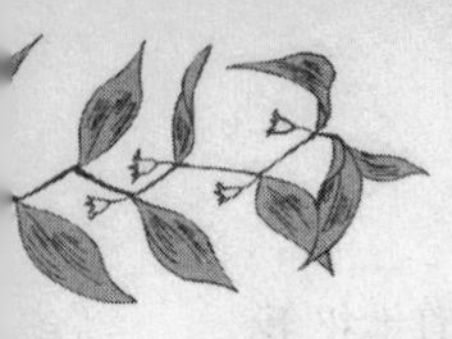

二十五 天空的颜色

孩子不要忘记了
人间的遭遇有它的规则
有一天当世界都变了
别忘记天空原来的颜色
……

—— 陈忠义

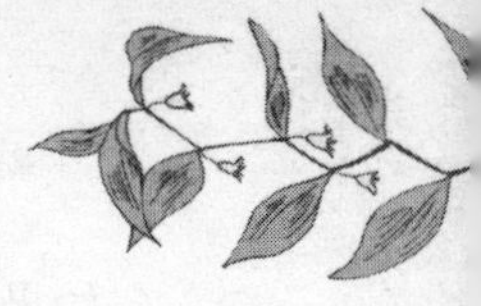

七点篇：

我的视力越来越差，粉色的眼镜架在我鼻梁上，像去年的那场雪一样隐盖了很多东西，譬如眼睛里黏稠的液体，譬如雪雾般僵冷的眼神。

已经是四月份了，校园里的樱花树一夜之间像潮水一样盛开，大四的师哥师姐把自己的东西摆在樱花树下出售，大多是书。阳光从树叶和花瓣的缝隙洒在他们的身上，洒在一本一本厚厚的专业课本的封面上。

我买了一位计算机系师哥的《网页设计与制作教程》，原价三十五块他三块钱就给了我，“新的，我连名字都没来得及写就毕业了。”那师哥一边说话一边咧嘴笑，笑得一脸苍凉。

翻开扉页，我看见一笔一画写上去的字：

“如果你答应做我的女朋友，

那么你将是我大学四年唯一的收获，

可惜

……

你拒绝了，

所以我的大学一无所获。”

我拿着书在人工湖畔行走，看见樱花的花瓣缓缓地在空中打转，飘落在潋滟的水面上，忽然的，心里有种说不出来的悲哀在蔓延，一年的时间就这样过去了，三年后这个时候，也会是一样的樱花盛开吧，那个时候我也会站在樱花树下，一朵花瓣悠扬的飘落到我的肩头，我把原价三十几块的专业课本折价三块卖给我的师弟，然后点一支烟，我应该会对他说：“兄弟，好好看看它，还是崭新的，连名字也没来得及写……就毕业了，白驹过隙般的岁月啊。”

我说这些的时候也一边微笑。

一朵花瓣在我的笑声里打转，舒缓地，打转。阳光铺天盖地的从天上洒落下来。

有些事情我已经忘记了，有些我好像就快要忘记了。

如果你不相信时间会改变一切，那你还是个孩子。我曾经就是一个孩子，在我还是个孩子的时候，我看过一部爱情电影，虽然忘记了它的名字，可是我记得里面的台词，那个男主角临死前把用相机拍的照片寄给了女人，照片上不同的地方不同的天空还有很多长发女子的背影，男主人在旁边写到："我就是在这些地方想着你，遇到每一个长发女子，我就在她们的背影里思念你的影子……这些年我不停地走，不停地想你。"

那部电影里有让人歇斯底里的音乐，有白月光下让人绝望的稀疏支离的影子，有哀怨的宿命。

当年看那部电影的五个孩子，被风吹落到不同的角落，各不相干。

当年我怎么也不懂，男人为什么爱她还要那样决绝地离开，现在我却和男主角一样，做出一样的选择，走到了同样的一条路上。

如果我仍旧是个孩子，绝不会再像小时候那样迫切地希望长大，我宁愿安静地做个永远的孩子，就像彼得·潘。这些日子我用白天的时间回忆她，用晚上的时光想念她，她从去年冬天离开，冬天在她离开之后冷空气一场一场地南下。

在冬季的校园，没有暖气的宿舍。我不停地用高雅的都彭点燃一根又一根白色的烟杆，白色的烟杆上有我模仿她写上去的字，我踢开脚边的横七竖八的酒瓶，碧绿的喜力无辜地滚落到角落。

用虚弱的强悍吐出失意的烟圈，烟圈娇烈地开放，缭绕的烟雾里，我看见烟杆上的字慢慢消失："烟灭了灰飞，你便不寂寞？"娇烈的烟圈飘零，那些纤瘦孱弱的字迹飘浮起来，游弋地漫天飞扬。

我是多么喜欢九九趴在我的肩膀上，呼哧呼哧的气息吹到我的脖子里有痒痒的感觉，多么喜欢抚摩她柔软乌黑的头发，那头发可真好啊，黝黑的、凉凉的，在我手掌心丝缎般滑过、溪水一般流过。

让我再抽一根烟，这根烟抽完，我的心再不会温暖。

烟圈在头顶踯躅扩散，烟蒂如同爆竹碎屑累积在脚下。

九九，你知道我可以写行云流水的文字，你知道我可以画线条柔美的素描，你知道我可以像你一样弹奏肆意悠扬的曲子，可是你一定不知道我还可以导演一场萧索伤人的短片吧？

不是只要有爱情我们就可以不食人间烟火，人都需要光环才能自信地生活，需要充足电才能自信地站上自己的舞台。所以我决定让你去牛津，我实在想不到别的办法让你安心地离开，有的时候最老套的办法却最有用。只要你，你能离开，我宁愿被你恨。汹涌的人海、泛滥的灯火，我们面前的路挤满熙熙攘攘地变故，是因为爱你才让你离开，因为爱你才那样凶狠地伤害你，你知道吗？我保存了我妈妈所有的照片，可是我发现在她放弃理想之后的那些日子，她的脸上失去了自信的美丽，我不想你和我妈妈一样，你一定要出去实现你的理想。

——这些，总有一天你都会懂！

听见你的脚步我故意大声地说话："老四啊，其实你知道吗？我并不是真的喜欢林九月。"

"为什么？"

"我以前从来没有想到大学生活会这样无聊，所以谈谈恋爱来打发时间。"

"那你真的不喜欢她？"

"不喜欢，我们从小在一起长大的，如果喜欢早就喜欢了。"

"可是林九月真的很好啊。"

"好什么啊？爱情是要有新鲜感的。我现在开始后悔了，以后不知道怎么甩掉她，不过我还是很想和她做朋友的。"

"有句话是这么说的：分手之后就不能做朋友了，因为彼此伤害过；可是分手之后也不能是敌人，因为彼此相爱过。"

"哎！她对我真的很好，可是我现在真的对她厌倦了。"

九九，你听清楚了吧？从你上楼梯我就知道了，我就是这场短片的导演，我把剧本教给了老四和苏菁巾，让他们配合我完成这段短剧的表演。因为我了解你，只有这样你才会离开我吧，你有的时候太单纯，如果是别人一定不信的，一定骗不了她，可是我知道你会相信。

因为有的时候你就是那样单纯，又聪明又单纯，又古灵精怪又单纯。

我凶狠地抽烟，我都没有想到自己如此凶残，我们的爱情被我亲手屠杀了。其实你推开包厢的门，我就后悔了，你满脸苍白地站在门口，像片瑟缩的落叶般颤抖。我的心被你的眼神蛀了一个深邃的洞，那里面有黑色血液像岩浆拼命想喷发。

你站在门口残忍地对我微笑，眼泪就梦幻般涔涔流下。我原来以为你是会偷偷地找个地方，躲起来伤心的。可是你就那样站在我面前流泪了。

我都记得，那是我第二次把你弄哭，我突然想起一句话："别为男孩流泪，真心喜欢你的男孩不会让你流泪的。"九九，我不得不让你流泪，只是让你流泪的我仍是那么爱你。

我麻木地坐在原地，眼睁睁看你离开。

……

寂寞的天空萧索了一个季节，我始终不能相信你真的就走了。我始终不能形容你登机那天，我是从怎样的煎熬中走出来的。我的抽屉里面放着一个盒子，里面有一包加长的三五牌香烟，一只都彭的打火机，有两千两百九十八个百事可乐的拉环和一罐没来得及喝的百事可乐。

我的衣橱里摆着十二只彩瓷的小猪。

每到晚上我会打开盒子，拿出烟和打火机，一次次反复地从烟盒抽出一杆烟，再一次次放回去，一次次打出火苗，再一次次熄灭。我把拉环一遍遍倒出来再一遍遍数回去。这是我用来思念你的方式。烟盒里二十根香烟没有变，抚摩着白色的烟杆上那些鲜艳的字迹"烟灭了灰飞，你便不寂寞？"无名指上的银戒流转着粼粼的光辉，我泪流满面。

这么多年来，我一直带着微薄的骄傲孤单地站在树荫下，期盼被人注视，等待被人留意，可是孤单仍旧在树丫上盘旋。是九九你一直陪着我一起长大，一直温柔地跟我说话。可是就这样，你突然离开我了。

那个冬天空气里仍然有从你发梢滴落的香气，那个冬天我第一次穿上厚厚的毛衣，那么厚那么笨重，却仍旧那么冷。

我成了一只生活在冰窖里的鸟，一只快被冻死的寒号鸟。

我原本以为只要挺直胸膛，像个男人一样咬咬牙，想念就会像一朵烟圈那样弥散，可是等九九真的走了，我才发现原来思念它像液体一样蜿蜒地流淌在血液里，像气体一样充盈地密布在空气里，斩不断，挥不散。

九九，我站在南京夜幕下，每天变幻着方向，默默呼喊你的名字。

在你离开的日子里，我每天温习着刻骨铭心的思念。

九九篇：

寝室里那一千六百二十支玫瑰，亦是我二十一岁到六十岁的生日礼物，终于凋零殆尽了，事到如今我还爱你，这是宿命的结局。你最终只是你，我只剩下我。

我不会像其他失恋的女子，在你身边哭泣成一副脆弱无助的样子，让你怜悯，期盼你回心转意，我反而痴痴地笑。

抽屉里我的日记本安详地躺在最温暖的地方，扉页上是我几年前的字迹：“很早之前我就看过一本书，书里说每一个女孩都应该有一本漂亮的日记本，日记本里写着满满的快乐、写着满满的心爱人的名字。我不仅是个女孩，我还是个漂亮的女孩。所以我也有一本日记本，一本漂亮的日记本。”

我的日记本里写满你的名字，记录了你和我说的每一句重要的话。可是今天我再也没有勇气打开它了，翻到最后我才突然想起来，这么厚的一本终于被我写完了，底页也只剩下五行空白，那么刚好记最后一次吧。

记完最后一次，这本日记就结束了，真的就结束了。

大约十五年前，我们相遇，随后我们一起长大，一起相恋，最

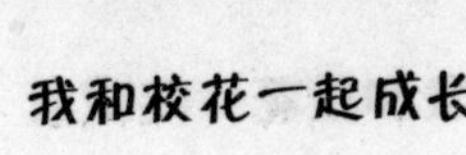

后在一个冬天，我们分开。

上天将一切都安排地如此有条理，有始有终，那么我的日记有开头就应该有结尾，在日记的开头我记的是：小七，全名七点。一九八三年六月十五晚上七点整出生，生性懒散，爱睡懒觉从来不写作业，极其挑食，不吃辣的、不吃加醋不吃加香菜的食物、不吃有骨头的鱼，一吃鱼就会被鱼刺卡住喉咙，爱慕虚荣，几乎天天穿新衣服……此人唯一的优点就是没有优点。

现在结尾只剩下五行空白了。

按照格式我应该先空一行，那么我只剩下四行了。

第一行应该记录日期和天气的，那么我最终只剩下三行空格了。

小七啊，这么多年来我对你絮叨的太多，所以到最后只能跟你说三句话了。

“二〇〇三年元月六日　阴冷

小七，全名七点，一九八三年六月十五晚上七点出生，天资聪明，像个孩子一样善良单纯。

荆棘鸟的一生只歌唱一次，当它把自己钉进最长的荆棘里，歌声开始婉转人寰。我的一生只爱一次，就算分开了我们各自远去，我爱的人永远是七点，只有亘古不变，才是爱情真正的表情。”

三行都写满了，我终于记完了这本日记。

可是我的心里还有一句话要说，那么只好写在格子外面了。

格子之外的空白，恍惚变成一面斑驳颓旧的墙壁，于是我握起笔，在那面墙壁上写字，风吹日晒，冰霜雨雪都没有关系，那面墙壁上会一直留下我的字：

“七点，你是坏蛋！——爱你的九九。”

十一个字用尽我全身力气。

再见了，小七。

这次再见和以前就不一样了，不是咬着吸管、喝掉杯子里最后一口还有余温的奶茶，然后挥手说再见；更不是抽出手，恋恋不舍地离开你温暖的掌心，我咬着你的、你咬着我的耳朵说再见。这次再见，我们再也不能像以前那样美好地挥手，不能再像以前那样亲密地说再见。

一场夜幕淹没了好多人的表情和好多人的眼泪。我轻飘飘的，这么多年来我俨然像离开掌心的纸飞机一样幸福地滑翔，我跋扈在飞翔的喜悦里，傻兮兮地笑啊笑，可是结局是早就注定会凄惨地跌落，跌落在街角。

如果那天我没有跟苏菁巾去找你，如果我没有无意听见你的话，现在的我还正在做着幸福的梦吧。只是这样就太让你为难了，为难着以后不知道怎么甩掉我，是吗？

南京的空气里还残留着太多胭脂香味，寒冷的风扑面而来，有人在风的间隙里从容地笑，我提着裤脚走在灯火阑珊处，向前走过一个路口，再拐弯，过了马路就有间肯德基餐厅吧？几个礼拜以前，也是这样的夜晚。应该有一个男孩和一个女孩就是坐在这间餐厅靠窗的位置吧。

我推开明净的玻璃门，那窗边的位置正空着，我要了两个老北京和两杯圣代冰激凌，周围许多许多幸福温暖的笑脸在餐厅的每一个角落繁盛的开放。我坐下来，夜晚的玻璃变成一面镜子，镜子里的我，低头皓首间带着藏匿不了的疲倦，仿佛路边寂寞的梧桐，一夜间染上厚厚一层尘烟。

还是肯德基餐厅，桌子上的人一年比一年少，原来是五个，梅寒、盛夏、余炼、小七和我，后来只剩下盛夏、小七和我，再后来只剩下我和小七，原本以为会这样两个人一年一年坐下去的，最后也只剩下孤零零的我。

以前小七你总是坐我对面的，所以不经意地抬头，空气里总是你走失的影子。

“以后，好好照顾自己，记得啊！小七。”

“可是小七你知道吗？为什么仿佛有一根细细的针在不停地刺着我的心呢？我的心里是不是会长满仙人掌，锐利的刺，细细密密地刺入心脏，轻轻晃动也会刻骨的疼痛。”

鸡肉卷冷了，耷拉在餐盘的一边，我站起来走到卫生间去洗手，转身的时候我悄悄地注视着窗外，我想用心记下这座夜幕遮盖下的城市，通明灯火、溢彩流光，像是散落凡间的繁星。

这么多年了，小七的笑容一直不变，不变。还是微微地皱起眉心，那样散碎的笑着吃老北京鸡肉卷，他吃鸡肉卷的时候总是先挑出里面的黄瓜条，葱绿的黄瓜条被扔在餐盘里面，慢慢变成橘黄。

我像小七那样挑出黄瓜。一口、一口吃完鸡肉卷，接着吃第二只鸡肉卷，柔软的面皮和鸡肉开始难以下咽。我以为潮汐落尽，我不会再流泪了。可是我一口口地咬着手里的鸡肉卷，眼泪一滴一滴地滑出眼眶，眼泪淹没了我的手指，淹没了我无名指上的银戒。

温暖的餐厅，明媚的灯光里，暖气一漾、一漾的。可是我伸伸手，风便冷冷地吹过，一丝丝，手心荒凉。

我缩回手，吃完手里的鸡肉卷，像是咽下一团冰冷的空气，冷气流窜在我的胃里，我皱紧眉头偷偷感受那一股股穿透灵魂的冰冷，偷偷地哽咽。

于是我开始一勺一勺地吃冰激凌，一勺满满的痛苦，一勺满满的绝望，没有怨怼。痛苦和绝望狰狞着撕裂了我空洞的身体。

我却从容地品尝着冰激凌，淡定地体会着那份冰冷。

原来我真的不能够做个坚强的人，我会撒那么多足够美丽的谎言，可是到了这一刻，我找不到任何一个谎言可以骗骗我自己，冰激凌从舌尖扩散，全都是些支离破碎的味道。

我站在门口听见你淡若云烟的声音流到空气里，你说："我并不是真的喜欢林九月。以前从来没有想到大学生活会这样无聊，所以谈谈恋爱来打发时间。"我以为我是个坚强而超脱的女子，所以转身离开你的时候，还自残般地微笑。

现在想起你的这些话，它们像血液一样流进我的血管里。

最后的时刻终于，总算到来了，我买了一包烟，一包加长的三五，还有一块都彭的打火机。我像以前那样夹着笔，在白色的烟杆上小心地刻字，我在每一根烟杆上刻下一样的字句："烟灭了灰飞，你便不寂寞？"不知道是什么力量支撑着我，我的手才不乏力，不软弱。

写完那些字，我要把烟和打火机连同剩下的六只彩瓷的生肖猪装在同一只纸盒里寄给了你。

十三岁那年我给你准备了往后十二年的生日礼物，没有想到最后会用这样的方式送给你。

小七，我就要乘上飞机，从此我们相隔数个时区。

当你熟睡的时候，我已经在汹涌的人海穿梭。

穿过工整的斑马线，视线在下一个街口分叉，以后的生活里，你的笑容，再也不能出现。

……

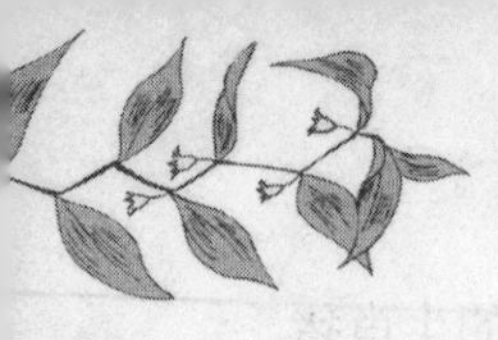

二十六 等在校门口等着爱

最想念的时候
等在校园门口
谁和谁藏在路灯背后
两个人左手牵着右手
满街的人匆忙的行走
受了伤仍坚强的牌楼
那些明亮的十字街头
谁经过背影就会遗漏

最干燥的气候
等在校园门口
谁和谁说着分手理由
说只是想和你做朋友
冬天的白雪融化以后
流过的泪水不曾干透
那些对白都变成诅咒
心会疼头会痛的伤口

我等在校园门口
忽明忽暗的烟头
我最想念你的时候
数一数爱你的理由

我等在校园门口
拽落衬衫的纽扣
我最想念你的时候
告诉你爱你的理由

—— 七点77

七点篇：

非典来袭，我们封校了，我给余炼打电话，电话里他说："封校有什么可炫耀的，首都就是比你们先进，我们是封宿舍楼，连宿舍门都不能出去，每天都有人按时把饭挨个送进寝室。"

后来接到盛夏从上海交大拨来的电话："小七，我被隔离了。"我说："不要紧，我们学校的隔离室我去看过，星级宾馆的待遇。"她说："无聊死了。我就回家一趟，一听说封校我就赶回来了，没想到连宿舍也不让进直接把我拖进隔离楼。""我们寝室老大晚上不睡觉，坐到路灯下备战英语四级，结果第二天量体温一会高一会低，立马当成鸡杀给猴看了。""那他不也无聊死了。""他正高兴死了；我们寝室兄弟怕他在里面寂寞，轮流打电话陪他说话……""哇，你们真义气。""我们老大说了，你们别像苍蝇一样一会一个电话好不好，我好不容易费尽心思甚至不屑自残我的肉体才找到这么一个安静的地方复习的，你们就放我一马，别再骚扰我了，好吗？"

我们老大是爱学习的萝卜头。

老大被隔离了，老二晚上也不能出校上夜网。所以一到天黑，我、老二、老四，我们抱着新买的电吉他，站在阳台上，夜色像层薄纱，我们插上音箱，一遍一遍地弹唱："莫名我就喜欢你……莫名我就喜欢你……"

最后我们商量，组一个乐队，以后要南北校区巡回演出。

于是我们就组了一个乐队。

老二说："我们乐队就叫北方的狼。"老四说："叫中原的狼。"我说："叫南方的狼吧。"连续三个卧谈会我们的主题都是乐队的名字，我们几乎什么名字都想到，又都被否定，就差没有叫"S.H.E"和"F4"了。

第四个卧谈会乐队的名字终于诞生了：三二九乐队。

那是我们宿舍的门牌号。

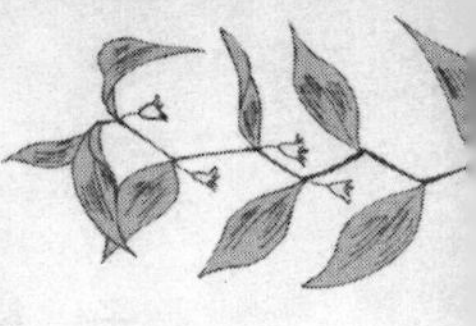

一个难题解决，更大的难题又出来了：

我是吉他手，老二是吉他手，老四也是吉他手，我们没有主唱。

于是我们迫切地写了张海报：

“校园知名乐队，因参加某某网络第三届原创歌曲大赛需招聘副主唱若干名……”

我们的海报贴在每一个食堂门口的广告栏里，四周都贴满了启事。

海报内容经过我们大会商讨符合大会精神的，夸大成校园知名乐队，其实那是乐队的远景规划，招聘主唱，那是乐队眼前的目标。至于我们谎称是为了参赛那也是迫不得已的冠冕堂皇啊，当时网络不像现在这样大幅度地炒作，所以新鲜却缥渺，说是网络大赛就比较容易瞒天过海，实在有人怀疑了也难考证。说是招聘副主唱，更是有苦衷的，让他们知道连主唱也没有还会有兴趣吗？

贴出海报，我们乐队仿佛已经成立了，所以毫不懈怠地练吉他。

没有想到我们海报如同它周围所有的寻物启事一样的下场，无人问津。

后来我们有了主唱。

用老四的话就是：“天上掉下来一个资小骞，资小骞是从天而降的。”

当我们苦苦搜索主唱的时候，有个女孩从我的QQ里面跳出来说：“你们要找的不就是我吗？沉鱼落雁，还能歌善舞。”

我们都以为她只是随便说说的，见面的时候却发现她果然沉鱼落雁，关键她是带着“校园十大歌手”和“艺术学院院花”的头衔来参加我们乐队的。

这个叫资小骞的女孩很漂亮啊，我想起初次见她的情景，多么像电影里面的片段，那天我们约好在一食堂门口见面。食堂的玻璃门两边都贴着“高温消毒”的字样，我和老二老四手里各举着一块牌子，每块牌子上都有一个字，连起来可以读成："等美女。"

我们的食堂门口，悬挂着一块很大的招牌，上面是某位混得不错的书法家写的字"某大食堂"，我们三个人如约站着镂金大字"食"字下面等资小骞。食堂门口是露天篮球场，这个露天篮球场由十二个标准篮球场组成的，可以同时进行十二场篮球赛，说这些只是为了描述这个篮球场很大，又因为非典封校这块篮球场每每都堆满各院系的男生。那时如果有某某系男生和某某系男生群殴，那么不用猜群殴地点铁定是这块篮球场。

那天，风和日丽，篮球场打球的看打球的至少有一百多个男生，后来资小骞就是穿过这块篮球场从对面的人工湖走到食堂门口的，她穿着雪白的衬衫深蓝色的牛仔裤，苹果绿色的半长靴子，衬衫是短袖的用一条白色的宽腰带束进腰里，披着一头栗色精致的小波浪，当时我站在食堂门口远远看着她盈盈地走来，篮球场上的男生抱着球愣愣地站着，眼睛尾随着她的脚步移动，我感觉那些双眼睛粘在她身上就像无数只泡沫，风一吹就迸裂了。

不过是一百米的距离，我感觉到好漫长，仿佛用眼睛跑了一万米，老二手里仍然举着牌子嘴上却大发感慨："乖乖隆冬，老三啊，是不是她啊？"我摇摇头说："不是吧！"资小骞浅浅地笑着径直地走到我们面前，空气里有种心旷神怡的香气，她听在我面前打量着我们手里的牌子，又打量着像傻瓜一样举着牌子的我。

突然笑起来了，她大声地念："等美女？呵呵，你们在等我吗？"我摇摇头，老二抢着说："是啊，我们在等你，你往这里一站谁还敢冒充美女走过来。"资小骞当时惊天动地地说了一句："你就是小七？还挺帅嘛，我就是你的网友。"

后来我们就进了食堂，再后来我们的乐队正式成立。

资小骞是怎样的女孩？我告诉你吧，非典封校的时候，她拉着我走到围墙边说："我们翻墙出去玩一会好吗？我想去校门口喝'上口爱'的奶茶。"那时翻墙是非常危险的，校警总是蹲在一边专逮翻墙的，抓到就是一个处分。

她见我在犹豫就说："那你不翻我翻了，你在这里等我吧！"

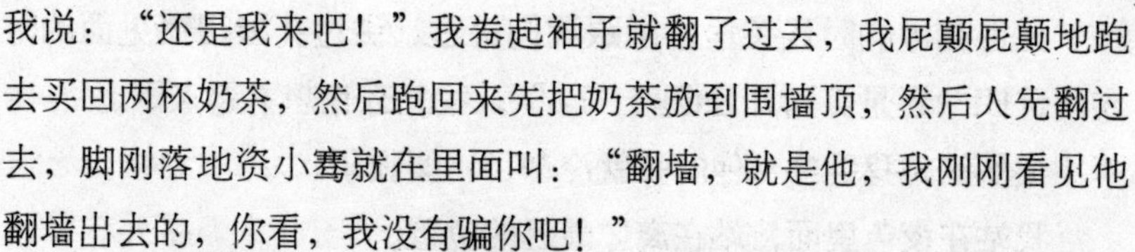

我说："还是我来吧！"我卷起袖子就翻了过去，我屁颠屁颠地跑去买回两杯奶茶，然后跑回来先把奶茶放到围墙顶，然后人先翻过去，脚刚落地资小骞就在里面叫："翻墙，就是他，我刚刚看见他翻墙出去的，你看，我没有骗你吧！"

然后校警就笔直地向我走过来！

我后来才知道资小骞以前的网名叫："小骞想造反。"还有一个更久之前的网名叫："资资是变态。"身边有个这样的朋友我能怎么办？择友不慎啊，她都向全世界宣告："我是变态我怕谁？"就代表她已经修炼成正果了。

一个已经修炼成真正英勇无敌的变态我能拿她怎么办？

总之和她走在一起随时都能招来杀身之祸，不过她很讲义气，我在这个校园也只有她这么一个异性朋友了！

校剧院后面有一套空房子是商学院的，我们租了它在里面排演。

那段灰色的非典时光，大段的岁月我们都在这里度过的。

琴声变缓的时候老二突然说："林九月也好啊，又漂亮又能唱歌。"转过头老四正在对老二摇头晃脑地使眼色，老二愧疚地对我笑笑。

我也笑了笑说："她即使在也没有办法，现在封校，她也没有办法天天从北校过来。"

九九：

我们这里已经是黑夜了，你那里还是白天吗？

学校的樱花满树满树地开好了，你还没有来得及看啊。

英国的雾气很重，你走路别发呆啊，小心撞上电线杆，陌生的异乡，街头的电线杆一定又凉又硬吧？

我在一个夜空下如此想念你，你正在一个白昼的天空下行色匆匆，我们再也不能共同一片天空了。

每天出门都遇见许多熟悉的同学或者老师，我会微笑我会对他们说"你好"，你打招呼的时候会用"Hi"还是"Hello"？

记得初中的时候英语老师跟我们讲过，讲过英国习惯见面的时候用“Hi”还是美国人习惯用“Hi”，我怎么也想不起来了。

突然的，我手中吉他的弦就冷却了，僵硬了。

我站在夜色里面，站在离你最远的位置。

我，和你，天空的颜色也不同。

除了继续经历、追忆，生活就像反复不停地喝一杯清水。

九九：

你现在还好吗？

现在的你，比以前，是瘦了，还是胖了一些？

这个圣诞节你是怎么过的，我这里没有雪花，没有圣诞树，也没有你。我听着圣诞节日的歌曲《最想念你的季节》，听了一遍一遍，听到后来也就麻木了，于是我换了首歌，叫《想念你的歌曲》。

你放心我没有抽烟！我现在想抽烟的时候就含一根棒棒糖，含啊含着，牙齿就疼，疼啊疼着，眼泪就流出来，我是不是比以前懦弱好多？你知道吗？流泪的时候眼泪根本控制不住，稀里哗啦地淌出来，弄得我的脸黏滋滋的，风一吹细节末梢就疼。

九九，九九，我和你已经多久没有见面了，你知道吗？记得吗？

从你走的那天，每到晚上我都会在一张小小的纸片上写一行字：九九，我好想你。然后把纸片折成纸飞机，我原来想折幸运星的，但是你知道我天生就笨手笨脚的，从小到大也只会折折纸飞机，那些纸飞机我都装进你送我的彩瓷扑满里面，等你回来的时候你来数一数好吗？数一数有多少只，数一数我们，有多少天没有见面。

九九，有一句话我好想说给你听，你能听见吗？

九九，我，好想你。

好想你！

你放心，除了你我根本就不会喜欢别的女孩，我的心里面装得满满的，全都是你，根本就没有空隙去爱别人。

九九，我一生最欣慰的事就是和你相遇，我一生最满意的事就是和你一起长大，我一生最成功的事就是和你相恋，我最快乐的事就是牵你的手，我最幸福的就是抱着你，我最甜蜜的就是吻着你，我最想做的就是和你在一起。

而我一生最后悔的事就是让你离开了我！

林九月，现在的你，比以前瘦，还是比以前胖一点！

我一点都没一变！

九九，无论你现在过得好不好，你都要坚强，因为我会永远等你，我永远站在原地等你回来找我。无论怎样，我不会离开的！

听听我今天写的歌，好吗？这是我们乐队第一首歌曲。我好想听到你的声音，听你像以前那样说："嗯！还好啦，要继续努力才行！"

最想念的时候
等在校园门口
谁和谁藏在路灯背后
……
我最想念你的时候
告诉你爱你的理由

九九：听到我的声音就回答我，回答我好吗？

就像以前玩迷藏的时候，我都会好着急，我怕你找不到我就会哭，更害怕你找不到就会离开，害怕你丢下我一个人！

林九月同学，请你站出来回答我！

你，爱小七吗？

二十七 最远的位置

我站在离你最远的位置
消失在寂寞泛滥的城市
伤心的自以为是
像宠坏了的孩子
你站在离我最远的位置
用你最残忍冷静的坚持
怎么将伤口掩饰
对你微笑
用最优雅的方式

——陈忠义

小骞篇：

我叫资小骞，是个混血儿，妈妈是韩国人，爸爸是上海人。

我有两张脸，白天我热烈如火，晚上冷艳如冰。

其实我喜欢安静，喜欢简单，喜欢清冷的味道和素雅的文字，喜欢对风雨来袭淡淡一笑。

在我很小的时候，幼儿园的那些忸怩温和的女人就告诉我妈妈：小骞出落的这样漂亮，长大了有你们麻烦的。事实上我爸妈从来没有因为有个漂亮的女儿烦恼过。我拒绝过很多男孩子，原因很简单，因为我不想被他们追到，所以至今没有一个男孩可以指着我向别人炫耀地说："这是我女朋友。"

在我幼小时候我想要一双齐天大圣的雨靴，可是哪儿都没有了，妈妈给我买了一双猪八戒和一双唐僧的，我转身就把它们扔进垃圾桶，我宁愿穿着帆布鞋"吧嗒吧嗒"地踩着淤水。

对我来说喜欢的东西是无可替代的。

大一报到的那天早晨我就遇到了他，在很多很多个陌生面孔中，他面无表情的脸是最鲜活的，风掀起他额前的头发掀起他白衬衣，我注视着他踩着那双白色的耐克鞋离开，一脸慵散。

后来我看见，他身边有一个很漂亮的女孩，个头跟我一般，经常穿着牛仔裤，记住她穿牛仔裤的样子我自卑了很久没自信穿牛仔裤。

那是一个倾国倾城的美丽女孩，在一个男生写给我的情书里说："小骞，你是个一笑倾人城、再笑倾人国的女孩，倾国倾城是形容美貌的最高境界。"这一句赞美一直是我迎风招展的资本，现在我遇见一个比我更有资本的女孩。

欢迎新生的晚会上，我站在流光溢彩的舞台上，穿绚烂浓彩的裙子，跳着铿锵奔放的舞姿，枚红色的裙角在舞台中央猎猎地飞扬。

吉他的旋律越来越急促，我突然看见他们站在舞台前面，他温柔地揽着她的腰肢，幸福的光泽流溢在女孩的脸上，舞台上的灯光黯淡成夕阳离开后路口的红绿灯。我几乎忘记拍子，眼睛流连在女孩的脸上，像一只迷路在繁春的花园里张望失措的粉蝶。

女孩脸上有和我一样骄傲淡定的神色，我悄悄地注视着她的一举手一投足，像朵不可亵渎的幽谷伊兰在空气里挥散着婉约的芬芳。我跳着舞边看着她，空气里正在稀释一滴第凡内1987年推出的芬芳花香——龙涎香系列的香水。紫罗兰香系列，以鸢尾根、紫罗兰叶、铃兰为主调制成的优雅气息。

就是那种味道，她穿着高挑的修身牛仔裤紫罗兰色的小褂，离我那么远地站着。她挽着他的手离开。那一刻我第一次嫉妒一个女孩，剧烈地，嫉妒。

后来有一天在机房上网，我就破了防火墙找到他QQ号，他的网名叫：左手温暖。他每一天都要换一件好看甚至华丽的T恤，远远地，在食堂宿舍和商学院门口出入，冷峻地走在人群里面。我站在离他最远的位置，嚣张地穿梭在另一片人海。

风吹拂湖面，从夏末到仲春，每个白天我妖冶而单薄地招摇在校园里，活跃频繁地出没在各种校园活动，晚上一个人一只包一个一个自习室地找空闲的位置。

记得高中，一起疯狂的孩子里面有个叫周末的女孩，她总是偷偷地啃书啃到很晚，第二天却骗我们说昨晚看了电视剧，一直就觉得这个女孩特别可爱。所以一直到毕业连室友都不知道我这样的女孩还会坚持去上自习，所有人都以为我那么高的专业课分数是凭美貌忽悠来的。

从去年元旦之后，我发现那个女孩再也没有出现过了，没有再看见他俩手挽手从人工湖畔经过，有时候我都替他可惜。

正在我算计着用什么样的办法乘虚而入的时候，机会突然就来了，他黯淡很久的QQ突然亮了，“左手温暖”几个字在对话框里恣意地闪，闪得我心如撞鹿。

“嗨，左手，好久不见你忙什么了？”

“嘿嘿，最近非典么，举国上下都忙，匹夫有责啊。”他还是那样嘿嘿地邪邪地笑。

我怎么也不能把他和现实联系在起来，飘忽的温暖隔着冷漠的屏幕一切都有出入。

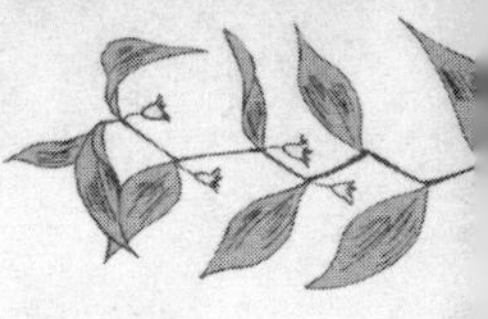

“那你这个匹夫是怎样尽责的？”

“我啊？正策划着用音乐拯救国民。”

“噢？不会满校园里贴的那个招聘主唱的海报就是你这个匹夫贴的吧？”

“嘿嘿，对！正是我这个玉树临风风流倜傥的匹夫。”

“那你们找到合适的吗？你们海报写得不行，现在谁还敢搞什么大赛啊？”

“怎么不行？来应试的人不要太多啊，就是找不到满意的。”

屏幕上的字一看就是一副狡辩的姿势，我也不去揭穿他：“那你们要找什么样的？”

“其实我们要求很简单，男女不限，男的长相只要气个宇轩个昂，女的只要抬抬头落只雁低低头沉几条鱼再加上能歌善舞舞台表现力强就凑合了。”

我捂着肚子边笑边说：“你们要找的不就是我吗？沉鱼落雁，还能歌善舞。”

“你要有兴趣，看在网友一场的份上破格让你试试。”

……

轻描淡写地，我成了“三二九乐队的主唱”。

见面的那天他们一共三个人列队致辞：“哇，真的沉鱼落雁！”

往后的很多个夜晚，我望着月亮问自己，如果时间能够倒流，你还会那样迫不及待地从网络走进现实吗？

然后我听见自己回答：还是会的，一定要试试看。

我的那几个室友都是发春的小女人，每天忙着应付不同的男人连睡觉前还惦记着他。

“你和那个商学院的情圣现在到底有没有进展啊？”

我说不急，迟早都把他拿下。

她们翻个身又问：“小骞，你到底喜欢什么样的男生啊？”

我摘下耳塞，音乐戛然而止。

我想了想说：“鼻子上架着一副粉色的眼镜。尴尬的时候用食指推推眼镜。”

小七，你的以前我来不及参与，你的今后只能属于我！

二十八 我睡在你眼睛的沙漠里

我睡在你眼睛的沙漠里
想用我所有温存了解你；
我潜入你眼睛的深海里，
探索那令人好奇的谜底。
……

其实心有灵犀只是一场误会，
别分错与对
谁在寂寞之后不需要安慰，
不管谁爱谁

——与非门

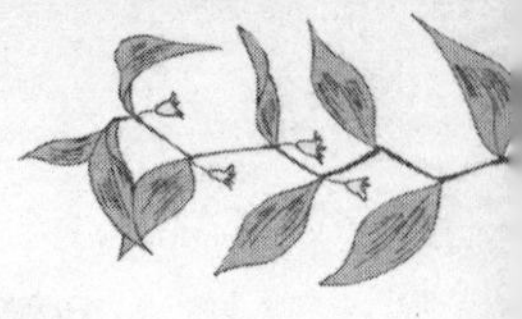

资小骞篇：

小七是个很好吃的男人，这点和我臭味相投。夕阳照着路边的一棵梧桐，拉出很长一道阴影，我们就坐在阴影下吃烧烤，他说不久以前他和九九一起正是坐在这里的。

阳光里提前有了夏天的味道，烤炉里劈啪劈啪地冒着烟，烤熟的肉香像浮在水面的油花浮在空气里。

我抬起头问小七："要喝杯奶茶吗？"

小七的眉毛做了个上下移动说："我们还是喝点啤酒好吗？"

我把脖子伸长着说："先喝奶茶再陪你喝啤酒呀。"

他摸了摸鼻子，我能读懂他嘴角的笑意，他一定是想到她了，我看见他鼻侧尴尬的手指粘着些许的歉意。

终于他说："好的，我去买，你喝哪种口味的？"

"一杯香芋的！多放点奶精少放点珍珠，谢谢！"

从我说完他就站在那里开始发愣，也许他正在想她吧？他和她曾经的对白从记忆的器皿里漫溢。我转过脸看见烧烤店的玻璃窗倒映着一个女孩的面容：穿着灰蓝印花的耐克套头衫，银质斜纹皮腰带，白色底子镶着橙边的绒布短裤。

那是我自己！

太阳打烊了，街灯开始闪烁。

我突然问他："七七呀，你喜欢什么样的女孩呀？"

他手指一晃，一团烟圈从指缝腾空，他说："我喜欢的女孩，有水汪汪的眼睛、白皙的脸蛋、修长的腿，她可以秀发披肩，可以扎着马尾，也可以烫着妩媚的小波浪。在夏天的傍晚，她会穿着好看的T恤和Levi's的牛仔裤，牵着伙伴的手在街口的太阳伞下买一杯鲜奶冰激凌或一杯香芋味的珍珠奶茶。"

我听出他声音里的孱弱，于是改变了话题："我们今天难得能溜出来要多玩玩呀。"

小七瞪着眼睛说："请假条上写着八点之前回校，你难道也想被隔离吗？"

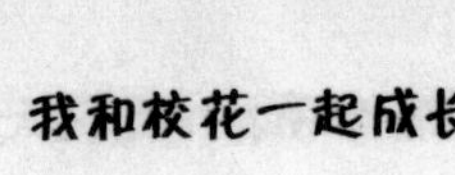

我笑了笑说："我相信你一定有办法的呀。"

他弹了弹烟灰，在烟圈里面微笑，我知道他一定是默许了。

我其实是多喜欢非典啊，封校那段时间似乎满校园的人都恋爱了。我们寝室的姑娘都"嫁"出去了，非典的速溶爱情呀。

希望我也能恋爱啊，这样想着我又心虚地看了眼小七，刚好他的眉毛又做了个上下运动。

抬起头，谁和谁头也不回地从十字路口穿过，带着白色的口罩，消逝在斑马线的尽头。一整条街灯火都枯萎，我和小七从烤肉店走出去，踩着斑马线看着绿灯亮起来，然后走过去。

晚风像薄荷片清清凉凉地扬起我们的刘海。

那个季节，人人都戴着形形色色的口罩，从路灯下走过，灯光拉长了每个身影，那些个影子带着面具，恣意的冷清。所有的店面都贴着"本店已消毒"的字样，生冷的字符却带给行人贴心的温暖，我和小七走进店里，我们都没有带口罩。

走进之后我才发现这是沃尔玛超市。

我从琳琅的货架上拿下两瓶木糖醇塞给他："别老是抽烟了，想抽烟的时候吃点这个。"

经过巧克力专柜的时候又塞一盒巧克力给他："像你这样缺乏抑制力的人，实在忍不住抽烟的时候再吃块巧克力。"

十点半我们回到学校，人工湖畔依偎着层叠的恋人，甜言蜜语像满树满树的樱花，在空中悠悠扬扬地打转，飘落到月下的湖面和曲折的小路旁，撩动了月亮的心扉，白皙的月光肆意地倾泻。

在一爿月光下，我突然转身， 我的嘴唇大胆地粘住他温热的嘴唇。

伽蓝色的湖面一瓣涟漪倏地黯然，丝丝缕缕的温润正渗人我龟裂的唇。

"嘿嘿，对不起！我看见漂亮的男孩就想和他接吻。"

小七的眉毛不停地上下运动，他满脸的局促和不安让我心软软地乏力，我说："不会吧，小七！我们关系这么好，揩你这点油你就生气了呀？"

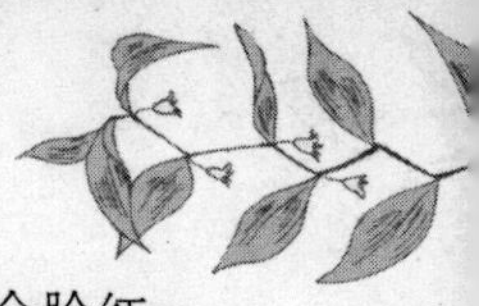

不知道是月亮的脸红了，还是他的脸红了，他竟然还会脸红，我看见羞涩的红潮在夜色里躲藏，他说：“没有，你抹了唇膏吧？我对唇膏过敏的！”

夜晚的湖面残留着太阳的炙热，我的齿间仍有温润萦绕。

我对他挥挥手，走进宿舍楼，回头的时候看见他仍然站一地玉色里，四下的安静让我足够听清楚他的声音，他说：“小骞，以后不要开这样的玩笑，好吗？”

我笑了笑，一转身，眼泪倏倏地落下。

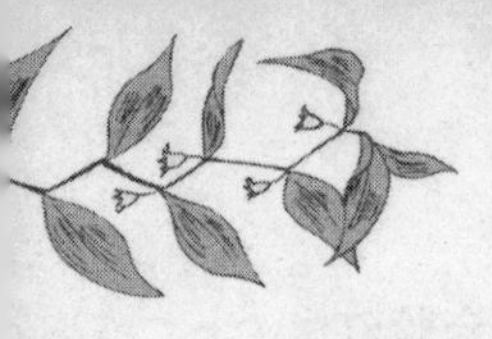
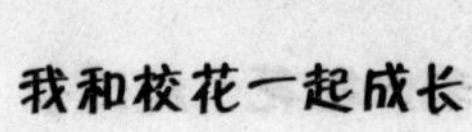

二十九 香奈儿

王子挑选宠儿
外套寻找它的模特儿
那么多的玻璃鞋
有很多人适合
没有独一无二

—— 林夕

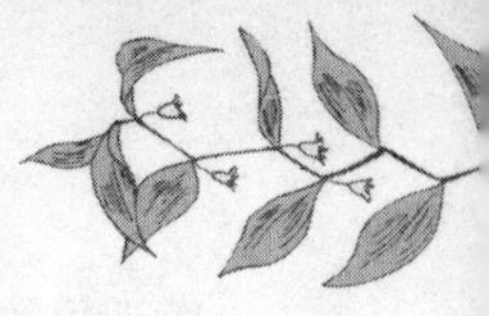

资小骞篇：

很多人说，不要去看资小骞，她长了一双妖精的眼睛。

我都是在想：用通俗的说法解释，这就是说我的眼睛很会放电吧。可是小七总是用清冷干净的眼神看着我，没有一丝杂念，我知道自己睡在他眼里最荒凉的沙漠里。他的手指细长，排练的时候，电吉他的琴弦被他的手指拨动；吐烟圈的时候，燃尽的烟灰被他的手指弹落。我在他的指间走神，他拨动的不仅仅是琴弦，他弹动的不仅仅是烟灰，还有我柔软的心。即使他的眼中是片沙漠，也淹没了我。

原本觉得倒霉透顶的，打水的时候拎着两个水瓶走啊走，突然水瓶就爆了，我吓得半天没有反应过来，蹲在地上动也不动，眼睛里下着场倾盆大雨。

这时候手机响了，我才发现疼痛让我说话的力气也没有，“资小骞，我看见二食堂门口有个女孩的水瓶炸了。”是小七的声音。我说：“那又怎么样？”

“我看着觉得背影有点像你。”

我不知道怎么就平静了，我平静地说：“恭喜你感觉对了，那个女孩就是我。”

电话被挂断了，脚脖子被烫得红红的，因为疼痛我的意识里扩散着一场漫天大雾，所有事物都模糊不清，不过不要紧，我知道小七马上就要来了，有一伙男生围在了我的身边，低下头问：“美女，要我们送你去医院吗？”我摇头，其中一个男孩把手中的篮球放到地上，看那架势恐怕是想把我抱起来，我又摇头，我当时真的想喊：“你们别碰我，就算死了我也要死在小七的怀里。”更何况现在我还死不掉。

就在我摇头的时候，小七在后面一声大吼：“你们都让开。”

然后他弯着胳膊，小心地绕过我的烫伤把我抱起来，温柔地在我耳边说：“不要害怕，我们去医院。”

我张开胳膊缠在他的脖子上，闻着他身上淡淡的沐浴露香味，意识里的漫天大雾瞬间就消散了。

我甚至矫情地想，小样，昨天晚上我亲了你，今天你抱了我，看我迟早不把你拿下。

我一直分不清是不是因为烫伤刻骨铭心的疼痛，才铭记了小七身上的味道，才会从那天开始更加不顾一切地迷恋他。

我躺在白色的床单上，结痂的伤口狰狞地笑，猖獗地招摇它丑陋的嘴脸，颜色有些像小七指间明灭的烟头。

小七坐在床前给我削苹果，他一个接一个地削，命令我一个接一个地吃。还跟我说："以前有个女孩高考前突然住院了，还切除了胆，就是因为吃了我削的苹果才很快就活跃起来。"我吃着甜甜的苹果，心里一阵酸一阵甜，每吃一口，那个女孩的脸就浮现一遍，她浅浅地笑，轻轻地问我："苹果好吃吗？"

我突然暴躁地想用苹果去砸她，可是手一动她的脸就碎了。

小七丝毫没有察觉我脸上的变化，他一边陪我聊天一边专注地削苹果，细长的手指转动着水果刀，苹果皮被均匀地削去，连在一起没有断。

小七嘴里说："苹果皮不断就可以许一个愿，我削了这么多苹果皮只想实现一个愿望，希望你的伤早点好，你就可以早点走路！"

我心里就想："算了算了，你削多少我就吃多少，撑死了也拉倒！"

他的无名指上有圈银色的光辉，格外得耀眼，每次看见那圈光辉，我都想对他说："小七把你这个银戒脱了吧！太刺眼了，我受不了。"

那个季节空气里都是苏打水的味道，女孩都想翻墙出去买衣服。

那个季节爱情像雨后的春笋，却不知道有多少后来长成了竹子，又有多少被人掰了晒成笋干。

在那个季节里我们组了三二九乐队，那是他们寝室的门牌号码。

我悄悄地在一扇门上撕下一张纸，贴在小七的T恤后面，白纸

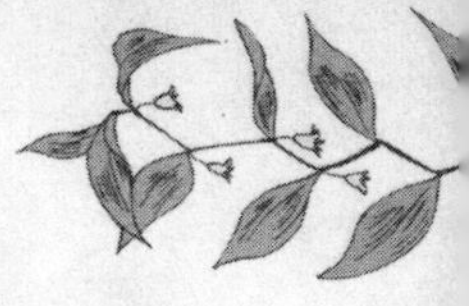

上写着“已经消毒”。

小七一直不知道，他带着那张纸从教学楼走到人工湖，从人工湖走到食堂，又从食堂走到图书馆，而我就不露声色地走在他的身边，满校园的人或者指指点点，或者小声议论。我昂首挺胸，用尚未复原的脚迈出一个一个宽阔的大步，我知道这样显眼的方式，会让所有人记住我们行走的姿势。

请你们把绯闻传播得更远些吧。

那个季节的名字与众不同，不记得是春天夏天只记得叫非典，非典的时候，我曾经在月光下和他并肩行走，白晃晃的月光下，我恶作剧般吻了他，还对他说：“嘿嘿，对不起！我看见漂亮的男孩就想和他接吻。”

后来月亮走失了，我想他可能一辈子也不知道：唐突的女孩就那样给了他初吻。

他，是第一个碰过我嘴唇的男子。

我那时胸有成竹地说：“我亲都亲过你了，看我迟早不把你拿下。”

三十 一直很安静

空荡的街景想找个人放感情
做这种决定是寂寞与我为邻

我们的爱情像你路过的风景
一直在进行脚步却从来不会为我而停

给你的爱一直很安静
来交换你偶尔给的关心
明明是三个人的电影
我却始终不能有姓名
给你的爱一直很安静
除了泪在我的脸上任性
……
原来缘分是用来说明
你突然不爱我这件事情

—— 方文山

资小骞篇：

夏虫在浅草里用力地吟唱它们的歌谣，晚风如水一样吹拂。流星划过天空，浅草深处的虫子都睡了，晚风里漂浮起虚弱的呼噜声，一声长一声短。微弱的呼噜声漫过草丛攀上树干，泅湿了一片一片绿色的叶子。

我们怀抱着吉他压在柔软的草地上，沐浴着夜色里的最温柔的荫凉酣然入睡，我的左边躺着徐君，徐君的左边远远地躺着乔海。我的右边躺着小七，白皙的月光抹在他的脸上，忧郁里透出一种孱弱的孤单。

月光如一潭温柔的止水漫过身边的青草地，晚风轻轻地抚过，月光在草丛深处涟漪一样荡漾开来。身边的乔海和徐君都睡着了，这个夏天并不燥热啊！月光变成恣意的潮水从草丛深处翻涌过来，飞溅在小七身上，而他孩童般的熟睡着，断断续续的轻浅呼吸粘在青葱色的浅草枝叶上，和谐地跳跃！

小七其实是个单纯而且善良的孩子，无论他是不是冷着脸装酷，无论他是不是竖起眉头跟你凶狠，这些都掩饰不了他的单纯和善良。

期末的时候，空气里已经有火苗窜动了，我常常拉着他去路边的小吃摊去吃香肠炒饭，金色的夕阳攒在他的眉心，他的眉发都泛出金黄色泽，茂密的梧桐把傍晚的风筛的细细密密的。

去这样的小吃摊吃东西，每次付完钱小七都不会忘记对老板说一句：“老板，你家的东西很好吃啊！”他说话的时候眼睛笑得弯弯的，而摆摊的小贩乐得合不拢嘴。

小七这个习惯是我慢慢发现的，有一次跟小七去吃烤羊肉串，我咬了一口就感觉舌尖抵触到一丝酸酸的异味，我跟他说：“这个肉有点味道了。”他仔细地咬了一口，然后继续吃。我说：“你没有听见我说话吗？”

小七放下手里的肉喝了口啤酒说：“我吃出来了，有一点点。你吃别的吧。”我瞪了他一眼说：“你也别吃啊！”小七压低了声音说："声音小一点，人家都烤出来了怎么能不吃完？太不好意思了。"我就迷惑地问："为什么啊？""人家做的是小本生意挺不容易的。"

金色的夕阳镀在他粉色的衬衫上，我歪着脖子看见他棱角分明的侧脸，有一瞬间我觉得他傻兮兮的，但是他傻气的时候却格外的迷人。

我拿起肉继续吃，小七抬起头冲我笑，我佯装生气地用力瞪了他一眼。

对面的霓虹灯亮了，阴影摇摇晃晃地从我们两个人的肩上散慢地爬行过去，小七拍拍肚子问："资小骞，你吃饱了没有？"我点点头，于是他站起来去付钱，我听见他又说："老板，你家东西真好吃啊！"

转过身正好看见那个发福的中年人憨厚地笑起来，那样的笑容浸透在弥漫的油烟当中仍然能给人干净的感觉。

难怪这些人都对小七特别客气。

等走远了，我拽了拽小七的胳臂问："你也太虚伪了吧？你凭良心说，今晚的烤肉好吃吗？"小七在霓虹灯里邪邪地笑着："你何必那么认真？其实我觉得他们很了不起，咬着牙坚持在没有梦想的生活里，如果是我一定坚持不下来。""所以你就闭上眼睛夸他们啊？""人都渴望被赞美的，我赞美他们一句对我来说只是举手之劳，可是他们会高兴一整天的！"

说这些话的时候小七就站在我的对面，他的声音磁磁地拨动着我心里最柔软的地方，我分不清楚是因为喜欢他才觉得善良的他更可爱，还是因为他的善良让我更加喜欢他。

小吃摊的背后是一条高高长长的阶梯，一场雨将阶梯清洗得干干净净，我们吃完饭就开始来回地爬这条阶梯，但是更多的时候我们是四个人抱着吉他坐在阶梯上弹唱。夏季的白天特别冗长，我们就坐在这里弹着吉他等待天黑，一盏灯从第一级阶梯亮起来，眨眼间灯花一起绽放。

我从小喜欢唱歌的，虽然我后来的专业选择了美术，唱歌会让我快乐让我觉得幸福。以前我连吃饭的时候都是吃一口唱一句，我看书的时候会唱歌、走路的时候会唱歌、上课的时候听到精彩的地方也会唱起来，越精彩我唱得就越响。

但是说真的，我不喜欢唱小七写的歌，唱他写的歌我会不快乐会很难过，因为那些煽情而优美的歌词里，隐约浮现出小七与另一个女孩相爱的点滴，我很嫉妒，我总是逞强地唱着那些歌冒出满脸的泪花。

每唱完一首都会觉得心力交瘁。

我知道的，我知道这个世界有一个女孩，因为他无比幸福；有一个女孩，因为他满心酸楚。幸福的女孩名字叫林九月，满心酸楚的女孩名字叫资小骞。

我故意跟他说："我觉得你的初恋好浪漫，跟我讲讲吧！"起初他总是缄口不提，我就磨！

等到他开始讲的时候，我装出一脸认真的样子，到最后他竟把我当成唯一的倾诉对象。

我讨厌那些过去让他刻骨铭心，我讨厌连林九月那些口头禅他都记得那么清晰。他与她那些美丽的经历和生活在我的梦境里变得凶恶狰狞，醒过来，会吓得一脸泪水。我总是带着恍恍惚惚的伤心和未知的恐惧，勇敢而固执地站在小七的身边，听他给我讲诉他与林九月的爱情故事。

故事里面我爱的人从懵懂青涩的年纪就开始一天一天地爱着一个又漂亮又聪明的女孩。他站在我的身边，侧着脸，粉色的眼镜后面藏满思念，于是我拍拍他的肩膀问："嗨！你想念九九吗？"

他一脸的惊慌，我知道那是因为我的话击中了他心里最柔软的地方。

为什么只有我听到阿桑的歌曲会歇斯底里的伤心：

给你的爱一直很安静
来交换你偶尔给的关心
明明是三个人的电影

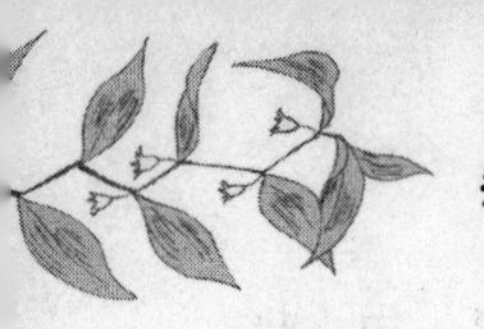

我却始终不能有姓名

给你的爱一直很安静

除了泪在我的脸上任性

……

原来缘分是用来说明

你突然不爱我这件事情

听到里面有一句歌词："明明是三个人的电影，我却始终不能有姓名……"我终于哭到像个受伤的孩子。

小七，当我跟他一起走在人行道的时候，他也会走在我的右边，打的的时候他也会替我打开车门，用手挡住门楣等我先进去，可是我心里明白，同样的动作，他为九九做这些的时候是爱，为我做这些是因为礼貌。不过我不会气馁，我愿意做一个撒谎的巫婆，只要能每天出现在你身边，每天能对你撒一句谎言，说你爱上的人其实是我，我相信总有一天你能相信我的谎言！

没有人责怪我这个巫婆，我是不会害怕受到惩罚的，因为连上帝都知道，我其实和她一样爱他！

我努力地跟小七他们称兄道弟，甚至学会大声说话大声地笑，我曾经一脸认真地跟小七说："小七，让我吻你一下吧，我看见漂亮的男生就想和他接吻。"我说我从幼儿园就跟男生谈恋爱，所以后来每场恋爱对我来说一直如同幼儿园时的幼稚儿戏。

我总是把自己最柔软的地方用精致的盒子包装着，不愿让他看见。

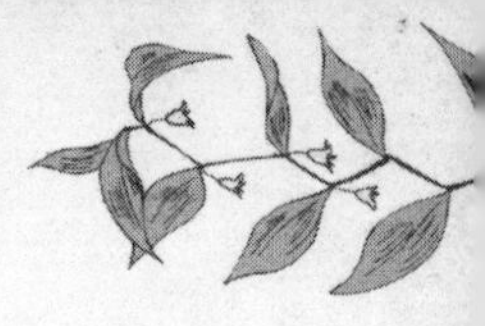

三十一 爱

你还记得吗 记忆的炎夏
散落在风中的已蒸发
喧哗的都已沙哑

没结果的花 未完成的牵挂
我们学会许多说法
来掩饰不碰的伤疤

因为我会想起你
我害怕面对自己
我的意志 总被寂寞吞食

因为你总会提醒
过去总不会过去
有种真爱不是我的

假如我不曾爱你
我不会失去自己
想念的刺 钉住我的位置
…………

——李焯雄

资小骞篇：

暑假我回到上海的家，虹口区海伦路有一幢很气派的居民楼，我家就在那幢楼的十七层。

有一天我满身疲倦地推开家门，一眼就看见我妈的样子有点反常，平时她不会这么暧昧地看着我的。

我妈问我："小骞，今天手机怎么关机了？"我说："可能没有电了。"我妈就诡异地笑，还竖起三根手指头在我眼前晃来晃去地算计："三顿饭怎么样？"我打开她的手问："干吗又要我做三顿饭？"我妈那双眼睛贼精贼精地转着说："今天有个男孩打电话找你。"我只喝着橙汁难得搭理她。

她停了一会说："他不是说的上海话，他说的是普通话，声音真好听啊，磁磁的。"我差点没把橙汁喷到她老人家的脸上，"哎！我哥们里面声音好听的多着了，侬欢喜阿拉喊他们明朝天天跟侬聊天。"

"可是他说他姓七啊，五六七的七！"

那一刻我又开始不可自拔。

"喂！小七吗？你在哪里？"

"我在上海！"

"你怎么过来了？"

"我想坐地铁了，可是我们家那里没有地铁，我想看看外滩了，可是我们家没有外滩，所以我就坐车过来了。"

一段日子没见了，电话里他笑得那么清脆。

我说你等等我啊，我马上过去找你。

小七说，好啊。我在外白渡桥了。

我风风火火地跑出门，打了辆车十来分钟就看见了他。

他瘦了，看起来却显得很精神。粉红色的背心，裹着粉红色裤边的宽松的牛仔七分裤，一身粉色衬的他满脸阳光，只是笑起来还是阴森森的。

"兄弟怎么跑来祸害上海人民啊？"那时候我一定笑得格外灿

烂吧。他阴森森地笑着说："我没有那么远大的志向，我只是来宰宰你的。"

烈日炎炎下，白天的外滩像座沉寂的火山。我们穿过地下通道，走进河南中路的地下铁。

地铁上人很多，小七始终侧着身子不让别人挤到我。

出了地铁他把我带到淮海中路的永和豆浆店吃巴西烤肉。我问他："这家的巴西烤肉好吃吗？"他耸耸肩说："不知道，只是以前来吃过。"

那家餐厅在地下，冷气调得很适宜，坐在桌子小七跟我说："我第一次坐地铁的时候是高考结束，那时我们一共三个人来上海玩的，买过票进地铁投票口的时候，他们两个很快就过去了，我却不知道怎么投票，于是我就站在那里观察，刚好那天排在我前面的两个人用的都是月票，在站口磨了一下就进去了，我就捏着单程票跟他们一样磨来磨去也没有进去，他们两个就站在里面跟旁边好多人一起看我闹笑话。"

听了之后我被弄得哭笑不得，我在想我第一次坐地铁的情形，可是我已经不记得了，那个时候上海的地铁刚刚才开通。

我回忆的时候突然看见他的手光秃秃的，看着觉得格外干净却很不协调，我盯着他的手想了很长时间才意识到他没有戴那只银戒了。

以前他戴着戒指的时候总是希望有一天他能把戒指脱掉，可是现在才发现深深的戒痕远比戒指更加刺眼，"你的戒指呢？"那一刻悲伤从他的眼睛里穿过，"不小心弄丢了。"

那一刻他的表情就像我曾经画过的那些素描，那些小七坐在梧桐树下抽烟的脸又一幅一幅排着顺序浮现在我眼前，一样的姿势不同的角度，我总是可以看出来他在寂寞，在想念。

他曾同意我用一顿晚饭的报酬雇他做模特，我拿着2B铅笔在画架上画他坐在一棵梧桐树下抽烟的模样，可是从来不让他看我的画。

我知道他一定很想知道在我笔下的他是什么一副样子。

他问我："你把我画成什么……样子？能让我看看吗？" 我于是一边说："小七，我喜欢你。"一边叫，"哈哈，我又在妖言惑众，你会不会当真？”。

每次我画完画都不让他看，因为每张画上我都写着一句话：“我从不同的角度，不同的光线还有不同阴影里爱着你，今天是晴天，爱你的心可以晒晒阳光了，小七。”

饮料端上来的时候小七眼角的悲伤瞬间弥散了，在别人面前他总是一副很开心的样子。

我对小七说：“我妈妈说你声音很好听了，这是她第一次夸一个中国人的声音好听。”小七果然流露出得意的脸色。

“我妈妈让你去我家玩，怎么样考虑考虑吧。”“不麻烦了，我这几天会住在交大。”

“你有同学在交大吗？”“是啊，他们班上男生好多都回家了床刚好空着，都是年轻人，挺舒服的。”“那好吧！”我毕竟有些失望。

“我那个同学叫盛夏，是高一转到我们班上的，她上高中的时候仿佛永远离不开棒棒糖，刚来我们班的时候班主任说‘这是新转来的同学，以后你们要互相帮助’。我不是特意了记住班主任的话，只是我记得他说这句话的时候，盛夏旁若无人地把一根棒棒糖含进嘴里。”

“那么喜欢吃糖吗？”

“是啊，她说半刻不吃奶味的东西就会很难受。”

听到小七说以前的事情，我总是固执地想上海的人流太汹涌，能和他们生活在同一个城市有多好，能更早些遇到他有多好，能比她更早些认识他有多好！

现在想想，原来从那时候开始我已经不再是那么自信满满的了。

我毕竟也会胆怯！

我无比地赞同一个女孩所说的话：“爱上一个人，会让你胆怯……”

三十二 Say Forever

我一个人不孤单
想一个人才孤单
有伴的人在狂欢
寂寞的人怎么办
我边想你边唱歌
想象你看着
被感动了我被抱着眼泪笑了
围巾轻碰着唇边有点暖的像亲吻的感觉
吐气变白烟飘过了眉间撞上了怀念下了一阵雪

—— 姚若龙

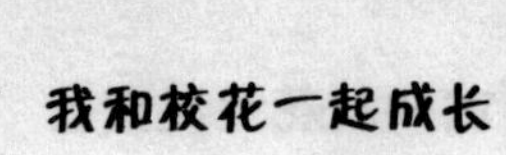

资小骞篇：

在每个剧本里，都有主角和配角。然而只要主角恋爱了，那么配角就要失恋；只要主角受伤了，那么配角就要哀怨地死去。

我经历过一段很美丽很美丽的爱情剧本，男主角和女主角在一个美丽又平静的小城市里青梅竹马的长大，最后相爱。我却错过了看流星划破夜空，错过了捉只萤火虫羞涩的表白，错过了在鹅卵石上刻出爱恋的图案，错过了在雪花纷飞的郊外追逐。

我成了很美丽很美丽的爱情里的配角。

“如果没有机会留下来永远爱他，就让我永远记得他吧。”

——那我今生所用的最漂亮的谎言，淡定的、欺骗自己的，一去不复返。

小七，我是一个漂亮的女孩，曾经有很多男生追我。来到这个学校的第一天就遇到你，不知道你的名字，没有听过你的声音，可是我固执地喜欢上你，一直一直喜欢着你。

那个时候你身边有一个名字叫九九的女孩，即使我和你擦肩而过，你的眼里也始终只有她，我仿佛就住在你眼睛的沙漠里，你的掌心也永远握着她的手，每次看见你们牵手的样子，我的手就冰凉彻骨。

再后来，那个叫九九的女孩离开了，我以为，我天真地以为从此以后就可以和你在一起，我要乘虚而入，可是你的记忆里只有她，我站你身边，却感觉站在离你最遥远的位置。

她走之后，你寂寞又伤心，是我天天安慰着你，鼓励着你。可是你的心里也只有她。

我不需要你的愧疚，我唯一想要的就是你爱我。经历了这么多，和你在一起的时间越久，我就更明白，你是一个有原则的男人，你的爱情也遵循着先来后到的规则。在你身边，我比九九迟到了十四年。

那些时光，就像我缓缓地、缓缓地掉下的头发。

可是我也拥有那么多的回忆，这是值得九月嫉妒和生气的。林九月，你会生气吗？对不起，那是我唯一抓住的一星点幸福。

谢谢你小七，谢谢你在二〇〇五年的圣诞节，陪我去了合肥，那个并不繁华却足够热闹的省城，满街年轻的行人从我们身边经过，把一条条的街挤得熙熙攘攘，把我和你挤得那么近，最后我很自然地把手伸近你的掌心。

好温暖呵，当年你就这样牵着林九月的手吧？一阵寒风袭来，无数细碎的阳光开始飘逝。我都忍不住想问你：“是林九月的手小巧些还是我的？是林九月的手光滑些还是我的？”

“掉渣渣烧饼。”呵呵，多么好玩的名字啊。在合肥每条街道上竟然都有这样的烧饼店，而且店门口都千篇一律地排出一条好长的队伍，如果那天不是你坚持帮我去买我还不知道还有这么好吃的烧饼了。

最高兴的是，我们都是第一次去合肥，就是说最少在合肥的街道上，我是第一个和你七点牵手的女孩，对吧？那些从我们身边不断经过的人，你猜他们打量我们的时候会怎么想？那些挽在男孩臂弯的女孩，嘴角微微上扬的时候，都有着很好看的很柔和的弧度，他们一定以为我们是恋人。真的，一定会。

因为我们的手自始至终都牵在一起。

家乐福对面的酒店里，我坐在你的房间不肯离开，因为我就要离开了。

我说：“我爱你！”

你说：“对不起！”

我说：“你要答应我一件事情。”

那夜你睡在我身边，我蜷缩在你的臂弯，像花朵一样在你怀里盛开，那一整夜你紧紧地抱着我，只是抱着我。期间我们一起醒来三次，浓烈的黑夜映湿紧闭的窗帘，期间我听见你不断地呢喃，九九……九九……

我推开你，你仍然昏睡着。小七，我是资小骞，我比九九更爱你。

那夜过去，我最后问你一句，我那么傻啊，明明已经知道答案。

我问你："你喜欢的人是林九月吗？"你沉默着点头，听见一阵破裂的声音，我顷刻就溃散了，我走出酒店，每一个台阶都那么无助、那么悲凉。

我是一个骄傲的女孩，在我最美丽的时候，我爱上一个男孩，爱得那么深，当时间走到夜色最深处的时候，总能听见缥缈的歌声：

我一个人不孤单，想一个人才孤单，有伴的人在狂欢，寂寞的人怎么办，我边想你边唱歌，想象你看着，被感动了，我被抱着，眼泪笑了，围巾轻碰着唇边，有点暖的像亲吻的感觉，吐气变白烟，飘过了眉间，撞上了怀念，下了一阵雪。

我想起三年多的点点滴滴，月光就静静地照下来，玻璃窗边的风吹散着那些陈年往事，我想起很久前非典季节的月光、想起医院里的白色被罩、想起上海的长夜，想起那些，静静地漫漶的泛黄的琐碎忧伤。

过去，我有过，很多幸福的幻想，想和你慢慢变老……

我突然决定去小七你的家乡看看，那也是林九月的家乡吧。

听说那里有苍劲古老的梧桐，你们在那里留下了什么？

不久以后，我离开，她回来，你们要幸福！

三十三 再一次拥有

我想念去年的冬天
下着雪的那一夜
你给的温柔
紧握的双手
温暖整个寒冬
……
能不能让我再一次拥有
曾属于我的温柔

—— Devin

资小骞篇：

小七第一次对我笑得时候，露出一口白白的牙齿，那样明亮的笑容，就像是阳光笔直地照下来在他脸上打了个蝴蝶结。

可是浮在阳光般的笑容上面的眉毛，却悄悄地皱起来。

风很轻，天空耀眼的蓝，白白的云朵像蓬松的棉花糖。

他在笑么？还是在皱眉头？我把discman的音量调到最大，然后塞了一只耳麦在他的左耳。

现在是晚上，我的脑海里正浮现出他最后一次对我笑的情形，他说冬天对他来说是思念的季节。我拍拍他的肩膀说："你想九九吧？"冬天的街灯像一层灰尘落满他的肩头，他像是受了惊吓一样恍惚地看着我。

我哈了口热气，袅袅的雾气里我看见他局促地笑着。

那，是我见到他最后一次笑。

短暂一如用力盛放的烟花。

我正在给他写信。他还没有见过我写的字吧，看到这封信的时候他会不会觉得我的字很好看，那当然，我很小的时候就坚持练字了。

原本打算安静地离开，让他始终记得最洒脱的资小骞，但是我做不到。我有太多的话想对他说。

她就要回国了吧？最近听到他们太多的传闻。大四的下学期我就不会来学校了，我会去妈妈的故乡，那片美丽泛蓝的土地名字叫济洲岛。对我来说，那里有外婆慈祥的笑容，有渔夫外公温暖的手掌，我将在那里生活。

远离幸福，紧靠着快乐。

我觉得自己很狼狈，左手中指上冻出一小块冻疮，它总是狰狞着嘲笑我。我没有想到他会给我买那么多的冻疮药，抹的药膏，喷的雾剂，谢谢你，小七。有时候我都会想如果不是这么爱他，和他做个好朋友一定也很好，做他的朋友也会很温暖吧？可是以前我从来就没有想过和他做朋友。

到冬天我会吃很多仙人掌，它可以预防我的冬日畏冷症。所以即使我很怕冷，也从没生过冻疮的。可是今年竟然会生冻疮。

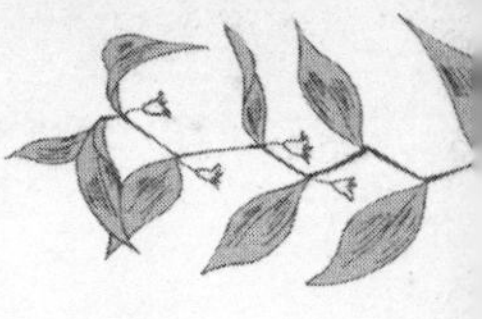

痒痒的痛，麻麻的痒从手指细节末梢的传遍全身。

小七，我要走了，以后别抽那么多烟，我知道你以前不常抽烟的，那些烟雾弥漫在你的心脏会让你在寂寞中变得更加迟钝的。

想她也不能虐待了你自己，就像她在你烟杆上写的那些字一样“烟灭了灰飞，你便不寂寞？”如果她知道你这样颓靡，她都会骂你的。

我想她会和我一样，喜欢自信满满、充满活力的小七。

有的时候看见你愁云堆积的小样，都忍不住想揍你一顿。

我希望你和九九幸福，真心的。虽然想到你和她走在一起的样子，我会心痛不已。

如果不是因为太喜欢你，如果我站在旁观者的角度上，我想我一定支持你和九九走到一起，如果我只是旁观的人，也会被你们像童话一样单纯而美好的爱情而感动。

可是我，只能够狼狈地离开。

小七，这只唇膏你一定要用，我知道你不喜欢用唇膏，可是你看看你的嘴唇，都开裂了，再下去会开更多的裂，然后痛得你连吃饭都张不开嘴。

那么就这样说再见吧！

也许当你不快乐的时候，上天安排我和你遇见，只是要我像兄弟朋友一样。

上天给我的是安慰你、陪伴你的任务，给林九月的是爱你的权力。

天快要亮了，冬天的阳光总是有些许的刺眼吧，可是我总是被冻得咬牙咧嘴。

这个冬天这么冷，这么冗长。

我被冻伤了。

如果只能有一个心愿可以实现，那么请帮我找到真正属于自己的幸福。因为爱你我饱受着煎熬！

就像我深爱着的小七深爱着九九，九九深爱着我深爱的小七那样，我也要找到那样单纯美好的爱情。

我要……

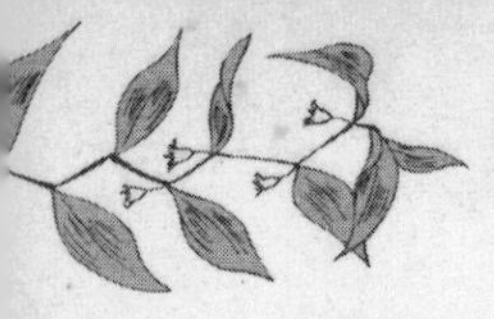
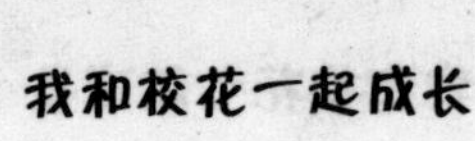

三十四 虫儿飞

黑黑的天空低垂
亮亮的繁星相随
虫儿飞虫儿飞
你在思念谁
……
天上的星星流泪
地上的玫瑰枯萎
不怕天黑只怕心碎

——林夕

七点篇：

校园的山坡上那块柔软的草地，我曾经常常跟九九坐在那里，从夕阳聒噪一直坐到残月喧嚣，九九的手藏在我的手心里俏皮的孩子般渗出细粒的汗珠，我们依偎在一起，风经过的时候她轻轻淡淡的发香就始终停留在我鼻端的微风里，还有几缕晚风，柔软又疏懒，慢慢地嗅过我们相缠的手指又默默嗅着我们的脖子。

后来的我只是常常坐在那块草地上，稀朗的残月挂在茂密的梧桐树桠，我和老二，老四还有资小骞，我们抱着吉他开始弹唱。

资小骞那时侯一直唱我自己写的一首原创歌曲：瓦蓝瓦蓝的天空下，一朵樱花在表达，谁和谁在牵挂，谁和谁相恋啦……我写这首歌的时候不停地问：樱花都开好了，你可回来看啊?

九九离开之前的冬季，我常常叫她可儿，我说我的九九今天挺漂亮，她就笑滋滋的问：“可是啊？”我说昨天晚上我梦见你了，所以现在还牙疼。她转过脸来看着我，目光从呆滞到无邪，然后问：“可是真的？有那么甜吗？”我撅起嘴唇说，很甜很甜，不信你自己尝尝。她还打电话问我：“小七啊，今天下午我们课很多，你晚上可过来吃饭？”

所以可儿，樱花开了，你可回来看啊？樱花都开好了，你可回来看啊?

老四不停地问我，问来问去就是两句，他像絮叨的祥林嫂每天问好些遍：“你是不是又在想念九九？”他一问，我就摇头，摇啊摇，摇到脖子都转不正了。

老四又问：“后悔吗？”

我笑着摇头，有一次我终于回答了他的问题：“没有后悔不后悔，时间就算倒流，我还会做同样的决定。”

老四走过来拍拍我的肩膀说：“说真的，因为这件事我觉得你是个男人！”

他拍我肩膀的时候，我觉得他的手劲好大啊，把我拍得松垮垮的。

冬天走远之后，我换上第一件浅领的毛衣开始，所有的衣服都遮盖不住我脖子中间的挂坠了，浮光掠过，我总是能感觉它在熠熠生辉着。

我一直都是一个不善于叙述的人，有关于我们在非典的季节成立的“三二九乐队”就在非典解禁的时候结束了，我们曾写了唱了的大把大把的原创歌曲可是我都忘记了。那都是因为资小骞，她有着和她外表一样脱俗出众的舞台表现力与演唱功底，我们乐队才能唱响校园，可是四个人的乐队有三个五音不全的家伙，一切都会显得很荒诞。

在非典那些的夜晚，那个山坡上，我们五音不全地唱“黑黑的天空低垂亮亮的繁星相随虫儿飞虫儿飞你在思念谁……天上的星星流泪地上的玫瑰枯萎不怕天黑只怕心碎”，娇艳的樱花凋落一地。

我一边唱一边想到我小的时候，那时还是个小丫头的九九跑到我面前对我说：“小七，我们玩捉迷藏吧，你只能藏在这个花园里，如果让我找到你你就死定了。”后来我睡着了她也没有找到我，却蹲在地下哭了。以后每次玩捉迷藏，我都要先找一个隐蔽的地方藏好，五分钟以后我又暴露自己让九九找到我。

九九，不知道你那天登上飞机的时候，有没有怪我。

九九，不知道你现在还有没有怪我。

当我听到音乐的时候我总是想起你，当我安静下来的时候我总是想起你。

我想可能你在我心里待得太久了，如今我只要一用心，就铭心刻骨地想念你！

在大四毕业生离校的夜晚，我们最后一次合唱《虫儿飞》。

由于非典的缘故，那一届毕业生没有丰盛的散伙饭，没有喧哗的毕业典礼，就那样三三两两落寂地离开，在校门口有一个熟识的师哥背着一个包提着一只箱子，他笑着说：“我是提着这只箱子来的，四年以后只多了这一只包。”虽然他从头到尾都在笑，可是他的嗓音却嘶哑，送行的人都哭了。

师哥说：“我们唱一支歌吧，原来我很能唱歌的，大学四年酒喝得多，烟也抽多了，很多地方已经唱不上去了，”

师哥拉开的士的车门，转身拍了拍我的肩膀说：“小七啊，少抽烟啊。”我憨笑，他又说：“你那只都彭打火机很漂亮，送给我吧。”

我掏出打火机递过去，我说：“我还有两只一模一样的。”

他无奈地摇摇头，又把打火机递还给我。

最后他说了一句魔咒般的话：“资小骞是个难得的好女孩，不要辜负了人家。”

我站在那里动也不能动，被临头施了蛊一般。

那夜凄惘，人走茶凉。

很多人相拥在一起，饮泣无声，路过的时候我记住了他们悲伤的样子。

那夜过去，校园突然就空旷了。

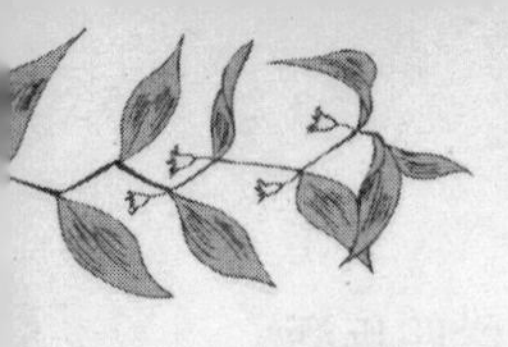

三十五 我们去远方

快停止忧伤
我们去远方
蓝天和海风
陪我们流浪
那斜斜的夕阳
是你美丽的衣裳
铺满星光的大地
是我们的婚床
忘记过去吧
我们去远方
淡淡的月光
还照在山冈
我拨动琴弦
请你陪我一起歌唱
让生命去作证
相爱的每个时光

——卢庚戌

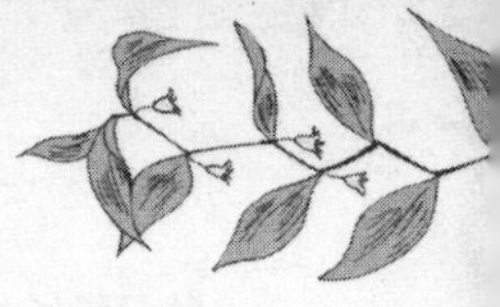

七点篇：

转眼大四的上学期就要结束了，我开始整理自己的行囊，开始想象自己离校时候的表情。

一个周末，下雨了，突然想到柜子里面还有一把黑色的CK雨伞。这把雨伞我好久没有撑开过了，它是君留在我这里的。

跟我情同手足的除了余炼，还有君。当我在校园里第一次遇到君的时候，他清癯俊美的脸让我格外地想念余炼。

君是一个特别骄傲的人，骄傲得像陆小凤的朋友西门吹雪。一根烟我们分着抽过，一罐啤酒我们轮着喝过，后来这个从来不说再见的男人扬着眉毛跟我说再见。

他拍拍衣角的灰尘，目光停留在街的尽头。他说："小七，在我二十岁的时候我爱上一个女孩，我整个二十一岁二十二岁都在爱着她，现在我就要到二十三岁了，我终于决定不再爱她。爱上一个不爱你的人是多么无奈，每次见到她的时候我就心疼，三年下来心就碎了。"

我坐在冰冷的台阶上，仰着头看他，那么骄傲的人眼眶有泪花闪烁，我突然很害怕，害怕那滴晶莹会一不小心溢出眼眶。他口中的女孩是YY，YY是一个有着清挺鼻梁的美丽女孩。君低下头，眼睛里面有我的倒影，他轻扬着嘴角说："她说我是最让她愧疚的人，可是她是我在二十三岁前唯一想和她相爱到老的女孩。"

君真的就走了，他走的那天我们寝室的灯坏了，漆黑一团。我躺在床上不停地想起他的背影，明媚而忧伤灯火黏在他背影上，他孤独地走着，走了好远回过头跟我说了最后一句话："其实我好爱YY，小七，在你还记得我的时候，请你帮我记着她。今天我决定最后一次为她伤自己的心，一颗装满了她的心。"

我站起来点点头。

然后他笑了，他的笑容里面飘扬着一场漫天的雪花。纷纷扬扬的鹅毛大雪顷刻埋没整条街，埋没街头的我。离开那天他穿着白色的CK长袖T恤，那么耀眼，那么飘逸，去了那么遥远的丽江。

君说：“我要离开我爱的人，离开爱我的人，去成熟去长大，去经历人生，成为一个真正的男人……最后一口啤酒留给你。”

我想说话的，可是我始终一句话也没有说。手中的啤酒罐还最后一口啤酒，我忘记喝了，只把易拉罐捏得劈啪着响。

易拉罐扁了，扭曲了。我想，一定是他让我难过了。

在节日的街道行走，我们都是时光里的乘客，很多朋友离我而去，我留在原地，孤独得像根肉汤里的骨头，君的离开是让我伤感的，我吸吮到骨头的精髓。

撑开黑色的雨伞，无名指上的戒指曾经丢失了，后来又被我找到，所以我更加珍惜它。

君走了之后，第二个离开校园的人是老二。

老二的离开格外得的凄惨，那天我们都喝醉了，烂醉如泥。

戒了网络游戏之后，老二也不再整天整天地旷课。不过他却比以前更加出名，醒悟后的老二处处招蜂引蝶。

后来有一天老二把抽屉里面一整盒杜蕾丝都扔了，然后背上双肩包去上自习。像以前他持之以恒上玩网络游戏一样，他每天早上第一个起床，晚上七点又准时出去。被我们屈打以后他招出了真相，原来他喜欢上一个女孩，女孩家里面比较穷，家庭条件不好的女孩都会倍加勤奋的。于是我们都高兴地看着老二就那样天天跟在她后面上自习。

老二为了援助她，我们再也没有见过他花钱买过一件衣服。

可是老二家里并不殷实，他用软件攻入学校财务处的电脑，把那女孩欠下的学费记录抹掉了。

这些事情都是我们看见盖过公章的开除处分才知道的，老二对那个女孩说：“你好好读书，我走了。”女孩点点头，老二转身跟我们挥手。这个身高近一米九的北方汉子穿着从来没有洗过的牛仔裤笔挺地离去了。

老二走的前天晚上我们四个人聚在一起个个烂醉如泥。

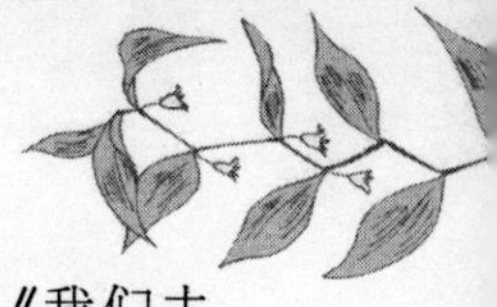

醉酒的我们一躺在冰冷的天桥上唱水木年华的歌曲《我们去远方》：

快停止忧伤
我们去远方
蓝天和海风
陪我们流浪
……
相爱的每个时光

被酒精麻醉的我们，依然清晰地感觉到寒冷。亲爱的老二，我们的好兄弟，这一走，到什么时候才能再见啊！

远方的路，请多珍重，多提防足下的坑凼，一路走好。

老二收拾好简单的行李，我们依次在墙上留下我们的字："一号床，王某来自安徽某某某某，有着传奇的一生，特长补考；二号床乔某，来自沈阳某某某某，有着更传奇的一生，特长电玩、旷课、喝酒；三号床七某，来自A市某某某某，此人命犯桃花乃二〇〇二届商学院第一院草；四号床徐某，来自湖北某某某某，此人曾叱咤风云是个响当当的人物。"

其实老二离开那天，我们从他离去的背影里都看见了自己的影子，这么美丽又无瑕清澈又单纯的校园，我们都即将离开了。

三十六 最想念的季节

春夏秋冬偷偷转了一个圈
突然发现遗失了一些时间
在记忆里曾经熟悉的画面
是不是一如从前
这些日子当我不在你身边
你长高了嘛还是变瘦了一点
……
风在吹心在飞谁在掉眼泪
最想念的季节你想的是谁
窗外飘下的第一场白雪
就是我给你的安慰

—— 张小路

七点篇：

期末考试很快就结束了，所有即将毕业的我们都已经无心复习，好在所有监考的老师都有心放我们一马。四年的大学，很多的人都只为了一张光鲜体面的毕业证书。

很多人除了毕业证书，都一无所有，而还有人连毕业证书都领不到。

考最后一门的时候，监考的老师是跟我交情颇深的张老师，他拿起我空白单调的考卷问："怎么不写？快点填满啊。"

我说："不会啊！"

他皱了皱眉弯下腰说："你把后面的大题抄好，然后提前交卷前面30分的选择题我帮你填！"

于是最后一门考试轻松地结束了。

那是我学生时代最后一场答卷考试，我依旧作弊了。

第三个离开校园的是资小骞，那天我在一张紫色的信纸上画画，画着窗外被冻伤的梧桐树，梧桐站成一排，阳光嘀嗒嘀嗒地洒在光秃的枝干上，一个消瘦的背影从梧桐树下经过，她仿佛听见徜徉的风吹动枝丫的声音，在又单薄又孤零零的北风里，那个背影有些萧瑟。

那张信纸的背后是资小骞留给我的信，我在那封信里看见了二〇〇二年九月的炙热阳光，那个流火的夏末，我面无表情地穿过人群。看见二〇〇三年的一盏缺月挂在夜幕的拐角，地下落着一层白晃晃的霜一样虚无缥缈的月光；看见二〇〇四年的冬天一棵又一棵突兀的梧桐，被白绒绒的雪花覆盖，还看见二〇〇五的圣诞合肥的街头熙熙攘攘的行人，我们接踵并肩翻过拥挤的天桥。

我看见当我面无表情的穿过人群时，一个面容姣好的女孩同我擦肩而过，她和我一样都是来报到的新生。

我看见白晃晃的月光里，一个穿苏格兰格纹半裙的女孩露出白森森的牙齿邪邪地笑，在她左边有盏路灯，路灯透出的那束光将月光割破了一道竖直的口子，那道伤口里成千上万只飞蛾汹涌地翻飞着，灯光里漫溢着飞蛾扇动翅膀的声音。

一只飞蛾从天空坠落，舒缓地，坠落在女孩穿凉鞋的脚背上，女孩微微惊慌地收回脚，光滑的脚背上有块刚刚结好的痂，那也像是一只深紫色的飞蛾。女孩脸上的笑容始终没有收敛，她笑着跟我说："以前我亲过你，前天你抱了我那么长时间，从食堂一直到医院，我们要为彼此负责任。"

我还看见白绒绒的雪花像雪白的梨花一样开的满树满树，树下一个穿呢子大衣，围着厚厚围脖的女孩捧着一个用包装纸装饰好的脐橙，露出雪白的笑容说："小七，圣诞快乐。"

我还看见一张忧伤的脸温柔地缩在我的臂弯，浅浅的呼吸呼哧呼哧地吹到我的脸颊，"小七，让我做你一个晚上的女朋友。"我就那样抱着她小心翼翼地过了漫长的一夜，在我的心里愧疚汹涌翻腾。

于是我捧着那封信悄悄地读出声音。

小七，当你看见这封信我已经提前离开了这个学校，本来想无声无息地离开，可是我做不到，因为有些话我一定要告诉你，离开之后都说给你听吧！

小七，对不起，我爱你！我对你撒过很多谎，那是我今生最美丽的少女时代编织的最美丽的谎言，但是有一个谎言，当我离开的时候我想对你说出真相：资小骞从小到大没有接受任何一个男生，没有谈过一次恋爱。

我说我见到漂亮的男生就想吻他，你真的相信吗？我说爱情就是那回事，不过是一场场更换了人物更换了对白的游戏，你真的相信吗？

……

还有，九九应该就要回来了，该从英国回来了，是吧？我和她刚好轮换，你会不会忘记我？

我祝你们幸福，你们一定要幸福，等她回到你身边，别像以前那样优柔寡断了，别再松开她的手，我是如此狼狈地离开，所以你们一定要幸福。

我是一个迟到的傻子，凄婉地幻想能填补九九的位置，到鳞伤遍体，才明白，你们十几年的感情原本是任何人都无法撼动的。

遇到你，我，因为你心痛，因为你受委屈，因为你受苦，因为你流泪；然后得到小小的满足，得到小小的幸福，或者失去所有的幸福，但是这就是爱。

因为你我经历了爱。

祝你和林九月，有情人终成眷属。

真心的！

二〇〇六年一月十七日，资小骞。

资小骞，对不起！对不起！

你写这封信的时候，心里一定很痛苦吧，你哭了吗？

在我心里我要对你说八个对不起：

对不起，我怎能一直忽略你。

对不起，我明明知道自己不能给你承诺，还对你的爱，一味假装糊涂不及时跟你说明白，你的爱对我来说是太珍贵的馈赠。

对不起，我其实已经没有力气爱你，却还自私地想把你留在身边。

对不起，你是这么好的一个女孩，如果不是我自私，应该有人把你捧在掌心里呵护的。

对不起，让你受伤害。

对不起，让你受那么多委屈。

对不起，让你为我流了那么多的眼泪。

对不起，我其实还很在乎你。

小骞，你走了吗？你一定要幸福，在我身上所受到的伤害、委屈，希望很快会被满满的甜蜜弥补。希望很快会出现一个比我温柔英俊的男子，疼你，宠你，爱你，让你再不会受到任何伤害。而我，你就把我当成一个无赖，一个从你身边经过的无赖，只要能开心，你可以谩骂我，唾弃我，鄙视我，最后忘记我。

小骞，其实你是个难得的好女孩。

我迫不及待地等着有一天，能够遇到你，你站在雪花的尽头，面若桃花般微笑。到时候你还会记得我们当年一起唱过的歌吗？

你会对我说，现在的你好幸福、好幸福吗？

这句话，你一定要说。

很多朋友发信息对我说，小七，新年快到了，提前祝你新年快乐。

我抽着烟，那些短信我一条一条地看，一条一条地删除。想起资小骞说，我的左手冻出一小块冻疮了，窗外的树、路、屋；远处的车、小小的人影、模糊的路牌都被冻伤了，风迎面吹来，一路夹带着它们细琐卑微的呻吟。

烟圈袅袅，突然也扭曲了。

我想它一定是从六百度的烟头窜到严寒的空气里，因为陡然的差距也被冻伤了。

好冷。

盛夏说，上海的这个冬天好冷啊。

我就想到在那条整齐又满是旧里弄得海伦路上，小骞高挑的背影慢慢变娇小，越走越孤单。

这个冬天既漫长又寒冷。

三十七 想念你的歌

每当听你的下落
逞强常常让人无法负荷
躲起来边哭边说 i miss you
还舍不得把你封锁
星光闪烁如何拥有
站在远方才看见星空的轮廓
虽然有时候会寂寞

—— 陈镇川

七点篇：

二〇〇六年一月二十一日：

桌子上的酸奶生产日期是一月十三日，保质期是十五天，算了算，这瓶酸奶将在除夕结束的时候过期。

冬天对我来说，总是特别想念的季节。很多人、很多事，和冷空气一起来袭，让我格外寒冷格外沉重。我总是坐在窗前，漠视着远处，白天变成黑夜，黑夜变成白天。枯黄的凄凉渗入屋顶的树桠，树枝摇摆在寒风里伤痕累累，于是我一根接一根地抽烟。

我突然想念九九的手，那双手是我握在手心里最不想放开的，柔软的冰凉的，只有在我的掌心它才会慢慢被焐热。

面前摆着九九这几年从遥远的英伦寄给我的信。脖子上是她编织了两年终于织好的黑色围巾，我想安静下来数一数，我与林九月已经有多少天没有见面了。

冬天对我来说，每一次闭上眼睛，脑海里面浮现的只有九九的脸和一句一句冷却地对白。

九九。

你在哪里？

我轻轻地问，疯狂地呼唤。

我现在就想见到你。

阳光普照的时候，我在阳光里面，你在背面。不同的颜色，不同的语言，不同的日期。黄灿灿的阳光，白白通明的灯光。只是我相信：当我在想念你的时候，你同样在想念着我。

如今的我，留着干净的短发，依旧戴眼镜，每天把青色的胡茬剃得很干净，露出嘴角边浅浅的隐忍纹。冬天总是有点冷，所以我时刻时刻都戴着你亲手编织的围脖，阳光轻轻地晃，修补着我行走时候双眼破碎的余光，一只落拓的飞鸟仓皇飞过。

苏果超市的广场，每天都有如织的人流，我的眼睛注视着不断穿梭的人流显得格外疲惫。站在人群之中我总是义无反顾地相信你

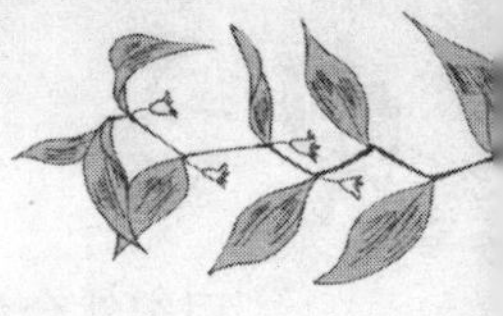

的话。

当寂寞的冬天的雪花纷飞，你说，真爱是经得住任何考验的。我相信的，我会安静地等你回来。

九九：

今天，我听的歌曲叫着：《想念你的歌》。

因为我在想念你。

明天，余炼、梅寒和盛夏都会回家过年。你说不回来那就不回来吧，这已经是你第三次不回家过年了。

当年梅寒瞒着我们出国去治病，那么长时间都不跟我们联系，我的好兄弟余炼就一直傻傻地等着她，一脸“曾经沧海难为水，除却巫山不是云”的表情。如今他们应该就会走在一起了吧！

盛夏现在很幸福了，她和她男朋友在昆山创立的公司已经生意红火了。

九九：

别嫌我啰嗦，我想你。

除夕，钟声敲响的时候我会如约给你打电话的。

二〇〇六年一月二十二日：

肯德基餐厅，我、余炼、梅寒、盛夏，我们相聚在四年前的座位上，不知道他们是不是故意还是不小心，都不坐我的对面，于是我对面的位子就那样伶仃地空着，那应该是个空缺，缺席的是九九。

四年没见，感觉梅寒的变化最大，或许是我一直没有看见她的缘故吧，一种从容的美沉淀在她的脸庞，窗外是个阴天，没有阳光。梅寒坐在那里，很专注地看着袖口上的一株白色的花。

窗外的云朵倏忽而过，梅寒明眸善睐，颦笑间皆是妩媚。

我身边的余炼从开始到现在就一直没有眨过眼睛。盛夏在桌子底下伸过腿轻轻地踢着我的鞋子，我们两个好害怕余炼张大的嘴巴里突然会流出透明剔透的哈喇子。

很久以后余炼终于开口了："你回来啦？"

梅寒抬起头目不转睛地看着余炼，我忙着替她配音："你不是在用肺说话吗？"

梅寒浅浅地笑着，然后从口袋里掏出一只精致的首饰盒子，伸出手递给余炼，余炼接过盒子，打开之后我看见一枚铂金的戒指，我记得那是四年前余炼送给梅寒的。

余炼突然像只泄气的皮球，我也很失望，盛夏也很失望。

梅寒又伸出无名指说："你帮我戴上。"

当年的那两个人，在那年之后，各自经历了很多吧，梅寒以为自己的病无药可救，偷偷地出国，如今那枚戒指终于戴在合时的无名指上。

他们在说着什么，我无心去听，低下头看手中暗淡的银戒。这个时候我们身边就少了你。

"我去趟洗手间，你们先聊天。"我站起身准备走，梅寒的电话突然响了，盛夏突然神神秘秘地拽住我的衣服。梅寒鬼鬼祟祟地讲了几句就挂了电话，命令我说："小七站着别动，看着门口。"

我抬起头看着门口，却用余光看见余炼一脸邪邪地笑，心里暗暗嘀咕："他们是不是想耍我？"

梅寒又命令我："好，你先闭上眼睛，我要你睁开的时候你再睁开，听见没有？闭上眼睛。"

于是我听话地闭上眼睛。

当我闭上眼睛之后，心跳毫无规律地加速，我感觉到灯光暖暖地照在我的脸颊上，然后我的脸开始发烫。先是左半边脸比右边的烫，接着是右边的脸比左边的烫，我有感觉：当我睁开眼睛的刹那，我的人生将改变。

所以我听话地乖乖闭紧眼睛，很激动，我在等待梅寒的声音，等待她说："好吧，小子，可以睁开眼睛了。"

我确定我等了很久、很久。

又是一个深冬。

终于梅寒松脆的声音穿越过汉堡和鸡翅的香气暖暖和和地响起，她说："好了，睁开眼睛吧。"

于是我睁开眼睛，什么？视线模糊了，那么揉一揉，于是重新闭上眼睛，揉一揉。当我再次睁开眼睛的时候我的人生真的改变了。

九九，林九月。

九九是和我一块长大的伙伴邻居和同学，幼儿园、小学初中到高中十四年来，因为她我从来不用亲自买文具，不用亲自抄笔记，想喝可乐也不用自己买，甚至连作业也不用自己写。

后来我们填了同一所大学，去了同一个城市。然后相爱，很相爱地相爱。

林九月，小的时候又胖又难看，长大后突然就变成校花，那张圆圆胖胖的脸变成我见过最美丽的一张脸。

后来她因为我想要放弃去留学，我用了一个最老套的办法把她赶走。她登上飞机那天我打球的时候被人狠狠地推倒在球场，胳膊肘上留了一个永久的疤痕。

她去英国的三个月之后，寄给我第一封信。

"为了赶我走，你竟然用怎么老土的借口，好好照顾你自己，等着我回去收拾你。"

九九，林九月。

我站在那里，看见九九推开透明的玻璃门，慢慢地朝我走来，那么近，那么缓慢。

林九月的脸在柔和的光线下有一种白玉一般的光泽，紫色的柔软的裙摆随着走动，在光线的折射下隐约渗透出一抹又一抹紫。

九九从人群中走来，那时大堂里一条直直的甬道。九九离我的距离一步步靠近，我的思绪很清晰，只是找不到呼唤的语言。

餐厅里坐着的人都抬起头，行走的人停下脚步，张嘴吃东西的人无声无息地抿上嘴。从九九推开玻璃门的时候，他们都小心翼翼地转过头，目视着美丽倾城的九九一步一步地走道我面前。

我看见她苍白的指头上有一圈刺眼的光芒。

三十八 不用说爱你

不用说爱你
转过身就在这里
你给我继续执著继续相爱的勇气
亲爱的我明白你眼里的每句话
我们就沉默这就叫作爱
像睡前每次祷告
像平静心灵的药
遇见你是怎样的美好
你给我继续执著继续相爱的勇气
亲爱的我明白你……

——王蓉

七点篇：

除夕的顶楼，有四个已满二十三岁的人约好在除夕的夜空燃放九十九支烟花，绚烂之极的烟火承载着他们的愿望，他们许愿可以幸福长长久久。

这四个人是我、九九、余炼和梅寒。

梅寒说："我们已经二十三岁了，真快！"

盛夏这个时候打来电话说："我已经到上海了。"梅寒抢过电话说："你这个重色轻友的丫头！"

我把电话递给梅寒，走到栏杆边，握住九九的手。

九九转过身，看着我，伸直了手指紧紧地扣住我的手。

耳边响着这个季节的新歌曲。

除夕，是我们的烟火节。新年的钟声响起的时候，我们燃起第一支烟火，节日的夜空因为它的绽放变得璀璨，我看着盛放的烟花，看着余炼、梅寒、九九长发后面比烟花更温暖更明亮的目光，烟花从每一个方向冲向天空。在漫天的烟花海洋里，我们的烟花开放得格外绚丽。

我们四个互相靠在一起，烟花四朵四朵地并蒂开放。四朵熄了又是四朵绽开。

晶亮的烟花屑缓缓地从空中飘落，飘落到我们的身上。

突然梅寒尖叫起来："那一年我们各自许下的愿望都实现了吗？"

余炼抓住梅寒的手，露出雪白整齐的牙齿说："我的愿望已经实现了，我祈愿幸福可以长久，长长得像一百万光年，久得到海枯石烂。"

梅寒说："那个时候我就知道自己的病在国内根本治不好，所以很灰心，我许愿有一天可以做一个平凡又健康的人。我的愿望也实现了，那小七你和九九呢？"

我的掌心九九的手指微微颤了一下，她的手指还是凉凉的，她看了我一眼含笑着说："我今年才二十三岁了。等愿望实现还需要四年的时间。”

我微笑着看天上的星星，星光翩跹，我知道在一颗很远的星星后面，星光遮盖了一张慈祥的脸。

“妈妈，我梦想有一天可以星光无限地站在自己的舞台上，看见你幸福骄傲的脸。妈妈，我会努力的。”

九九篇：

我终于又靠进小七的怀抱。这一次，我永远都不会离开了。

我们都不知道明天会发生什么，所以我们要努力地在今天相爱。

璀璨的星光，我知道每一颗星星下面都有一对正在相爱的人，祝福你们能依偎到老，幸福一生。我们都是平凡的人，所以要决定，决定爱上一个人，要用尽一生的精力，别轻易地离开。

我有美丽的朋友，我有善良的小七，我将这样快乐一生，是的，我很高兴是这样！幸福永远不散场。

余炼篇：

我知道有很多朋友正在阅读小七和九九的故事，当然故事里面还有我，还有我深爱的梅寒，祝你们新年快乐！

梅寒篇：

小的时候觉得自己很得天独厚，以为自己不能跟普通的女孩一样，简陋地去喜欢去爱。后来才发现，当我的病好了，自己最想做的还是个普通的女孩。

矫情一点，甜蜜一点！

盛夏篇：

小七、九九、梅寒和余炼，有一句悄悄的甜蜜话告诉你们，我决定一毕业就结婚，嘀嘀！

祝福小七的书能够大卖！

小七祝大家快乐

很多回忆都变幻成一个一个骄傲却隐忍的伤痕，隐匿在我后来吞吐的那些烟圈里，袅袅升腾。

我之所以凶狠地抽烟，是因为我想在某一天等到关心我的人出现，等着她蛮横地熄灭我的烟头然后喋喋不休地说："跟你说了多少遍？不要抽烟！"

为此，我不惜伤害身体。

《我和校花一起成长》终于整理好了，但是我的故事也许只是个序幕。我一直带着微薄的骄傲孤单地站在树荫下，感谢每一个注意到我的人。我的文字正在记录所有不变的东西：你爱我，我爱你，永远不变，好不好？

谢谢所有关注我的朋友，祝你们快乐、幸福。

请你们继续关注我的文字《大学童话》、《千年》。